贝页
ENRICH YOUR LIFE

寻找北伐路上的诸葛亮

霜月落 著

文汇出版社

赠给十岁的自己

序　言
为什么我想重走"六出祁山"之路

　　这并不算通俗的说史杂谈，也不是三国主题的旅行攻略，更谈不上正经硬核的学术研究，不那么准确地说，这只是一个"三国老男孩"的自我修行之旅。

　　首先请允许我提出一个问题：三国是什么时候结束的？

　　这似乎算不上什么难题，毕竟在教科书里，公元280年的西晋灭吴、三分归一就是唯一的标准答案。但三国史之所以好看，就在于"七分实、三分虚"给人的留白和想象空间：三国史的起点是曹丕篡汉还是黄巾起义，众说纷纭，而一千个人心中的三国也可能有一千种不同的结局。

　　有人会把公元263年的二士争蜀、三英授首作为三国的终章，因为鼎足的脚被砍掉了一只后，天下大势已经没了悬念，之后的剧情连罗贯中都不想编下去了，草草写了两回就赶紧收工。

有人会在关羽败走麦城、陆逊火烧连营后陷入严重的emo，因为曹操和桃园三兄弟短时间内集体谢幕，英雄凋零之快令人绝望，也让之后的三国似乎不那么好看了。

甚至对于很多人来说，赤壁之战就是整个三国的高潮与尾声，三江口的一把火合拢点燃了所有的剧情线，也把之后的故事浓度稀释掉不少，"掉粉"也就在情理之中了。

不过，在另一些人心目中，《三国演义》的第一百零四回才是世界的尽头，因为这章叫"陨大星汉丞相归天"——黄昏下的五丈原与诸葛亮，不知埋葬了多少热血青年匡扶汉室的梦想。

虽然长大之后，脑子里演义的不科学剧情慢慢被严谨的正史所替换，但诸葛亮病逝五丈原这一幕，对我年少心灵的冲击力实在过于巨大，以至于小时候那本硬装本的《三国演义》都翻得卷边了，最后十六回还原封未动——什么丁奉雪中奋短兵、曹髦驱车死南阙，本大汉忠臣一概不知。

为了心中的这片"白月光"，从很早以前，我就萌生过这样的念头：

去走一走诸葛亮"六出祁山"的道路！去汉中、祁山、街亭、陈仓、五丈原，这些从小就耳熟能详的地方，靠脚步丈量丞相北伐的漫漫征途，在实地领略秦巴山脉的山川形胜，用巡礼致敬"奖率三军，攘除奸凶，兴复汉室，还于旧都"的壮志与不易……

在丞相的年代，蜀军浩浩荡荡的北伐，是一场十分漫长艰辛的征程，做个"攻略"就需要倾举国之力，要徒步翻山越岭，不可能有游山玩水的闲情逸致。所幸身处现代文明，出行实在太过便利，飞机高铁直通北伐大本营，在当地租个车，就能轻轻松松千里走单骑，何不说走就走呢？

于是，在一段时间的酝酿后，2023年7月，我正式踏上了到北伐路上寻找丞相足迹的旅程，也就有了这本小书的诞生。

这本书叫《寻找北伐路上的诸葛亮》，作为一场"寻找"之旅，这趟旅程大概有这么几个特点。

首先，是置身"现场"的视角寻找三国其景。

三国这段称得上我人生的"第一粒扣子"的故事，在我的成长路上经历过一段"去演义化"的过程。

小时候读到的三国，是一个充满超级英雄的"复仇者联盟"，对于小说里的那些挑战人类认知水平的锦囊妙计和一骑当千，我自然是深信不疑的。但随着年龄、阅历和阅读量的增加，不知不觉中，演义的世界观逐渐被正史新陈代谢。当我意识到的时候，它已经完全被替换掉了。现在再来看《三国演义》小说和电视剧，重温那些熟悉又陌生的情节，大多时候只想尴尬地边抠脚，边勉强发出"这也太幼稚了吧"的讪笑。

大概很多三国迷都会有这样的症状吧。小时候读三国，免不了患上人传人的"中二病"：比如将来的人生梦想是兴复汉室，对暗号时大喊"苍天已死，黄天当立"，看到路边的草丛恐会有伏兵杀出，怀疑从自家院子里能挖出传国玉玺，在KFC把炸鸡吃剩到骨头就会产生撤退的念头……长大之后，慢慢开始对正史感兴趣，才想去深入了解那个时代的"本体"究竟是什么样的。

而在这段"去演义化"的过程中，实地的旅行做出了不小的贡献。毕竟纷纷扰扰千百年以后，三国在这片辽阔的大地上留下了太多的历史碎片，星罗棋布地分布在全国各地，等待着三国迷去探寻：洛阳、许昌、成都、赤壁、官渡、合肥……正是通过一次次的"在现场"，近距离触摸和感知历经风霜的遗址、文物、史料，历史才变得鲜活而真实起来，最终构成了我对"三国"宏大而又具体的想象。

不过，比起古人的"壮游天下"，现在的旅行更方便了，却也更"标准化"了，带着对历史的种种想象上路，却遇到穿凿附会的故事、走马观花的景点、千篇一律的古镇，文化滤镜与现实体验之间的落差，不免令人遗憾、失望，甚至气恼。但换个角度想想，这也是三国文化在民间的生命力体现，正是得益于这些不那么可靠的"人造历史"，三国的故事才得以代代相传，成为如今我们共同的精神文化图腾。因此，旅行中那些不那么美好的"意外"，不正是历史记忆在今天的一种创造和延续吗？

从这个角度来说，我认为历史旅行的意义，并非找到解答历史问题的出口；恰恰相反，是寻找重新认识历史的入口——或者说置身于"现场"的环境，在情—景—史的交融中，再度唤起我们重读历史、了解世界的渴望。毕竟对于一个三国迷来说，有什么比驻足赤壁或五丈原之上更能激起"古今多少事，都付笑谈中"的冲动呢？

因此，选择这趟寻找丞相足迹的旅程，既是想要来一次置身现场的深度三国游，也希望借此串联起"北伐"这条故事线，让旅行的主题更加完整清晰。当然了，对于一位三国老男孩来说，情怀自然是驱使我踏上旅途的最大动力。

其次，是沿着"地理"的脚印寻找北伐其事。

如果说三国是由一幕幕跌宕起伏的单元剧组成的，那么"六出祁山"就是整个时代最后一幕高潮，如果从时间的跨度、主线的清晰度、剧情的浓缩度、后世的传唱度综合来看，诸葛亮的北伐，在整个中国历史中也堪称顶流。而这段历史之所好看，除了有抗衡宿命、悲壮激烈的"与天斗"，以及那些棋逢对手、运筹帷幄的"与人斗"，还离不开大自然这一舞台的加成。

以往读三国，关注点都在群雄逐鹿和风流人物身上，对军事的认知，也仅限于"拖刀计"等猛将对打，以及"八门金锁阵"之类的排兵布阵。官渡、赤壁、祁山、合肥、襄阳这些地名，虽然如雷贯耳，但对其所涉利害关系，几乎一无所知。《三国志》《三国群英传》等电脑游戏中的行军打仗，要么是点个"出征"即完成瞬移，要么是鼠标一圈部队，哼着小曲就能轻松愉快地爬雪山、过草地，长期浸淫其间的我完全体会不到"蜀道难，难于上青天"的艰险。

在没有GPS的古代，地理因素对政治兴衰和军事成败的影响是相当巨大的。在军事地理这门学科中，常常有人将中国的地形划分成若干个地理单元，形成纵横交错的"棋盘"，政治家之间的博弈，就如同一盘"棋局"。读历史如果不看地图、不懂地理，好比下棋不摆棋盘、听课不记重点，没有章法还是其次，最直接的影响，是理解不了很多故事的逻辑。

比如汉中之战时，曹操亲率大军和刘备对垒，动静闹得挺大，结果阳平关打不下来，半路溜了，还闹了个杨修的"鸡肋"梗。小时候读到这段就特别理解不了，曹老板家底这么雄厚，汉中又这么重要，为什么不和老刘死磕到底呢？后来配着地图看，曹操选择跑路就很好懂了。

我们在劝人时，常常会说"不要计较一城一池的得失"，但三国的龙争虎斗，常常就是围绕几座"兵家必争之地"进行漫长的拉锯争夺。诸葛亮的北伐，就是地理因素左右战争胜败、国运兴衰最深刻的案例；放在"棋盘"里来看，它也是"天府之国"的四川和"八百里秦川"的关中，这两大地理单元之间最典型的博弈——为什么蜀汉要频繁地出祁山？为什么丢了街亭北伐就失败了？为什么丞相至死都跨不出五丈原？——这些都必须先从地理上找答案。

所以，踏上这趟旅程，既是为了寻访那些从小就耳熟能详的地方，也是为了用脚步丈量山川风物，进而弄明白地理对古人决策的影响。

最后，是怀着"祛魅"的态度寻找丞相其人。

和很多人一样，小时候读三国，我是纯纯的蜀汉迷弟，成天脑补赵子龙七进七出的名场面，白马银枪是人生的终极理想；稍微长大一点，曹操成了"中二"少年的暗黑偶像，那时的我极度崇拜霸道总裁的画风，对爱哭鬼刘皇叔嗤之以鼻。随着阅历的增长、读了正史，我才慢慢体会到"天下英雄谁敌手？曹刘"的含金量，心目中那位中国历史上最伟大、最深入人心的丞相，也开始褪去呼风唤雨的半仙外衣，慢慢真实丰满了起来。

在三国的几位大咖中，诸葛亮和关羽的人设类似，都在后世的不断演绎与神化中，一步步走上了封神的道路。不过，比起关二爷的"忠义"口碑在江湖上的高度一致，诸葛亮的人设却很难用一句话来形容：在老百姓眼中，他是智慧的化身，如半仙一般；在统治者眼中，他的鞠躬尽瘁、死而后已，代表着封建皇权下人臣忠君报国的天花板；在知识分子眼里，他在治国用兵上的六边形素养，在立功立德立言上的成就，是近乎完美的人格模板。

在这方面，诸葛亮又和孔子相似，都浓缩了我们这个民族最璀璨的文明之魂，每个时代、每个阶层、每个立场，常常需要不同的诸葛亮。要祛除《三国演义》为诸葛亮披上的"多智而近妖"的神话外衣，并非难事，但要还原重重滤镜下历史中真正的丞相，一个在逆境中不断奋斗、在奋斗中不断成长的命世之才，一个有血有肉、有爱有恨的普通人，却不容易。

最令人揪心的，就是"一出祁山"中，在决定派谁去守街亭时，丞相藏了私心，这辈子唯一一次没有按原则办事，用了言过其实的嫡系马谡，捅了一生都挽回不了的大娄子。但读到这段历史时，你不会觉得丞相的人设崩塌了，更不会觉得他在任人唯亲，反而看到一个没了仙气儿，带着人味儿的老人——这样一位符合常理常情的普通人，就是我一直想重新认识的诸葛亮。

黯淡了年少时读三国的刀光剑影、壮怀激烈，如今再来审视诸葛亮北伐的这段历史，我能读出的，不是一位超级英雄挽狂澜于既倒、扶大厦于将倾的传奇，更多的是一个男人，用"承君此诺，必守一生"的信念，去践行责任的故事。

总之，通过这样一场"圣地巡礼"，去寻找三国其景、北伐其事、丞相其人，就是本书希望呈现给读者的。

对于大汉这个王朝来说，北伐是"天命"这尊神器最后的旗帜；对于四川这片土地来说，北伐是"争衡天下"这场远征最后的号角；对于丞相这位凡人来说，北伐是"死而后已"这份信念最后的高光；而对于我来说，北伐也是"三国"这场大梦最后的结局。

因此，除了"寻找""北伐""丞相"，"最后"也是本书的关键词，它是群雄的黄昏，也是英雄的黎明，是未竟的理想，也是传承的野望，是历史的天空，也是辽阔的大地，是消逝的光芒，也是重生的萌芽。

　　不过这里也要提前做个"免责申明"：笔者并非科班出身，更不是专业的学者，所以谈不上什么学术的创新和写作的技艺，拙作只是"用爱发电"的一次写作尝试。如果读者朋友在茶余饭后、旅行路上，随手翻开这本小书，在吐槽与共情齐飞之间，能涌起一丝"我也想去那里看看"的念头，那这本书也就完成它的使命了。

　　那么，就让我们踏上这场"最后"的旅程吧。

目 录

引 子
丞相祠堂何处寻

多年以后，身处成都车水马龙的街道中，我依然能想起初次来到武侯祠的那个午后。

2015年，我第一次来到成都，怀着无比崇敬的心情驱车来到武侯祠，站在大门后，抬头一看，只见牌匾上明晃晃的四个大字——汉昭烈庙，纵使我自幼熟读三国，也不禁挠了挠头：

咦，武侯祠呢？

这就要说到历史上一桩著名的公案了。

我们知道，刘备在去世后，以皇帝的礼仪下葬，被葬在了当时蜀汉宫城的最南面，也就是现在武侯祠所在的这块地方。他的陵墓被称为惠陵，后人祭祀他的地方是汉昭烈庙。所以，最早的"武侯祠"和诸葛亮半毛钱关系没有，只是安葬汉昭烈皇帝刘备，以及他的配偶甘夫人和吴夫人的地方。

诸葛亮在世时被封为武乡侯，去世后的谥号是忠武，后世习惯性地称他为武侯，因此祭祀诸葛亮的祠庙被俗称为武侯祠。成都的武侯祠，最早出现在南北朝时期。宋代的《方舆胜览》记载，在东晋时期的蜀地，"李雄称王，始为庙于少城内，桓温平蜀，夷少城，犹存孔明庙"。到了南齐高帝萧道成时期，他下令在惠陵东边重新修建了汉昭烈庙，原本在"少城"内的武侯祠后来被搬迁到了旁边。

于是，这附近就出现了三个景点：惠陵、汉昭烈庙和武侯祠。三巨头呈"品"字形分布，这时候大家是邻居，总体上相互独立、相安无事，并维持了近千年之久。

那么，武侯祠是什么时候"鸠占鹊巢"的呢？这要说到明朝的洪武年间。当时的蜀献王朱椿主张以礼乐治西川，十分重视儒家的教化功能，他觉得诸葛亮只是个员工，却能和老板平起平坐、搞"三权分立"，实在不合礼制。加上武侯祠每天人气爆棚，汉昭烈庙却门可罗雀，朱椿于是想了个点子，拆掉了原来的武侯祠，把诸葛亮的塑像搬进了汉昭烈庙，放在了刘备塑像的东边，又将关羽、张飞的塑像放在西边，美其名曰"君臣宜一体"，实际上是把武侯祠打包收购掉了。

朱椿的本意，是要敲打敲打不安分的员工，重申一下"君君臣臣"的基本原则不可动摇，但是不明真相的老百姓却不吃这一套，以为武侯祠只是搬进了拆迁安置房，天天跑到汉昭烈庙里给诸葛亮上香。这下武侯祠不仅没有倒闭，反而成功"借壳上市"，朱椿吃了个哑巴亏。这就足见咱们丞相在老百姓心中的地位。

到了清朝康熙年间，当地官员把毁于战火的武侯祠重建了起来，眼瞅着诸葛亮在民间的人气实在太高，加上清朝皇帝很多又是诸葛亮的粉丝（简称"葛粉"）——比如康熙就夸道"'鞠躬尽瘁，死而后已'，为人臣者，惟诸葛亮能如此耳"，乾隆作诗"所遇由来殊出处，端推诸葛是全人"——于是搞了个折中方案，在前殿后面新盖了一间，让诸葛亮分家出来住，最终形成了刘备殿在前，诸葛亮殿在后的格局，就是我们今天看到的武侯祠的样子。

说白了，武侯祠最早是和惠陵、汉昭烈庙并列出现，只是因为诸葛亮在后世的待遇越来越高，武侯祠香火鼎盛、人气太旺，把隔壁的风头都给抢完了，后世就把汉昭烈庙、惠陵和武侯祠移到了一起，形成全国独一份的"一祠同祀君臣"，统称为武侯祠。

这种所谓"君臣合祀"的做法，虽然看似其乐融融，被后人传为美谈，但其实对于诸葛亮，明显有喧宾夺主、功高震主之嫌；而对于刘备，会是主角的光环被臣子抢走的不爽。这对君臣要是泉下有知，估计都挺别扭的。

不过旧事皆已作古，经过千百年的雨打风吹，现在这处"锦官城外柏森森"的武侯祠，已经成为成都旅游的文化招牌，还挣来了一个区县级的地名——武侯区。我的一位成都朋友就是铁杆的"葛粉"，他办了武侯祠的年卡，逢年过节都要去祭拜打卡。

　　而对于大部分来成都玩的游客来说，到了成都就得去武侯祠，武侯祠就代表了成都。

　　但是，如果你因此认为武侯祠就是成都的独享IP，那就大错特错了。

　　中国人常说"举头三尺有神明"，对于各路神祇的崇拜信仰，构成了中国人精神世界的重要内核。《左传》说"国之大事，在祀与戎"。在古代，祭祀与战争是国家最重要的两件大事，对老百姓来说同样如此，无论是身处庙堂之高还是江湖之远，是在官方还是民间，是发达还是落寞，修建各种祠堂庙宇，以供后人供奉和祭祀，是中国人习以为常的做法。

大体来说，中国人祭祀的对象有三类，由此形成了无数的寺、庙、祠等祭祀场所。一类是自家祖宗，祭祀场所小到村里的宗祠，大到皇家的太庙，孝敬祖宗是刻在中国人骨子里的传统美德。网上有类段子，说某人"配享太庙"，用来夸赞其作出了突出贡献。在古代，臣子死后能进皇帝的家庙，多半是立下了天花板级别的功劳，一旦在太庙里有块牌子，那祖坟的青烟都够绕梁三代了。一类是各路"神仙"，多供奉于佛寺、道观。还有一类是古代圣贤。供奉先贤的场所常见的有祭祀姜子牙的武成王庙、祭祀孔夫子的文庙、祭祀关二爷的武庙，再就是祭祀诸葛亮的武侯祠了。

因为诸葛亮在后世的咖位极高，所以在历史上特别是明清时期，全国有许多祭祀他的武侯祠，香火都十分旺盛。根据地方志记载，明代时云南就有28座武侯祠，清代的贵州有18座，四川则有40座，仅成都当地，历史上先后就有7座，无论是数量还是人气，除了孔夫子、关二爷等少数几个大佬，在历史人物里绝对算得上top级别的存在了。

修建这些武侯祠，当然是为了老百姓表达思念和祭奠诸葛亮，不过随着丞相风评的水涨船高，他在祠堂里的人设也越来越抽象，在老百姓的烧香叩拜下，逐渐从先贤"进化"成了"神仙"。

《勉县忠武祠墓志》就生动地记载了这样的场景。每年清明、八月二十八前后，是勉县武侯墓的祭期，每到这时，周边的人都会赶来，老百姓所献的祭品极为丰厚，三牲、灯油、香烛一应俱全，他们祈祷叩拜，"除水旱灾疫必祷外，或妯娌口角，夫妻不睦以至鸡鸭琐事，亦哭诉于侯之位前"，丞相变成了啥事都管的村委会主任。有的人还对着诸葛亮像念念有词，"武侯爷爷在上，弟子在下，你老人家前知五百年，后知五百年，中知五百年，是如今活神，弟子某人某氏为某事，黑处投明"，活似念叨"天灵灵地灵灵"的老神棍。

不过，也不要觉得这全是封建迷信和文化糟粕，其实神仙们大多"又红又专"，对神仙的信仰寄托着老百姓对善良、正义、敢于和邪恶斗争的朴素向往。而且神仙之间也是要抢饭碗的，几千年来数不清的神祇中，只有极少数业务能力强、大众口碑硬的能够在民间备受拥戴，现在我们看到的这些祠堂庙宇，都是久经市场考验的神界"硬通货"。

但是，由于战乱、灾害、人气等各种原因，这些武侯祠大多早就被毁弃了。到了今天，根据安剑华的《全国现存武侯祠初步对比研究》统计，全国保存下来的武侯祠只剩20来座，规模大点的不到10座，基本上都是清朝之后修建的，它们串联起了丞相的人生轨迹：出生地山东临沂，"躬耕于南阳"的襄阳、南阳，"奉命于危难之间"的白帝城，"七擒孟获"的云南保山……甚至，在我家乡附近的浙江兰溪，还有诸葛氏后人聚居的诸葛八卦村，只是相比于成都武侯祠，名气都没那么大罢了。

除了兴建祠堂缅怀诸葛亮之外，全国各地还有不少用"武侯""孔明""诸葛"命名的地方。比如四川省内就有成都市的武侯区，邛崃市的孔明乡、孔明镇，剑阁县、江安县的武侯村，等等；陕西省勉县有诸葛镇，城固县有武侯村；另外，在云南省玉龙县、浙江省兰溪市、河南省洛阳市、山东省沂水县、山西省浮山县、江苏省泰兴市、湖北省天门市等地方，都有诸葛村或诸葛镇这样的地方。

总的来说，全国各地留存至今的武侯祠，都是千百年来大浪淘"祠"后的精华，承载着我们这个民族很宝贵的历史和文化记忆，值得好好说道说道。

而要说在众多武侯祠中，最能体现丞相千载盛名，也是他人生中最重要的地方，无疑是在他"六出祁山"时留下的北伐足迹中。

现在翻开地图，从成都到汉中、西安这一路，是各种三国遗迹，特别是蜀汉文物最密集的区域之一。在这条充满传奇色彩的北伐路上，留存着勉县、祁山、五丈原等好几座武侯祠，每一座武侯祠的背后，满满的都是故事。

丞相祠堂何处寻？除了成都之外，还有散落在各地的"彩蛋"供后人寻找。而我的旅途，就得从这几座武侯祠慢慢说起。

经过几个月的酝酿，我最终确定了这么一条路线：从汉中自驾出发，向西北过勉县、成县、礼县到祁山，往东北过天水到街亭，向东南翻越陇山到宝鸡，向东到五丈原后，往西南穿越秦岭，过太白县、留坝县回到汉中。最后的足迹就是下图的样子。

其中，汉中是丞相北伐的起点，天水是北伐时的陇西重镇，陈仓所在的宝鸡是关中的咽喉，祁山、街亭等地就位于丞相北伐主要的进军路线上。

从现代的行政区划来看，我是在陕西、甘肃、宁夏的交界地区游走，和著名革命根据地"陕甘宁边区"产生了奇妙的交集。而从卫星地图来看，这趟旅程，其实都在围着一座山脉——秦岭兜兜转转，而丞相的北伐，也正是一次又一次翻越秦岭的征程。

这一趟前后近10天的旅程，时间不长，行程很紧，遗憾也有很多，但能够重走一遍"六出祁山"的路，足以让三国迷激动不已了：

风起于汉中，丞相在这里执棋入局，开启了"凉、雍不解甲，中国不释鞍"的珍珑棋局；

虎啸于沔阳，丞相在这里厉兵秣马，最终长眠在这片永远守护着北伐大业的土地上；

龙游于祁山，丞相在这里光速成长，一步步进化成了能打能扛的"六边形战士"；

雨歇于天水，丞相在这里神兵天降，解锁了首次北伐的绝世好局；

雾锁于街亭，丞相在这里痛失好局，错过了此生几乎唯一的翻盘机会；

云横于秦岭，丞相在这里北望中原，一次次徒劳地翻越飞鸟难渡的崇山峻岭；

星落于秋原，丞相在这里壮志未酬，回荡着"出师未捷身先死"的深深遗憾；

月明于寒溪，丞相在这里归于天地，给后人留下了一地的白月光。

最后，推荐两本促使我踏上这趟旅途的书。

一本是一位来自日本，自称能"将《三国志》用全世界最通俗易懂的语言进行解说的男子"，在完全不懂中文的情况下，用五个多月的长途自助旅行，跑遍了大江南北的100多个三国古迹后，写下的《三国志男》。这本书的风格极其无厘头，笑得我人仰马翻。读完后，我萌发了到各地的三国遗迹走一走的想法。

另一本是马伯庸的《文化不苦旅：重走诸葛亮北伐之路》，它记录了一群三国迷结伴重走北伐路的自驾之旅，风格同样轻松。在萌生了重出祁山的念头后，这本书让我下定了决心，在规划旅行路线时，马伯庸的旅程也给我提供了很多的参考，不少冷门偏僻的景点路线，都参考了这本游记。

对了，还有陪伴我"千里走单骑"的坐骑——一辆本田缤智，虽然没有关二爷那种过五关斩六将的神奇剧本，但经历了这一路的同行，也足以让我亲昵地称之为"吾之赤兔"了。

最后的最后，还是再默念背过无数次的北伐宣言，作为开篇的终点，也作为旅程的起点：

"今南方已定，兵甲已足，当奖率三军，北定中原，庶竭驽钝，攘除奸凶，兴复汉室，还于旧都。"

满怀激动之情，这趟寻找之旅的第一站，是蜀汉的陪都，北伐的基地——汉中。

只是没想到，从成都踏上前往汉中之路的过程中，竟然有一连串的"没想到"……

风起汉中

丞相的棋局

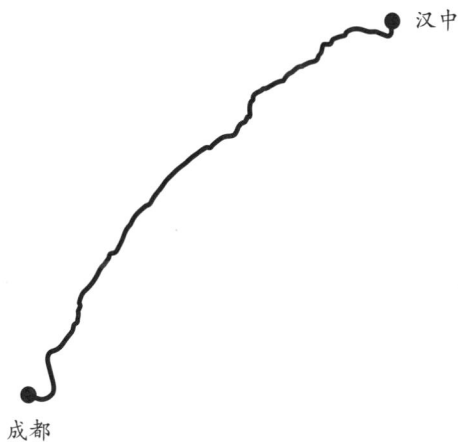

汉中

成都

.

七月一日，星期六，阴

行程：成都—汉中

　　当我准备雄赳赳气昂昂启程"北伐"时，却被当头一棒，遭遇了出师不利的囧况。

　　本来的计划是第一天下午飞到成都，然后晚上就坐高铁赶到汉中。没想到高铁票太紧俏，抢了三四天愣是没抢到，直到站在成都东站的广场上，我才不得不承认，"北伐大计"要被迫延误了。

　　如果是在诸葛丞相手下当差，按照蜀军军法和小说情节，耽搁了一天的军机，绝对就是出征前触霉头的大冤种，早就被拉出去祭旗了。

　　恍惚之间，我仿佛看到了出征的广场上，两边飘着"汉"字大旗，排排坐坐着赵云、魏延、王平、廖化等大将，只见丞相立于将台之上，一脸严肃地开口：

　　出师伐魏，乃国家大事，众人皆整装待发，尔无故延误军机，该当何罪？

　　我：瑟瑟发抖，汗流浃背……

　　只见丞相挥一挥羽扇：

　　吾受先帝托孤之重，夙夜未尝有怠，如今三军待发，如若军法不申，何以讨贼？吾意已决，来人，将这厮拉出去斩了！

啊啊啊，不要啊丞相，某愿立下军令状，领本部五百精锐为前部先锋，斩将杀敌、戴罪立功，不然公若不弃，某愿拜为义父……

也罢，既来之则安之，反正是一场不设限的旅行，全当是节目效果吧。虽然被迫在成都滞留了一晚，但幸亏早早做了Plan B的预案，买了第二天一早的票备用，所以还是有惊无险，坐上了从成都开往汉中的高铁。

这趟车行经的这段铁路，叫作西成高铁，全线开通于2017年，是继新中国成立初期建成的宝成铁路之后，第二条从北方纵贯秦岭入川的铁路大动脉。铁路建设者凿山开路，从成都到西安这段曾"难于上青天"的天绝蜀道，现在最快只要3个小时就能穿越。但是摊开地图，你会发现，现在秦巴山脉区域的交通网络，无论是铁路、高速还是国道，修建的选址和那些古老的蜀道相比，几乎没什么改变。比如，从成都经绵阳、广元到汉中的这段铁路，其走向就和古人入蜀的金牛道基本一致。

不是技术不给力，比起造物主移山填海的本事，人类就算有"天堑变通途"的能耐，在大自然面前，还是得老老实实按客观规律办事。1800年的时光，对地球而言，就好像一眨眼的工夫，当年丞相北伐走的道路，现在的我们还在走着，只不过是栈道变成了铁轨，山间多了些隧道，从追寻古人足迹的目标来说，倒是省了不少力气。

因此，当火车经过曾经的剑阁、葭萌关，驶出大巴山绵延不绝的隧道，开阔的平原刹那间出现在眼前时，我内心的激动之情瞬间涌起：汉中到了！

汉中，大汉的汉，蜀汉的汉，丞相身后的北伐大旗，高高飘扬着的"漢"。

一

在《诗经》中，"汉"这个字意为河水，古人在诗词中，会将银河浪漫地呼为"银汉"。于是：

有一条河流，与天上的银河遥遥相望，名曰汉水；

有一座城市，因为坐落在汉水之滨，所以叫汉中；

有一个男人，因为灭秦后被项羽分封到了汉中，所以叫汉王；

有一个王朝，因为继承了汉王的国号，所以叫汉朝；

有一群子民，因为汉朝的开疆拓土而得名，所以叫汉人；

有一个民族，因为汉人的国祚成为华夏子民的共同称号，所以叫汉族。

"汉水—汉中—汉王—汉朝—汉人—汉族"，"汉"这个民族称号的来源，大概就是这样的脉络，追根溯源起来，我们都与汉中有着直接的联系。

对历史迷，特别是喜欢秦汉史的人来说，听到汉中这个名字，估计都会激动地掰着手指开始讲故事了：出生于这里的周幽王后褒姒贡献了"烽火戏诸侯"的传说，大秦从这里南下兼并巴蜀并修筑了栈道，刘邦从这里走出去奠定了大汉天下，曹刘在这里上演了堪称魏蜀全明星大战的汉中之战，诸葛亮从这里出发开启了漫漫北伐路……

历史有着惊人的对称之美，大汉王朝以楚汉争霸与三国鼎立为一头一尾——在这两个华人世界知晓度极高的历史IP中，汉中都占据过故事的C位。虽然没有当过王朝的都城，更比不上长安、洛阳这样的N朝古都，但是从情感上来说，汉中在我心目中的特殊地位，也只有被誉为"天下之脊"的襄阳可以媲美了。

现在的汉中，在文化和旅游上，主打的正是楚汉和三国这两个IP，毕竟"刘邦+项羽"和"刘备+诸葛亮"这两对CP的名声，下到幼儿园上到养老院几乎无人不晓，放到哪儿都是历史课本上的"扛把子"。现在走在汉中的大街上，处处见到的也都是"天汉大道""兴汉胜境""蜀汉大都会""大汉酒店"这些听上去就吓得人肃然起敬的名字，连当地的体育彩票搞的都是"三国风云之'统帅三军'与'五虎将'"这样的活动……嗯，毕竟蜀汉人民都是三国"老韭菜"了。

走出汉中站，去租车公司租了一辆可以千里走单骑的"坐骑"，去酒店放了行李，中午干了一碗著名的汉中热米皮，跨上我的"赤兔马"，走起。

现在的汉中市区，主要景点是"西汉三遗址"，包括传说中刘邦在汉中的汉王办事处，现在是汉中博物馆的"古汉台"，传说中刘邦拜韩信为大将军的"拜将坛"，以及传说中汉军当年喂马儿的"饮马池"——没错，这些汉中市区的景点不仅都是传说中的景点，而且都隶属于楚汉 IP，跟三国没啥关系，能沾点边的，是一座古虎头桥的遗址。传说，它是反骨仔魏延死难之地，不过现在这座桥也已经荡然无存，只保存了一座民国时期的石碑，上书"古虎头桥"四个大字和"汉马岱斩魏延处"的题刻，两侧还有对楹联——虎桥往事明月知，汉水长流太守名。甭管魏延后世风评如何，他好歹是汉中的老市长，本地人民对他基本的尊敬还是有的。

不是三国不给力，而是因为汉中市区的所在地，汉中名义上的治所——南郑，并不是汉中的心脏，争夺汉中的主战场和诸葛亮北伐的大本营，是汉中西边的勉县。那儿才是我第二天要去巡礼的重点。

当然，毕竟来都来了，市区的景点，特别是传说中楚汉争霸时期就修起来的古汉台，现在的汉中市博物馆，肯定是要去一下的。然后我就碰到了旅程中的第二个"万万没想到"：就在我抵达汉中的前两天，汉中博物馆，它开始闭馆改造了……

行吧，毕竟来都来了……本着发扬刘邦初到汉中时，边骂娘边践行的"好死不如赖活着"的精神，我头也不回地去了拜将坛。

拜将坛的故事，很多人都耳熟能详。在"萧何月下追韩信"之后，刘邦直接把韩信从仓库管理员提拔成了三军总司令。之后，这位"无双国士"为刘邦献上了著名的"汉中对"：要趁着关中不稳定，项羽管不着，马上整顿军马，杀出汉中，争夺天下。刘邦大腿一拍，挥手下令"明修栈道，暗度陈仓"，从此拉开了楚汉争霸的风云序幕，也写下了煌煌炎汉的最初篇章。

过往读这段故事，最感慨的不是韩信有多牛，而是萧何真能识人，刘邦也真敢用人。这样的君臣组合，继汉初之后，在汉末再次登场——楚汉与三国，不仅精彩，而且对称。

走进拜将坛，开阔的广场，正前方就是一座高大的韩信雕像，两边是一排飘扬的"漢"字旗帜。沿着所谓的楚河汉界走到雕像下面，除了能仰视一下兵仙的高大身姿，还能看到一块石碑，正面题有"汉大将韩信拜将坛"的碑文，背面是一些后人的题记。

处在秦汉之交的"后战国时代"，韩信算是最后一批"士"的代表。他对刘邦，抱着的是"士为知己者死"的心态，想要的成就，是"君臣两相宜"的不世功名，这是那个时代士人的价值风尚。所以在蒯通劝他自立为王、三分天下的时候，他选择相信刘邦，而不是理性地来分析时局。他最后的悲剧，是位极人臣后兔死狗烹的必然结局，也算是游侠社会遗风最后的回响吧。

作为传说中的景点，拜将坛里基本上都是新建的建筑，除了大个头的雕像外，还有一些介绍韩信生平和汉中历史的展览，也都是景区的标配了。不过汉中这个地方，从秦国设汉中郡开始，城址基本上没什么大变化，不像很多城市的市中心变迁过很多次，所以新建归新建，但景区基本的历史背景可信度还是比较高的，不像一些穿凿附会的人造景区那么扯淡。

景区里的花园中，有一口"世纪钟"引起了我的注意。根据介绍，这是汉中市政府为庆祝世纪之交而铸造的大铜钟，上面刻有张骞、诸葛亮、蔡伦等著名历史人物，以及一篇浓缩了汉中地区千年历史精华的赋文。

20世纪末，有不少地方都搞过类似走向新千年的"仪式"，告别近代以来的"千年未有之大变局"，从天朝上国到丧权辱国，再到展望复兴，千年之交的时代境遇，和彼时的刘邦大有相似之处。

刘邦是有能力的，也是极度幸运的，除了抽到萧何、张良、韩信、郦食其这一批SSR神卡，最重要的，是他遇到了中国历史上第一个"千年未有之大变局"——从周礼走向秦制的社会大转型时期。所以，刘邦在改朝换代上没遇到太大阻力，在做一些开创性的事情上，更是吃到了很多时代的红利。

相比于老祖宗刘邦，刘备和兄弟们的蜀汉集团，从创业到上市的这一路，走得就十分坎坷了，最后还落得个破产的结局。

二

饶胜文在《大汉帝国在巴蜀》一书中，提到过"蜀汉历史中三个显目的现象"：

> 第一个现象，在历代据蜀者中，没有人花的代价有刘备那么高。刘备在受邀入蜀的前提下——这意味着他直接跳过了历来被视为畏途的巴蜀外围险要——居然花了近两年的时间才夺取巴蜀。

第二个现象，在历代据蜀者中，没有哪个政权撑持的时间有蜀汉那么长久。从刘备称汉中王建立政权，到其子刘禅投降，蜀汉政权存在了四十四年，在历代据蜀者中，历时最长。

第三个现象，在历代据蜀者中，没有哪个政权的收场有蜀汉那么轻而易举。邓艾以区区一旅偏师，前锋还未及成都，刘禅的降表已经迎送到了雒城。这个政权在走向覆亡时，都没有打一场像样的仗。

这三个现象，看上去有人的问题、实力的问题、策略的问题、道德的问题，其实根子都出在蜀汉的政治合法性上。或者说，是这个以"汉"为国号的政权，在东汉末年这场权力的游戏中，要用什么样的"人设"来定位自己的问题。

受演义小说影响，刘备在后人眼里的最大IP就是"中山靖王之后"，是个汉献帝见了都要喊声"皇叔"的正统皇室贵族，以及感动中原的道德楷模，走到哪都是自带头条的流量大V。

但其实，历史中老刘的前半生更符合传统上用来炮轰吕布的"三姓家奴"形象。作为跟过公孙瓒、陶谦、吕布、袁绍、曹操、刘表等一众老板的跳槽专业户，他是个在全国各地"流窜作案"的土匪头子，比起祖上那个同样地痞无赖出身，但人格魅力爆表的刘亭长，不仅事业比不上，在江湖上的名声也差太多了。不说兄弟义气，起码政治信义上的"义"，跟咱们的刘皇叔是不太沾边的。

刘皇叔在摸着大腿蹉跎流泪的四十多年里，之所以颠沛流离，一事无成，除了底层寒门出身所决定的起点和圈层上的天生短板，最大的问题是眼界受限，一直以来都找不到明确的战略方向，尤其是自己的政治定位。

赤壁之战前，曹操在挟天子以令诸侯后，已经把自己包装成了奉旨讨逆的大汉忠臣；孙权在周瑜和鲁肃的规划下，也立起了成就江东霸业的蓝图；可他刘备有什么呢？还是个"无地盘、无剧本、无操作"的三无主公，除了游击队长级别的走位技巧，和跟谁谁倒霉的坑人光环之外，唯一的优势，也只有含金量几乎为零的"帝室之胄"身份了。如果没有遇到诸葛亮，按照刘队长的惯性思维，估计在赤壁之战前，早就收拾家伙投奔儿子辈的孙权，继续给人家当保安队长去了。

因此，在千古留名的"隆中对"后，诸葛亮帮助刘备基本上解决了他在战略规划上的问题，但对于政治定位的问题，刘备心里估计还是没谱的。你是要当董卓，暴力夺取政权，当曹操，扯虎皮做大旗，还是当孙权，守着一亩三分地过日子？

这种政治上的模糊性带来的合法性危机，在得国不正地背刺刘璋、入主益州之后，集中爆发了。小时候读刘备入川这段，连幼小单纯的我都隐隐觉得味道不太对，八成是这种"既当XX又立牌坊"的行为，连罗贯中老先生差点都圆不回去了。这次缺大德的事干完后，得罪了益州土著，跟孙权差点闹翻，被曹操一顿舆论声讨，最重要的是，"匡扶汉室"这个人设马上就要立不住了。

直到汉中之战后，刘备在自封汉中王的招股说明书中，才有了明确的政治定位：自己要当的是刘秀，干的是继承汉室天命、讨伐曹魏凶逆的"中兴"事业。"匡扶汉室"这杆大旗，此刻才清晰地成为蜀汉政权的政治目标。

政治定位这个东西，不只是喊喊口号，它就像我们在朋友圈塑造的人设一样，极大程度影响着别人对自己的第一印象，以及有没有深入了解的兴趣。楚汉战争爆发后，刘邦干过一件很重要的事——给被项羽下黑手干掉的楚怀王大举发丧，就是这个低成本的"作秀"行为，一下子让刘邦占领了道义制高点，既包装了自己，又抹黑了对手。刘邦能迅速笼络各国诸侯，碰瓷项羽，这手政治牌功不可没。

当然，小时候读历史时，我和很多人一样，都觉得一些政治口号很空洞，一些政治家的表演行为又虚伪又好笑，比如干啥事都要"师出有名"，打仗前发个檄文互相打嘴炮，禅让要三次劝谏、三次推辞。明明观众心里都跟明镜似的，还不厌其烦地搞那一套政治作秀，何必呢？

要解释这个问题，就要先搞明白，自从人类社会出现国家以来，统治者就始终需要面对的一个问题：大家凭什么听你的？

对于"我为什么能统治你"这一问题，人类社会中大抵存在三种答案。第一种，是谁拳头大，谁说了算。这是最简单直接的方式，但建立的秩序不太稳定。你能用武力征服别人，换个人也能这么干，三国之后的十六国时期，就成了拳头硬就能过把皇帝瘾的"动物世界"，大家对权力没有敬畏之心，出现的只能是抢一把就跑路的"流寇"。

第二种，是权力来自老天，也就是君权神授。统治者是"天子"，是神秘的老天爷挑出来统治人间的，一般人就别想了。这套理论在汉武帝时期由董仲舒提出，在后世不断发扬光大，成为中国政治文化的核心零部件。古代的大一统王朝，甭管自个儿信不信，都是这么让老百姓乖乖听话的。

第三种，是权力来自老百姓。近代西方启蒙运动之后，君权的来源由神授变成了民授，政府不是上天抽签的，而是咱老百姓自个儿选出来的，群众要是不满意、不答应，路易十六也能被拉上断头台。这也是绝大多数现代政府的合法性来源。

放在古代社会，"天命"除了决定谁当皇帝，最大的作用是帮助统治者极大地降低统治的成本。谁也不想整天被戳着脊梁骨说"彼可取而代之"，有了稳定的天命，老百姓才会乖乖认命，社会才能稳定，发展也才有效率。

中国是一个政治上非常早熟的国家，我们的老祖宗很早就以商汤与周武的两场革命为蓝本，经过两汉儒家学说的阐释，建立起了一套带有神学色彩、以"天"为核心的政治话语体系——德与暴、善与恶、福与祸、兴与亡，这些用现代人眼光来看缥缈虚无的概念，成了贯穿几千年王朝兴衰的核心概念。"天命"这个东西，说玄乎也玄乎，说简单也简单，无非就是一个政权的合法性问题，这既是历代帝王们进行帝业合法性论述、争取政治认同的话语平台，也是每个合格的政治家熟稔于心、玩转自如的游戏规则。

中国人常常说"人在做，天在看"，我们搞政治斗争，也要讲究一个有礼有节，吃相太难看的，下场基本上都很惨。比如著名行为艺术家王莽，就用戏精的终极自我修养，为后世的野心家们打了样。

到了曹操手上，虽然他早就拿捏了汉献帝，但就是不敢直接砸了大汉四百年的招牌。老头子晚年基本没打仗，一心就在给大汉房本办过户手续，就算你再牛，也得老老实实地走程序，才能把政权与天命平稳交接到儿子手上。而司马懿和他儿子不讲武德，撕下了这层温情脉脉的面纱，把政治变成了赤裸裸的丛林游戏，不仅打开了"潘多拉魔盒"，自己也遭到了历史上最恐怖的反噬。

其实，在中国古代的这种政治文化中，围绕合法性打的口水仗、演的对手戏并不多余，它们本质上都指向两个字：人心。政治，就是一门划分敌我、塑造认同、争取人心的艺术，借用毛主席的话讲，就是把"自己的人搞得多多的，把敌人搞得少少的"。这种人心向背，对任何一个政权的长久存续都极为重要。

在三国之前，合法性的问题并不突出，但到了三国鼎立后，"正统"就是个重要问题了。既然复兴汉室成为了政治的目标、立国的基础，这就意味着，讨伐曹魏就是蜀汉唯一且绝对正确的事情，是这个政权的合法性基础。这是诸葛亮北伐最重要的政治背景。

因此，在兵败夷陵后，方才登上巅峰、旋即跌落谷底的刘备，在白帝城奄奄一息时，必然会强烈地感受到，自己这份并不牢靠的家业，正面临"山雨欲来风满楼"的危机。同样，临危受命的诸葛亮，也明白这时候已经到了"危急存亡之秋"，自己将要接手的，会是一个内外交困的烂摊子。

在内部，国土的沦丧与军事的惨败造成了战略挫折、国力衰退、信心崩塌，在刘备等一批老革命谢幕后，蜀中士民对蜀汉前途产生了怀疑与悲观情绪，潜在的内部政治矛盾开始露头，南中等地的反叛烽烟开始燃起，益州的"疲敝"，成为了这段至暗时刻的主基调。

在外部，曹魏已经从法统上顺利继承了大汉的天命。随着时间的流逝，无论对于士族阶层还是普通百姓，"匡扶汉室"的号召力都在减弱，隆中对里"箪食壶浆以迎王师"的理想画面逐渐远去，加上曹魏三天两头搞和平统一攻势，蜀汉政权赖以存续的合法性基础正摇摇欲坠。

所以，在著名的永安托孤中，除了人事上的安排，刘备最需要做的事，就是向诸葛亮交代重大政治路线：必须高举汉家旗帜，坚持北伐讨贼、复兴汉室不动摇，蜀汉这个"伪汉"政权才有合法性可言，才能凝聚起人心，才能巩固住政权——唯有北伐，才有出路，否则别说匡扶汉室、一统天下了，连现在这点微薄家底，都不可能保得住。

在接手这个烂摊子后，诸葛亮做了很多事情，短短几年里，将半截身子埋进土里的蜀汉给拉了出来：平定了南中叛乱，改元以"建兴"为年号；发表《正议》申明政治立场，恢复益州建制并自领益州牧；通过兴建水利、整顿市场、发展手工业等一揽子措施恢复生产力；重建与孙权的联盟关系……这一切，最终都是为了重拾人们的信心，争取对汉室的认同，集中力量去干最重要的事业：北伐。

战争是政治的延续，这点在诸葛亮领导的北伐上体现得淋漓尽致。北伐事业在诸葛亮的手中，有着不可动摇的鲜明主题，这就是以有道伐无道的"伐罪"：

> 如此定性北伐，北伐才是善对恶、正义对不正义的战争；如此定性北伐，它才不是穷兵黩武，也不是争地逐利；如此定性北伐，它在蜀汉内部才能获得认同和支持，才能够产生凝聚力；如此定性北伐，它在北方才能产生号召力，以争取响应。（饶胜文，《大汉帝国在巴蜀》）

北伐，就是蜀汉的立国之本、人心之基。后面的历史也证明了，没了北伐，也就没了蜀汉。

三

离开了拜将坛，下一个目的地，是位于汉中城北的石门栈道。

说起四川，大多数人的第一印象，除了沃土千里的"天府之国"，就是"难于上青天"的蜀道了。受李白的影响，蜀道几乎是古往今来最有知名度的交通线。蜀道的历史，千百年来又与四川的兴衰沉浮紧密相连。

古人将四面都有山川险阻的易守难攻之地，称为"形胜之区、四塞之国"，这种东西南北都有天险阻隔的盆地，属于老天赏饭吃的天选之地。如果说其他"四塞之国"多少还能找出缺陷的话，那么四川盆地简直是个完美的范本，东西南北，都是难以逾越的天险。

西边，是青藏高原。这里的平均海拔骤然升高到四千余米，形成了大雪山、大渡河等壮美景观。放眼整个中国历史，也只有两支军队从这里走过，

一支是绕过四川南征大理的蒙古军队，另一支是在长征中飞夺泸定桥、翻过大雪山的红军。

到现在，九寨沟、黄龙、阿坝、甘孜这些旅游胜地，都还是远离世俗尘嚣的清净之地。在两汉时，当地终年积雪、人迹罕至，只有少量的羌人居住，对巴蜀的政权没有任何威胁。

南边，是当时被称为"南中"的云贵高原，也就是孟获所在的地方，众多少数民族在此杂居。这里的自然条件虽然没有青藏高原恶劣，但地形崎岖，乌烟瘴气，长期都是发展落后的蛮荒之地。两汉时期，只有"自大"的夜郎国蹦跶过一下。而除了战国时秦国的司马错从这里翻山越岭去捅过楚国的屁股，中原王朝基本不会涉足这里。

不过，因为南中时有少数民族闹叛乱，加上矿产资源丰富，所以诸葛亮在北伐前顺手剿抚了这一带，还整了支少数民族特种兵"无当飞军"，在北伐中立下了不少战功。

巴蜀之地自古与中原接连的通道，就只有东边的长江三峡和北边的秦巴山地了。

再看东边。从重庆往东到万州，就到了长江三峡的入口，沿江而下到现在的宜昌、当时的夷陵一带，就是三峡水道，这是古代出川的水路通道。水运是古代运输的大动脉，但是在军事上，中原政权入蜀时，基本没有从长江进入的，因为走水路需要有水军，对于北方政权，船比两条腿难使唤多了，更别说要经过的还是水军的噩梦——瞿塘峡、巫峡、西陵峡组成的三峡。

今天我们可以坐游轮，从重庆一路向东领略三峡风光，是因为为修筑三峡水库，炸掉了江中的大礁石，用现代水利技术驯服了狂暴的江水。但是在古代，这里"连崖千丈，奔流电激，舟人为之恐惧"，水上航道狭窄、恶浪翻滚；水下礁石丛生、暗流涌动；头顶还有高耸的峡谷、崎岖的山路。李白那种"轻舟已过万重山"的诗情画意，对于大规模行进的军队来说，是根本不存在的。在那时，七百里三峡是不亚于蜀道的天险，只要守住最东边的夷陵和中间的白帝城这两个关隘，剩下要做的，就剩谈笑间痛打逆流而上的落水狗了。

所以，古代不仅从三峡打进四川的不多，就连身居四川的，也很少从三峡打出去。因为走陆路，你打不过，好歹能靠两条腿跑路；但是走三峡，你出得了门，却不一定跑得回家。刘备那十万大军出川，被陆逊堵在夷陵，出又出不去，回又回不来，屁股被一把火烧烂后窜回白帝城，就再也死活不后退一步。陆逊也不敢往里追，就是因为白帝城是四川东边的天险门户，除非你有几千名海军陆战队士兵，不然顶着逆流过三峡、进四川就属于"送人头"行为。

当然，逆流而上拿下四川的也不是没有，东汉初年的岑彭就干过这种逆天的事，但这个战例不太有可复制、可推广的特性。直到八十多年前的抗日战争，日军投入了无数的现代化战争机器，在长江三峡的天堑险关和中国军队的血肉之躯面前，都攻破不了这道中国最后的防线，何况古代呢？

好了，东、西、南三边都没戏，只剩北边的蜀道了。

也就是说，"黄鹤之飞尚不得过，猿猱欲度愁攀援"的蜀道，竟然是进出四川最稳定、最靠谱的路线。这一路自驾观光的时候，我无数次都在想象古代那些战神们，站在蜀道的入口自动带上的痛苦面具。

最后来看决定四川命运之地——北边。在四川盆地和三峡的北边，是米仓山、大巴山、神农架等组成的大巴山脉；往北，是作为中国南北分界线的秦岭；再往北，就是长安和关中盆地。从中原文明的核心区域到巴蜀地区，要跨越的天险，主要就是秦岭和大巴山这两道山脉。

在地图上，从长安到四川门户剑阁的直线距离，大概是400公里，如果400公里都是走这种山路的话，估计换谁对巴蜀都是彻底不爱了。不过，有时你不得不感叹世界的奇妙，在大巴山和秦岭的莽莽群山之间，造物主在此播撒下了一片绿，这里有平坦的地形、环绕的山水、温润的气候、肥沃的土地、丰富的资源，这就是汉中盆地。

翻开地图，汉中盆地在南北之间的战略枢纽地位几乎一目了然，从关中向南打四川，和从四川向北进入中原，都必须穿越秦岭和大巴山，经过汉中盆地。秦巴山地的险峻，就不必多说了（请大声背诵一遍《蜀道难》）。虽然李白说四川"尔来四万八千岁，不与秦塞通人烟"，但是很久以前，秦岭、巴山上还是有道路的，只是太过狭窄险峻，很难用于军队的大规模行进。战国时期，秦国为吞并巴蜀，在高耸入云的山间修筑栈道。物换星移，这些架在半山腰上的木板子，又成了愁煞无数英雄豪杰的天险。

经过几千年的雨打风吹，随着现代交通路网的兴建，这些山林间的栈道基本上已经损毁废弃了，只有少部分还在作为景观发挥着余热，褒谷口所在的石门栈道，就是其中之一。

褒谷口的"褒"字，最早要追溯到褒城。这是汉中建制最早的地区，传说是大禹后裔褒君统治的地区，真假不得而知。但在商周时期，这里确实有个古老的褒国。西周末年，周幽王的王后，著名的"祸水红颜"褒姒就出生在这里。现在这里还有个叫褒城镇的地方，传说就是褒国的所在地。关中和汉中能够跨越秦岭交流、联系，说明当时这里已经有路了。

石门栈道这个景区，距离城区也就20多分钟的车程，位于褒斜道的入口。在翻越秦岭的多条道路中，褒斜道是非常重要的一条。丞相第一次北伐时，赵云、邓芝的队伍，以及最后一次北伐进军五丈原，走的都是这里。罗贯中的《三国演义》里，有好几次兵出"斜谷"的描述。这个斜谷，就是从褒谷出发，沿着褒河一路向北而成的褒斜道在北边的出口。出去就是八百里秦川，以及丞相的宿命之地——五丈原了。

买了门票进了大门，离景区的本体——栈道还有好一段路，有所谓的"小火车"载人往返，这也是大景区的常规操作了。沿着褒河河岸一路走，是一条几公里的文化走廊，沿途是五花八门的雕像、城楼、吊桥、"三国"小剧场之类的文化小景观，从"涨姿势"的角度来说还不错。

除了栈道之外,这里还是有些看点的。首先是被后世称为"石门十三品"的摩崖石刻。由于褒斜道在交通上的重要性,古代有不少名家大师在沿途的山体上留下石刻,最有名的是汉魏时期的十三处巨型摩崖石刻。其中我最想看的,当属"衮雪"二字。据说这是当年曹操在这里搞团建,一时兴起,大笔一挥在巨石上题的词。旁边的人说:"老板,你这滚字缺了三点水。"曹操大笑:"这里有一整条河,还会缺水吗?"

故事的真实性不可考,不过,据说这是曹操唯一留下的真迹。作为开"建安风骨"之先的文学家,曹操一生只留下这么短短两字,实属可惜。1969年,因为要修建石门水库,包括"衮雪"在内的十三件石刻都被抢救性剥凿下来,移到了汉中博物馆,所

以此刻留在这儿的都是拓片；而石门里的其他百来块碑刻，从此淹没在了水底……

"衮雪"二字，是汉魏时期流行的隶书，字形圆润流动，竟然还有些可爱。清代学者罗秀书在《褒谷古迹辑略》中评论："昔人比魏武为狮子，言其性之好动也。今见其书如此，如见其人矣！"说曹操的这俩字是字如其人，他的性格像狮子一样闲不住地好动，跟《短歌行》《观沧海》那种恢弘大气的风格还有些反差萌，确实挺贴切的。

其次，就是建在景区之中的石门水库了。沿褒河一路走的时候，我就奇怪，明明不是枯水期，为什么褒河的水量这么稀少，河床大片大片地裸露在外面，充其量只是一条小溪。

走到里面，才恍然明白，原来这里修了一座巨大的水坝，也就是20世纪70年代建造的石门水库。高耸的坝体横亘在狭窄的秦岭山间，与河面形成了巨大的落差，从下往上仰视，颇有"一夫当关，万夫莫开"的气势，应该和古代雄关的样子差不多吧。

花了半个小时，从入口走到水库的下面，在一条不起眼的入口处，终于见到了景区的本体——褒斜栈道遗址。据官方介绍，这是与长城、大运河比肩的中国古代第三大建筑奇迹，而且有旅游专家称："到汉中不到石门，等于没到汉中。"……呃，众所周知，世界上有几百个第九大奇迹，不足为奇，不足为奇。

说起栈道，不管有没有背过《蜀道难》，大概都可以脑补出

那种陡崖上凌空漫步的险峻景象。虽然景区里的栈道都是重修的，在安全系数上比较有保障，不至于像古代那些栈道给人命悬半空的窒息感，但是走在这条寻常的道路上，还是会不自觉地将自己代入"上有六龙回日之高标，下有冲波逆折之回川，黄鹤之飞尚不得过，猿猱欲度愁攀援"的场景中。

沿着山路拾级而上，一路攀登到大坝顶端，一抬头，我不禁虎躯一震。映入眼帘的，是与山脚下完全不同的风景。刚才那段干枯的"小溪"不见了，取而代之的，是大坝之上一条完全不同的褒河，中间水流平缓清澈、开阔大气，两边青山掩映、凉风习习，山上山下强烈的对比反差，让我感受到了那种武陵人钻出洞窟、豁然开朗的惊喜感。

原来，刚才只是普普通通的爬山，眼前这段夹在秦岭之中的褒河河谷，才是景区的主体。山的这边，是修筑在峭壁上的平缓栈道；山的那边，是飞架在半山腰的G316。此情此景，瞬间将赶路和登山的疲惫感一扫而空。

比起刚才无聊的走廊和陡峭的山路，在这里的栈道上漫步，就轻松惬意多了，一路上青山绿水为伴，还有不少野生松鼠。大概走了两三公里，就走到了景区的终点，一座八角亭。

站在栈道的尽头，向北眺望，云雾缭绕的秦岭若隐若现。丞相的数次北伐中，只有最后一次选择了这条距离最近的褒斜道，在这儿最后一次回望了蜀汉的锦绣江山，从此一去不复返。

北望中原，沿着这几百里的褒斜道，中原似乎触手可及，又多么遥不可及啊！

如果说在政治立场上，北伐是蜀汉不得不干的一件事，那么地理上的困局，就是促使诸葛亮北伐的第二个原因了。

四

自从巴蜀被秦国开发后，汉中就成了连接关中和四川盆地的枢纽，在分裂的时代，是南北势力在西部中国的分界线，牵动着天下大势。大体来说，对于北方政权，没有掌握汉中，不至于有性命之虞，但只能被动挨打，拿下了汉中，就加速了南下统一的步伐；而对于南方政权，汉中在手上，才能确保国防安全，才有资本走出四川盆地，丢掉了汉中，不仅意味着这辈子和中原大地没啥关系了，也等于奏响了亡国的前奏。

汉中与四川盆地这种唇亡齿寒的关系，可以进一步解释巴蜀地区在中国历史上的特殊地位。

明末清初的欧阳直，在亲身经历了明末的巴蜀战乱后，留下了《蜀警录》一文，其中有一句总结四川历史宿命的名言："天下未乱蜀先乱，天下已治蜀未治"。也就是说，每逢天下大乱，甚至还只有乱的苗头时，四川就闹独立闹得最早；等到中原战乱平定、天下大势明朗后，四川还在当着独立王国，又是被收编得最晚的地方。

从这个现象，可以进一步归结出另一个现象：四川盆地这么一块风水宝地，虽然盛产土皇帝，但是在那么多建立在四川盆地的政权中，却从来没有统一过天下。

为什么巴山蜀水成就不了帝王之业呢？用一句话概括——成也地理，败也地理。

四川盆地这个完美的"四塞之地"，四面八方都是交通物流的噩梦，别人不好进来，但自己也不便出去。加上好山好水，"老婆孩子热炕头"的日子过久了，说得好听点，难免有"盆地心态"，说直白点，就是偏安一隅，不思进取。

有个说法叫"少不入川，老不出蜀"。在传统观念里，川渝之地适合养老、不适合奋斗，年轻人待在这种舒适区里，容易躺平、佛系、丧失斗志。

我的家乡位于东南地区的内陆盆地，本地人的观念也有相似之处，我们也总是自嘲，一个地方的美食和GDP一般都成反比，所以小日子过得舒坦的地方，老百姓有根深蒂固的盆地心态，很难像沿海发达地区那样卷起来。

当然不能一概而论。但是，在政治层面，历史上建立在巴蜀的割据政权，从东汉初年的公孙述，到西晋末年李雄的大成、东晋末年焦纵的谯蜀、五代时王建的前蜀、孟知祥的后蜀、宋初李顺的大蜀、元末明玉珍的明夏、明末张献忠的大西等政权，也确实都偏于保守，上位者均满足于当个土皇帝，没什么争天下的雄心壮志。

说来奇怪，虽然川渝这地方一到乱世就闹独立，但是几千年来，除了十六国时期被迫闹腾了几年的焦纵之外，割据川渝的土皇帝，无一例外都是外地人。

这个现象也不难理解，由于地理上的天险，川渝常常能远离中原的兵祸。川渝土著向来生活安乐，不好争斗，但是公孙述和蜀汉的川渝实践，给后世的野心家们打了样。每逢乱世，有点枪杆子的都把这儿当成割据一方的风水宝地，争着来当山大王。因此，本地人与外地人的矛盾，从秦国吞并巴蜀后，就贯穿着整个川渝的历史。

在刘备入川之前，割据益州的刘焉、刘璋父子就是外地人，已经与本土势力积累了一些矛盾。刘璋之所以被诸葛亮称为"暗弱"，很大原因就在于搞不定和土著的关系。在刘备带着荆州的兄弟们空降后，益州的政治版图变得更加复杂。本地的土著、刘璋时期的旧客、刘备带来的新人三股势力，在大三国里上演了小"三国杀"，埋下了蜀汉历史中最重要的暗线——内部矛盾。

而且，这些偏安政权不仅没干成什么大买卖，在灭亡时，死相也普遍比较难看。根据鲜肖威《历代攻蜀行军路线考略》的统计，从公元前316年的司马错伐蜀，到1949年刘邓大军解放大西南，历代从外攻入川渝，并成功占领成都的军事行动共有14次。在中国古代，中原王朝收复川渝，用时基本不会超过两年，大多在几个月内就能结束战事。北宋赵匡胤灭后蜀就只花了两个月。后蜀的花蕊夫人在城破之日还写了一首诗，嘲讽道："十四万人齐解甲，更无一个是男儿。"这国亡得实在是比较窝囊。

当然，川渝人不好战，也无可厚非，毕竟改朝换代就是轮流坐庄，中原人来了，无非是换个皇帝，老百姓日子还是继续过。但是，在面对外族侵略、民族危亡之时，川渝百姓又会爆发出血性，成为守护华夏国运的"钉子户"。

蒙古南下灭宋，川渝百姓寸步不让，在钓鱼城下让蒙哥成为蒙古唯一一位战死沙场的大汗，南宋灭亡后，川渝零星的游击战坚持了多年；清军入关，夔东抗清基地陆续死磕了十几年才被剿灭；抗日战争时，川军没有偏安于大后方，而是誓师出川300多万人，前后死伤60余万人，用血肉之躯，贡献了挽救民族危亡的洪荒之力。

为什么川渝在历史进程中会呈现出这样的两个极端呢？清初的顾祖禹，在他的鸿篇巨制《读史方舆纪要》中，从历史和地理的角度，深刻总结了历朝历代战争的攻守之势、王朝的兴衰得失。在四川篇的序言中，他一针见血地点出了命门：

> 四川非坐守之地也。以四川而争衡天下，上之足以王，次之足以霸，恃其险而坐守之，则必至于亡。

饶胜文在《布局天下》中也总结道："四川惟有在一个整体

的大棋局中，才显示出不可忽视的战略地位。若仅为一种单独的割据势力所有，那么，构成其割据基础的地理因素同时便也构成了限制其向外发展的一个消极因素。"

总的来说，在大争之世，四川虽然有老天爷赏饭吃，但绝不是可以偏安一隅当土皇帝的地方。四川这颗棋子，需要放在整个中国的棋盘里来落子，才能彰显出价值。用得好，足以成就王业，差一点，也能雄霸一方。如果只凭着"蜀道难"宅在家里，那就是在等死，也必然会受死。

在帝制晚期的清朝，顾祖禹已经积累了足够多的历史样本，可以用"上帝视角"审视大历史的趋势，因此用一句话就极其深刻地洞察了四川盆地的战略意义。

但是在三国，这个中华文明的青春期，大家还没有什么作业可以抄，"历史充分证明"的事后经验，对于当时的蜀汉和诸葛亮，并不存在。可供参考的，也只有四百年前刘邦还定三秦，以及两百年前公孙述的故事了，何况这两个案例的参考价值，在天时、地利、人和，以及故事的结局上，都有明显不适用的地方。

所以，诸葛亮北伐所表现出来的进取心态，以及战略上的审时度势，在当时的历史条件下是非常难能可贵的。

打个比方，在相亲场合，很多女生评价男生时会有一个很重要的标准：有没有"上进心"。没有上进心的人，就算现在工作还不错，也会给人留下没啥前途的印象；相反，一个现在事业盘不大，但是很有上进心的男人，会让女生觉得他是一只"潜力股"。这个道理，对一个国家、一个政权来说同样适用。

因此，在第二次北伐时上表的《后出师表》（真实性存疑）中，诸葛亮在开篇即言："汉贼不两立，王业不偏安。"如果说"汉贼不两立"表现的是坚定的政治立场，那么"王业不偏安"，就是丞相因地制宜，为北伐事业树立起的另一面思想旗帜。

诸葛亮清楚地知道，偏安这种不可避免的盆地心态所带来的消极影响，是消磨人心、瓦解王业，如果不作出改变，"慢性死亡"是必然结局。打败偏安心态的最好武器，就是不断地保持危机感，勇敢地走出舒适区。

因此，诸葛亮主政时期的蜀汉政权，蓄积着一股青春期的荷尔蒙力量，流露出初生牛犊不怕虎的"愣头青"气质，表现出极大的上进心。不仅诸葛亮这个最高长官长期待在一线，为整军备战、北伐图强呕心沥血，之后蜀汉政权的一把手，虽然逐渐对北伐丧失信心，但都没有龟缩在成都，而是将办公地点在前后方来回更换，至少要表现出"我还能抢救一下"的姿态。

从这个意义上来说，对于驻扎在巴蜀这片土地上的蜀汉而言，北伐，是一场拒绝偏安的存亡之战。放在整个中国历史的巴蜀篇章中来看，诸葛亮的北伐，是一场孤独、倔强而又光荣的远征，它如流星般短暂地划过长夜，成为巴蜀地区政权挑战中原地区政权的绝唱。

在此后的中国历史中，再也没有那一次又一次翻越飞鸟不过的莽莽秦岭，明知不可为而为之的坚定身影了。巴蜀，作为一个独立的地理单元，也从此退出了庄家的行列，丧失了棋手的资格，只能作为棋盘上的棋子，一次又一次地被捏在产自关陇、河北、东北这些龙兴之地的帝王手里，用来"争衡天下"了。

对于这片土地来说，这究竟是远离战火的幸运，还是身不由己的不幸呢？

唯一可以肯定的是，在丞相的时代，巴蜀还能以棋手的身份坐上棋局，而不是任人拿捏的棋子。因为，在北伐的路上，蜀汉的命运，是可以掌握在自己手中的。

离开石门栈道，汉中市区的旅程，就告一段落了。下一站，是"六出祁山"期间，汉中真正的心脏，丞相的常驻之所——

勉县。

第二日

虎啸沔阳

定军山下，武侯墓前

勉县

汉中

七月二日，星期日，雨转阴

行程：汉中—勉县

公元227年3月，在上奏了流芳千古的《出师表》后，诸葛亮与尚在襁褓中的幼子诸葛瞻作别，挥手离开成都，北上驻扎进了汉中，拉开了北伐的大幕。

谁也没有想到，丞相这一走，直到公元234年病逝五丈原，就再也没有回来过。

自公元223年4月在永安接受托孤、总揽朝政以来，在这流星划破夜空的短暂11年中，丞相生命中最后的7年时光，都是在汉中和前线度过的。因此，汉中其实才是丞相真正的久驻之地、魂归之所。成都武侯祠内那座巨大的坟茔，只是刘备的陵墓，诸葛亮其实跟它没啥关系，更没有葬在那儿。

那么，武侯墓的确切位置是哪里呢？在汉中。确切地说，是在汉中市的西边，一个叫勉县的地方。这里既有正版的武侯墓，也是北伐期间丞相的办公室、蜀汉的司令部所在地。

一座规模不大的小县城，为何会成为丞相的埋骨之地、北伐的中枢呢？

带着这样的疑问，我踏上了从汉中市区前往勉县的道路。

一

勉县，古代叫作沔阳（古代还有一个叫沔阳的地方，现在是湖北的仙桃市）。一般带有"阳"字的地名，都跟山川河流的地理位置有关系，古代称山南水北为阳，沔阳顾名思义，就是在沔水北边的城市。沔水是汉水（汉江）的古称。

岔开来说一句，山南水北为阳，那么山北水南自然为阴了。但是中国历史上带"阳"的城市很多，比如洛阳、襄阳、衡阳、华阳等等，但是带"阴"的城市却很少，这是因为中国在北半球的缘故，朝南的一面有阳光直射，所以城市建在山南水北，既能晒到太阳，又有天然屏障；反过来，很少有人会在采光不佳的"阴"处生活，城市名里的"阳"盛"阴"衰自然就在情理之中了。

1964年，国家推行地名生僻字改革，因为"沔"字比较生僻，当地就将其改成了与"沔"同音的"勉"。不管是沔阳还是勉县，听到这个名字，大部分人的内心应该都毫无波澜；不过，说起勉县境内的三个地名，熟悉三国的朋友肯定立马hold不住了：定军山、天荡山、阳平关。

没错，勉县这地方，就是汉中之战的主战场，黄忠计夺天荡山、阵斩夏侯渊，赵云在汉水唱空城计，杨修玩鸡肋梗送命这些经典桥段都发生在这里。

勉县这地方，规模不大，知名度也不算高，只是汉中市下属的一个县。绝大部分时间，汉中的治所，是现在市区所在的南郑，但是自从诸葛亮进驻汉中后，就"屯于沔阳"，一直把自己的办公室和蜀军的大本营设在今天的勉县。加上之前曹操南征张鲁也被堵在这里，之后丞相又葬在这里，在各路大咖和剧情的加成下，勉县，仿佛瞬间成为了世界的中心。

为什么勉县对于丞相这么重要呢？

首先，勉县有地形的天然优势。勉县的北边是天荡山，南边是定军山，西边是阳平关，形成了"两山夹一关"的天然屏障，无论从四川北上还是从陕西南下，想进出汉中盆地，都得"留下买路财"。只要攻破了阳平关，汉中就无险可守，反之，堵住这个口子，蜀汉的国防安全就保住了七成。所以，把大本营放在这，能最大限度发挥汉中的地理优势。

其次，要服务北伐的方略。"六出祁山"的过程中，丞相没有把主攻方向放在直线距离最短的秦岭，而是兜了一个大圈子，往西北去夺取祁山和陇右地区。这个战略思想，之后会再展开讲讲。为了方便北伐，出发的基地需要尽量靠近西边的盆地出口，放在可攻可守，又可进可出的勉县，既能展现北伐的决心，也能大大降低打仗的运输成本。

最后，能利用丰富的资源。勉县处在汉水上游的平原地区，境内有多条河流，不仅土地肥沃，灌溉便利，还有盛产铁矿的矿区和丰富的木材，能够就地取材打造兵器。因此，除了整军备战，丞相一直在这里兴建水利、屯田种粮、铸造兵器，还修筑了一座被后世称为"诸葛城"的城池用来安置移民，把勉县打造成了一座集指挥所、大粮仓、兵工厂于一体的超级基地。

另外，对于志在兴复汉室的丞相来说，勉县是个汉家圣地。老祖宗刘邦从这里走出去；当年刘备自称汉中王的时候，也是在这里办的仪式，现在勉县郊区还有刘备称王时的坛场遗迹。在这儿挥师北伐，有着很大的精神象征意义。

丞相要把办公场所和蜀军主力全部放在勉县，可以说，一举一动无不是为了北伐。

定军山和武侯墓挨得非常近，都在勉县的南郊。驱车将至勉县，平整的柏油路变得凹凸不平起来，不仅路越来越难开，还时不时有大货车出没。在我正纳闷是不是开进了开发区的时候，一抬头，映入眼帘的，竟然是一根根冒着冲天白烟的大烟囱。

虽然是7月的盛夏，但在汉中的这两天，阴雨绵绵。虽然温度挺怡人的，但是天空一直灰蒙蒙的，加上这些烟雾，能见度就更低了。勉县虽然挺有历史文化底蕴，但也是陕西重要的冶金工业基地和化工工业基地，在经济上还是依赖工业，特别是重工业。路上遇到的大卡车和大烟囱，都属于汉中钢铁集团。

城市要发展工业经济，虽然无可厚非，但问题是，这个基地离当地最重要的旅游景点定军山和武侯墓太近了。常年笼罩在工厂和卡车的滚滚烟尘之下，着实有点煞风景。

不过，从这个大烟囱也能看出，这里的铁矿藏量十分惊人。西汉时期这里就有专门的铁官，相当于现在的汉中钢铁集团，到现在此处还是轰隆隆的工业基地。铁在古代是非常重要的军事资源，蜀汉的大后方，特别是南中地区并不缺铁，但运过来就要劳民伤财了，所以丞相把大本营放在勉县，既能就地取材打造兵器，又能省下运输的成本，确实是非常务实的做法。

烟囱归烟囱，本着"居高临下，势如破竹"的原则，我决定先上定军山瞅瞅。

这个中国京剧界最著名的山头，因为一个三国时代最高级别方面军总司令的惨死，被中国人民广为熟知。

公元218年，曹操的人生终战，刘备的事业巅峰，蜀汉与曹魏的全明星之战——汉中之战打响。这场战争，《三国演义》用近四回的浓墨重彩来描写，其跌宕起伏的精彩程度，也确实对得起这篇幅，而其中绝大部分的剧情，都在勉县周围上演。

小说里，汉中之战基本上是蜀汉对曹魏的单方面吊打，先是张飞胖揍张郃，然后是黄忠"手撕"夏侯渊，再是赵云用空城计吓得徐晃"尿裤子"，最后是曹操砍了倒霉蛋杨修然后溜了。小时候，身为蜀汉忠实粉丝，这部分读起来当真是大快人心。

不过，历史上的汉中之战，蜀汉差点翻大车。当刘备亲率大军，带着除关羽之外的所有高级将领来打汉中时，不仅没有势如破竹，还在阳平关被堵了整整一年，愣是啃不下这片城墙。在被夏侯渊拖到精神崩溃的边缘，老刘豁出去了，往南渡过汉水，再率大军翻山越岭，绕到了南边的定军山，想出其不意搞点事情。

沿着山路开车到定军山的脚下，门口是一座看上去就很冷清的营门，几位阿姨围着音响跳着施法般的舞蹈，更是凸显了它的无人问津。在门口看了看，既没有看门大爷，也没有导览图，只有一块定军山的简介牌，看上去完全没有景区的样子。也罢，爬个山也不需要啥，两腿一迈，说上就上。

按照官方介绍，定军山是附近12座山峰的总称，其中的主峰名为定军山，海拔883米。虽然定军山的名气够大，但不知道是不是因为资金不够了，山上搞了些旅游的配套设施，却搞了一半就烂尾了，不仅一路上没有围栏，而且岔路口上连一点指引都没有，配上下雨天的青苔，爬山简直爬出了开恐怖盲盒的感觉，怕是稍有不慎就会变成当代夏侯渊。

一路战战兢兢爬到山顶（我甚至根本不知道到了山顶），只有一排几乎朽烂的木制长廊，可作休息兼避雨之用。想登高望远，无奈阴雨天加上大烟囱排的烟，不要说远处的天荡山和阳平关，就连县城都是朦朦胧胧的。虽然环境欠佳，不过身处这种自带 Buff 的地方，脑海中的小剧场还是不自觉地上演了起来。

刘备这招弃水上山的变阵，其实是蛮冒险的。蜀军在定军山扎营后，并没有马上出现老黄忠嗷嗷提刀冲下山一刀砍死夏侯渊的剧情，因为老刘在这山头上又整整待了五个月……小半年的时间，就在这几个山头上，不仅要操心大军的吃喝拉撒，还要担心阳平关的大营被端掉，自己在山上被活活憋死。

就在老刘快被拖垮的时候，最大的变局出现了。夏侯渊对蜀军的进攻方向判断失误，竟然带着几百警卫在山脚修工事。堂堂曹魏西军总司令，就这样在眼皮子底下晃悠，换谁能忍？于是，一番锣鼓喧天，黄忠老爷子冲下山，轻松笑纳了这场战争最大的彩蛋。

作为三国时期死得最离谱的最高司令员，夏侯渊此后频繁以不同的死亡姿势，出现于各种科普小剧场里，真是老倒霉蛋了。

在整个汉中之战中，相比于蜀汉这边全员打鸡血的疯狗模式，曹操显得很尴尬：来了之后象征性地放了几炮，就麻溜地跑路了，还顺路带走一个抖机灵的杨修，活像在正义铁拳下，惶惶如丧家之犬的反动派。

小时候读到这段，在心里为蜀汉集团开香槟的同时，多少也是有点不理解的：你曹操那种魏武挥鞭的气势哪去了，咋不跟你瞧不起的卖草席的死磕到底呢？后面结合地理分析起来，才觉得曹操的选择，真正体现了久经考验的老政治艺术家的修养。

在军事上，汉中之战前后打了大半年，曹老板亲自下场救火的时候，已经折了夏侯渊这个西线总司令，在局势和士气上都处于明显劣势，加上要跨过秦岭运粮，面对士气爆表嗷嗷叫的蜀汉复仇者联盟，不仅打不动，也耗不起。

在战略上，汉中对于刘备来说，事关生死存亡，所以赔上家底也得跟你玩命。但是对于他曹操，汉中的价值，就只是个进入益州的桥头堡，在短时间内灭不掉蜀汉的局势下，汉中拿在手上，不仅防守成本高得离谱，也没啥战略价值可言，这也是"鸡肋"梗的主要理论依据。

在政治上，晚年的曹操基本没怎么打仗，精力都放在"办房产过户手续"上，为的就是能和平地摘掉大汉挂了四百年的招牌，把事业平稳交接到儿子手上。人活一辈子，图个啥呢？老头子要是折在汉中，一辈子就白干了。

面对这样的利弊，曹操审时度势，没有上头，干脆利落地放弃了汉中。不得不说，这是非常明智的选择。更重要的是，放弃汉中后的曹魏政权，开始调转国家的战略方向，打了套三合一的组合拳，不仅奠定了统一的基础，也逼着诸葛亮把北伐提上了日程。

第一，大移民，搞拆迁。汉中的土地可以给你，但人不行。拆迁狂魔曹操干了一辈子的移民工作，这次又大干快干上了汉中移民项目，两次把汉中、武都的群众搬迁到了关中、洛阳一带，在蜀汉北伐沿途制造了大量无人区，结果就是刘备"得其地而不得其民"，啥都捞不着。（《三国志·张既传》："拔汉中民数万户以实长安及三辅""徙氐五万余落出居扶风、天水界。"《三国志·杨阜传》："阜威信素著，前后徙民、氐，使居京兆、扶风、天水界万余户，徙郡小槐里，百姓襁负而随之。"）甩掉汉中对于曹魏是一身轻松的事，虽然放弃了战略主动，但也把秦岭的物流噩梦一并给了对面，就是明摆着把枪交给了蜀汉，逼着对方翻山越岭来打自己。

第二，只挨打，不还手。打残蜀汉之后，曹魏将国防重心放在长江中下游，全力盯防着孙权那老小子。而关中、陇西一带的西部战线，则全面进入龟缩防守，只设置了祁山堡等少数几个盯梢的据点，任你诸葛亮和姜维怎么骑脸输出，就突出一个只挨打、不还手，只守家、不出门。反正你要来杀敌一千，就得在路上自损八百，这么损人利己的事，何乐而不为呢？（《三国志·郑浑传》："但坚壁拒守以挫其锋，使进不得志，退无与战，久停则粮尽，虏略无所获，则必走矣。走而追之，以逸待劳，全胜之道也。"）

第三，深挖洞，广积粮。曹家地主虽然家大业大，但中原大地经过多年战乱破坏，也剩不了多少余粮。在家底接近被掏空、对面大神健在的局势下，短期内完成不了南北统一。于是，曹魏采取保境安民、休养生息的策略，在国防上以守为主，同时全线恢复生产力，等到熬干了对手、养肥了自己，再伺机收割。

玩过MOBA类游戏的人都熟知一个原则：优势不打龙，大龙毁一生。对于优势方，赢下对局最稳健的方法，不是把操作拉满，而是把失误减到最小。最顶尖的队伍，无论场面上的赢面再怎么大，都能稳如老狗，不给对面任何机会，当把优势滚到足够大时，就能很自然地转化为胜势；如果觉得这把稳了、心态飘了、操作浪了，甚至急着一口吃掉对面，往往就会自己露出破绽，被人翻盘。

而对于劣势方，想要逆境求生，绝不能被对手牵着鼻子运营到死，如果不能寄希望于对手犯错，就必须把主动权掌握在自己手里。自己去发起进攻、创造机会，即便不能一波梭哈，只要每次都能扳回一点劣势，就还有机会成就以小博大、以弱胜强的传奇。守在家里做困兽之斗的，没一个能翻盘。

大体来说，越高端的对局，出现翻盘的几率越小。真正实现惊天大逆转的，劣势方找机会翻盘的少，优势方犯病浪输的多。高手过招，在操作差距不大的情况下，往往看的不是谁更能秀，而是谁不犯错。

在北伐这盘大神级别的顶级对局中，诸葛亮遇上的是曹叡和司马懿这对手握巨大优势，还几乎不会犯错、不给机会的君臣组合。这不代表对面完全没有死角，只不过曹魏家大业大，输得起也耗得起，而且浪的时候也就是送点人头、亏点经济，但是防御塔没掉、大小龙没丢，优势的基本盘还攥在手里。

丞相北伐这些年，魏国"没绷住"而给了点机会的，只有两次。一次是在第二次北伐后，满朝文武嚷嚷着，我堂堂大魏国忍不了，必须给诸葛亮那老小子点颜色看看，于是搞了个五路大军伐蜀，结果半路遇到大雨，蜀军都没见到就散了，跟个军事演习差不多；另一次是第五次北伐，司马懿顶不住汹汹民意，被迫开门跟诸葛亮正面野战，然后就被打得差点自闭了。

好了，我们把镜头切回到山顶。虽然被这糟糕的天气和破败的景区破坏了心情，不过在休息时邂逅的三位结伴爬山的小哥倒是有趣。一问才知道，他们是刚高考完的勉县本地学生，也是第一次来爬定军山。几位小哥年纪不大，但挺健谈，还给我推荐了其他景点和美食。

"你们喜欢看三国吗？"

"呃，不怎么看……"

本地人不看本地事，也不令人奇怪，毕竟游客奉若珍宝的，对于大部分本地人来说，往往只是身边的寻常事物。不过身处地方的文化氛围之中，久而久之，人们多少还是会受到些影响的。

在查阅早年资料的时候我发现，勉县政府曾经想借撤县设市的契机，将当地改名为"定军山市"，但是一直没有落地。为了开发定军山，当地政府成立了定军山旅游发展有限公司，搞了定军山立碑、大型雕塑、游步道、公共设施与水电绿化等基础设施工程，计划打造三国主题的旅游文化圈。但从目前的情况来讲，这个计划落实得多少是有点潦草了。

当然，也有值得一看的，比如这座定军山脚下的武侯墓。

二

丞相死后，谥号"忠武"，为了纪念和供奉他，后世陆续修建了众多祠堂，因此武侯祠并不是成都的专属，全国各地都有，没有正版、盗版之说。

虽然武侯祠数量众多，但安葬丞相的武侯墓，全天下只有一处，就在定军山脚下。丞相之所以会葬在这里，而不是成都，完全是自己决定的。

《三国志·诸葛亮传》记载："亮遗命葬汉中定军山，因山为坟，冢足容棺，敛以时服，不须器物。"《三国演义》也说："丞相临终，命葬于定军山，不用墙垣砖石，亦不用一切祭物。"所以这儿是丞相的真墓，没有什么疑问。

中国人讲究安土重迁、落叶归根，但在乱世之中，想要魂归故里，很多时候只是一种奢望，对丞相也是如此。无论是成都还是汉中，对于丞相来说，其实都是异乡。

放在地图上看，丞相的人生就是一次奇幻漂流。诸葛亮是山东临沂人，年幼时逃难到江西南昌、湖北襄阳，出山后在湖北荆州办公，人到中年来到四川成都，晚年驻扎在陕西汉中，主攻方向是甘肃天水，人生夙愿是打回河南洛阳……几乎东南西北都漂了一遍。从小远离故土，一路颠沛流离，对于丞相来说，哪里才算是故乡呢？

遥望着回不去的故乡，丞相没有选择以"一人之下，万人之上"的尊贵身份厚葬于成都，而是要求把自己薄葬在偏远的定军山下，原因只有一个：即便在九泉之下，他也要在生前日夜操劳的地方，继续守护着未竟的北伐事业，直至看到后人"兴复汉室，还于旧都"。

这股对事业无比纯粹的"执念"，在古往今来无数的帝王将相中，也没有几人能做到。

武侯墓与定军山的距离非常近，开车几分钟就到了。景区门口是一座诸葛亮的雕像，大门上书"武侯墓"三个大字。虽然这趟旅程不算是沉重的文化苦旅，但是踏进武侯墓大门的刹那，心中还是涌起了一股肃穆神圣的感觉。

这种感觉，首先是环境带来的。此时雨过天晴，灰蒙蒙的天空露出了些许阳光。陵园内遍地是郁郁葱葱的汉松古柏，绿植密集。这时候游客十分稀少，一路上伴随着苍翠山林、阵阵清香，有种说不出的惬意与庄重。

武侯墓景区的外围是大面积被绿色覆盖的林园，核心的祠堂与墓园，需要走一段路才能看到，山门牌匾上同样写有"武侯墓"。

仰望了一会儿，我带着肃穆的心情，步入祠堂的正殿中。

小小的院落里，几株高大的古柏护卫着正殿，其中立着丞相的塑像，左右两边是设有展馆的偏殿。由于游客不多，殿前的香火并不旺盛，旁边的香火无人看管，只留了个二维码。虽然我对求神拜佛并不感冒，但此时此地，无论如何都得取支香，插在大殿前，恭敬地拜三拜。

进入大殿，映入眼帘的是一座诸葛亮的塑像，手捧着《六韬》，羽扇纶巾，身披鹤氅，面容沉静，没有神神叨叨的怪力乱神之感，算是武侯祠诸葛亮像里不浮夸的一尊。两侧除了书、琴两个童子外，还立着张苞、关兴……呃，这多少就有点尴尬了，毕竟这两位在《三国演义》里虽然重拳出击，但在正史里却是纯纯的路人甲。但搞个五虎将放着吧，丞相不太够格，弄个魏延、姜维之类的，又略显奇怪，所以只能摆个低配版的"小关张"，这多少也带着点"蜀中无大将，廖化作先锋"的无奈。

穿过大殿的后门，丞相的墓园就出现在了眼前。

映入眼帘的，首先是一座亭子，立有两块石碑，一块是万历年间陕西按察使赵健立的"汉丞相诸葛忠武侯之墓"碑，另外一块是雍正年间的"汉诸葛武侯之墓"碑，作者比较有流量，是果亲王允礼。

更吸引人注意的，是碑前摆着的许多花束。看了看，都是游客们自发买来的，花上大多还放着一张小卡片，上面写着对丞相的寄语：

致丞相：我路过南阳故土的青山，看过成都春天盛开的繁花，听过夔门的江潮，见过剑门关的雄伟，我遗憾于还未去看过隆中的冬雪、祁山的冷月，就先行于定军山看您。

人生的前一段，你隐而不仕，躬耕南阳，不恃才学谋名声，先生之性，高洁；黄巾之乱，诸侯争权，悠悠苍天，生灵痛哉，轻摇羽扇长叹息，身在山林心忧国。

To 先生：君埋泉下泥销骨，我寄人间雪满天，异世遗梦，恨不同生，愿我们山河与共，万世长安。

最令人动容的一封信，写满了整整两张卡片，字里行间，满满的都是对丞相的絮语：

丞相，我又来啦。前番去了成都武侯祠三次，勉县武侯祠一次，给你和先帝塞满了还于旧都的车票、花花和小纸片……晚辈姓陈，先生还记得我吗？熬过三年，终于能见你了……

看着这些小卡片上的话语，我不禁眼角有些湿润，一股从未有过的情愫悄然涌起。

举头三尺的神明，对于老百姓来说，超越俗世凡尘，是要敬畏与尊崇的对象。很多历史人物，比如关二爷，在死后被供奉，被神化，从凡人成了高高在上的神仙。老百姓修建祠堂庙宇，将他们膜拜、供奉，久而久之，在天上待久了，和人间就有了距离。

但是在武侯墓，同样是祠堂和香火，从这些墓前的花束与寄语中，我看不到"找神仙办事"的那种距离感；反而，人们对丞相的感情，充满着质朴的"人味儿"。大家向丞相说的那些话，就像和久别重逢的长辈、朋友聊的天似的。

此时此地，丞相在我心目中才真正褪去了"神"的色彩，重新回归了"人"的存在。

是啊，丞相再怎么伟大，也只是个有血有肉的凡人。我想他泉下有知，也一定不会喜欢被人当作神仙供着。看到这些朴素的话语，他也会感到无比欣慰吧！

一个景点好不好，关键不是房子修得多豪华气派，真正能打动人的，都藏在这微小的角落中，在人与人的互动、共情上。

就拿眼前这座武侯墓来说，千百年来，无数名人大咖都在这里驻足题词，留下了很多的楹联匾额，有的在歌颂功绩，有的在怀古凭吊，还有的在借古喻今。但是相比于这么多名家手笔，还是这几张小卡片给我的触动最大，让我感受到了实实在在的、凡夫俗子的喜怒哀乐。

少些仙气儿，多些人味儿，少一点神神叨叨，多一点常理常情，才能真正走近诸葛亮，这也是对古人最大的尊敬。

平复了一下心情，转过亭子就是一个很大的覆斗形大冢，上面覆满了花草，四周是汉白玉围栏。

丞相就沉睡在这里。

看到这片墓冢，除了激动与肃然外，我的第一反应是：太小了。

无数震烁古今的大人物，为了在死后世界继续享受荣华富贵，都要把自己的陵墓修得比地上世界还豪华。但是堂堂的一国首脑，名垂后世的诸葛亮，坟墓却简朴低调得很，不仅个头很小，也没有什么豪华装饰，只有坟上的一棵黄果树、两侧的桂树和周围的柏树作伴，无言地诉说着千百年的风吹雨打。

史载，丞相留给后主刘禅的遗言是："成都有桑八百株，薄田十五顷，子弟衣食，自有余饶。至於臣在外任，无别调度，随身衣食，悉仰於官，不别治生，以长尺寸。若臣死之日，不使内有馀帛，外有赢财，以负陛下。"

丞相的意思，一是我没有什么余财，二是死后请将我薄葬。

他是这么说的，也是这么做的。从他年轻时尊奉的人生信条中，从他的《诫子书》对后辈的教诲中，从他留下的遗言中，从他朴素的陵园中，处处都能感受到令人肃然起敬的人格。

这里有必要说一说，丞相亲自要求的"薄葬"是个什么概念。

我们知道，中国人重视生老病死，丧葬文化是传统习俗很重要的一部分。秦汉时期，帝王将相的丧葬讲究"厚葬"，皇帝们会修建无比豪华的陵墓，死后的丧事要举国大操大办、风风光光，走十分繁琐的礼仪流程，还有海量的陪葬品。现在只要看看秦皇汉武的陵墓，我们就能直观感受到那种生前君临天下、死后也要千秋万代的派头。

但是到了东汉末年，传统的厚葬渐渐没了市场，一方面是打了这么久的仗，社会经济被破坏得太厉害，大家想厚也厚不起；另一方面是盗墓贼太多，还有各种组团带洛阳铲来的，曹操就被陈琳的檄文指控在军中设了"摸金校尉""发丘中郎将"，专干挖人祖坟的缺德事。甭管帝王将相还是凡夫俗子，谁也不想死后还三天两头被人打扰吧。再加上玄学思潮的兴起，到了魏晋时期，整个社会刮起了一股"薄葬"的风潮，这段时期也是古代丧事最为节俭的时代。

相比于秦汉的厚葬，这时候的薄葬往往"不封不树"，也就是不在坟墓上建任何东西，陵墓规模变小，丧事时间变短，陪葬器物减少。总之，就是主打一个节约成本，一切从简，颇有些倡导移风易俗、树立文明新风的意思。

而这股薄葬风气的先行者，是三国的大男主曹操同志。早在平定河北后，曹操就"令民不得复私仇，禁厚葬，皆一之于法"。在为自己选下葬地点时他提出："古之葬者，必居瘠薄之地。其规西门豹祠西原上为寿陵，因高为基，不封不树。"死前，他又指示"天下尚未安定，未得遵古也。葬毕，皆除服。其将兵屯戍者，皆不得离屯部。有司各率乃职。敛以时服，无藏金玉珍宝"。总之就是身体力行践行薄葬，给子孙后代开了个好头。

但也是因为没有封土，所以这个时期很多的帝王陵墓都没法确定位置，曹操墓就这样沉睡了近两千年，前些年才被发掘，确认在安阳。可叹的是，即使施行了薄葬，里面也被盗墓贼光顾过好多次。

除了曹操，三国时期另一位倡导薄葬并带头示范的，就是我们的丞相了。

丞相要求的薄葬，具体落实下来有这么几点。一是"因山为坟，冢足容棺"，也就是不用重建坟墓，在定军山就地下葬即可，墓地也不用太大，只需要能容下棺木就行；二是"敛以时服，不须器物"，也就是穿着平常的衣服入殓，不需要放任何陪葬的器物；三是丧事从短从简，满三日便除服，不要打扰官员的工作和百姓的生活。

如今，看到眼前这片朴素低调的墓冢，我真正理解了这段史料的含义。老实说，蜀国虽然国力不济，但好歹也继承了汉家正统，丞相主政那么多年，从上到下都心服口服，比曹操那个"托名汉相，实为汉贼"的丞相光明正大多了，完全可以风风光光办丧事。但他并没有按照应有的礼仪下葬，不仅反对大操大办，杜绝铺张浪费，还如实申报了财产，表示八百株桑树、十五亩薄田足够家族吃穿用度，不需要特别关照。

丞相后事的"薄",还有一则材料能够佐证。两三百年后，北魏的郦道元在《水经注·沔水》里说："诸葛亮之死也，遗令葬于其山，因即地势，不起坟垄，惟深松茂柏，攒蔚川阜，莫知墓茔所在。"因为武侯墓规模太小，又没有土冢，不封不树，到了郦道元的时代，就只见定军山下松柏繁茂，已经看不到墓冢、找不到确切位置了。要不是后人的重修扩建，堂堂蜀汉丞相，说不定就要"埋没随百草"了。

我想象，在这墓冢之下，只有一具薄薄的棺椁，棺椁里只有几件平时穿的衣服，除此以外，别无他物。一具伟大的遗骸，就这么简单而纯粹地躺在其中。

同时期的三国之中，魏国因为有曹操开了好头，后来的曹家、司马家都主张薄葬。相比之下，蜀国和吴国薄葬的人相对少一些。所以丞相的身体力行，对于综合实力不强的蜀国来说，示范带动作用是很明显的，所谓"其身正，不令而行"，一个社会要形成良好的风气，最好的办法就是"火车头"从我做起，让大家都"跟我上"：堂堂一国丞相都能如此低调地薄葬，官员和百姓还有什么奢侈的理由呢？

所以丞相死后，蜀国的继任者们受他影响，大多都秉承了丞相的遗风，生活比较节俭朴素，保持着良好的政治风气。《三国志》记载：费祎"雅性谦素，家不积财。儿子皆令布衣素食，出入不从车骑，无异凡人"；姜维"清素节约"；邓芝"身之衣食资仰於官，不苟素俭，然终不治私产，妻子不免饥寒，死之日家无馀财"；董和"二十馀年，死之日家无儋石之财"；刘巴"躬履清俭，不治产业"……这些都是丞相给蜀国朝堂留下的最好的政治遗产。

不过，这股"讲文明、树新风"的薄葬风潮没有持续多久，隋唐之后，厚葬的风气卷土重来，帝王的陵墓越修越豪华，所以几位三国大佬的薄葬，也算是历史上昙花一现的风景了。

站在这座至简至伟的墓冢前，我没有什么多余的想法，只是默默绕着它走了三圈。

因为不封不树，所以墓冢附近没有什么豪华的装饰，只有不少后人栽种的植物。坟上是一棵挺拔的黄果树，传说是黄月英在诸葛亮死后过于思念丈夫，化身为树，相伴守墓。

墓冢两侧，是号称"护墓双桂"的两棵桂树，据说年头和武侯墓差不多。大殿上有一块匾额，上书"双桂流芬"，说的就是这两棵树。当地还传说生不出孩子，特别是家里没男娃的妇女，清明扫墓的时候捡点这儿的桂花籽吃，就能喜得贵子，所以每到清明武侯墓办庙会时，附近不孕不育的都来抢着吃桂花。要是真能当送子观音，丞相也是造福一方、功德无量了。

周围还有不少柏树。据说当年一共栽种了五十四棵，象征丞相一共活了五十四年；现在只剩下了二十多棵，都有三十多米高，专家还鉴定过，确实是汉代的古柏。有这么多绿意盎然的绿植环绕着，整个墓园透露着清新典雅的味道，也很符合丞相淡泊明志、宁静致远的人格。

墓冢的后面是一些寝殿和一片后花园。寝殿称崇圣祠，里面供奉的是历朝历代给诸葛亮加封的各种头衔，晋朝封武兴王，唐朝封武灵王，宋朝封忠惠仁济显应王，元朝则封威烈忠武显灵仁济王……后世帝王对丞相的评价基本不离"忠""武"二字。而继丞相之后，"忠武"基本成了人臣最高级别的谥号。

丞相死后的"封神"之路，也是一段有趣的故事。丞相在史料里最早的"王位"，可见于宋代的《方舆胜览》里的记载："桓温平蜀，夷少城，犹存孔明庙，后封武兴王，庙至今祠祀不绝。"这个"武兴王"据说是东晋时封的，但真实性存疑。丞相第一个有明确记载的正式王位，获封于唐玄宗时期。唐玄宗时期立了武成王庙，也就是俗称的"武庙"，它的主人是西周开国元勋姜子牙，也就是民间俗称的武圣人，后来以张良为亚圣，在武庙又陪祀了十位大佬，是为著名网红"武庙十哲"，并从祀了唐朝及以前的六十四位名将。丞相入选"十哲"，并被封为武灵王，正式入编了国家祭祀体系。

武庙十哲出道的时候，丞相还排在比较靠后的位置，但在宋朝之后，丞相的座次开始逐渐抬升。北宋初年，为了整顿五代时期混乱的祭祀体系，关羽、张飞一度被武庙开除，但丞相依旧得以保留编制，位次还稍稍前移了一些。到了南宋，丞相的江湖风评大大提升，在武庙里也由"从祀"上调到了"配享"，也就是从台下站到了台上，只排在姜子牙和张良的后面，当上了武庙的三把手，并迅速完成了从封侯、封公到封王的手续——毕竟收复中原在南宋是最大的政治正确，丞相有北伐代言人的光环加持，也在情理之中了。

明朝初期，在重文轻武的指导思想下，朱元璋大手一挥，废掉了唐朝延续下来的武庙祭祀体系，丞相等大批"神仙"一下子失业了。一个半世纪后，明朝在内忧外患中被啪啪打脸，仿照唐制重新建起了武庙，不过没有恢复"十哲"和"六十四名将"的编制体系，只摆上了丞相在内的"二十四贤"。到了清朝，皇帝里的"葛粉"越来越多，丞相成为了入选历代帝王庙的唯一一位三国人物，还以"先贤"之名从祀于孔庙，位列历代大儒第六。丞相这个儒家先贤的人设，在这时定了型。

总体来说，因为隋唐崇尚武运，宋元民族矛盾突出，丞相在仙界是一路火速擢升，但到了明清时期，随着大一统的再次实现，丞相在官方的意识形态里略有失宠，也没有再获得各种又臭又长的封号。不过，民间的"三国热"达到了顶峰，各地武侯祠都修葺一新，进奉香火的老百姓络绎不绝，每年都有盛大的庙会，一直延续到今天。

话说崇圣祠里的这些名号，一个比一个长，念着都够呛。丞相生前就是劳碌命，死后还要各种从祀、配享，尽给帝王家看大门、跑业务，真是累死了。他老人家要是泉下有知，估计也不大乐意。

经过墓冢再往后面，还有一片很大的后山，山脚下有一个坟亭。走近一看，只见里面有块十分诡异的石碑，刻着"汉丞相诸葛武侯之真墓"——武侯墓就是武侯墓，为什么要写"真墓"，难道还有盗版的不成？还真有。

要说这块碑的来历，也真是够奇葩的。清朝嘉庆年间有个陕甘总督叫松筠，他来拜谒武侯墓的时候，随行的幕僚谭南宫自称风水大师，"引经据典"，满嘴跑火车，说《三国志》明明记载丞相"因山为坟"，但是现在这个坟不在定军山上，却在山脚的平地，跟丞相的遗言不符，所以墓冢是个"李鬼"，真的"李逵"应该在后山上。结果松筠还信以为真，下令让沔县的知县马允刚重修武侯墓。马允刚无可奈何，只好新建了一个，号称"真墓"。到了"民国"五年（1916年），沔县的知事余经权又在所谓"真墓"前盖了个坟亭、竖了个石碑，变成了现在"李逵"和"李鬼"做邻居的样子，这真是黑色幽默。

除了"真假武侯墓"，民间还有很多这类的段子。比如诸葛亮在临死前就算定，冤家司马懿肯定会来盗他的墓，于是安排了七十二座假坟，死后让心腹将其葬于秘密之处，还在假坟的棺材里装满了用毒药煮过的书籍。果然，司马懿前来汉中定军山下逐个抄诸葛亮的坟，发现棺材里全是书籍，还以为是诸葛亮的兵书，如获至宝，一一翻看。因为古代的纸很薄，司马懿就用手在口中沾唾沫来翻书，结果发现书中都是"死治司马懿，活治司马懿"之类的黑话，于是忍一时风平浪静，退一步越看越气，翻着翻着就把自己给毒死了。

还有的说诸葛亮遗命让四个士兵抬着棺材往前走，绳杠断在哪里就在哪里下葬。四个士兵抬着走了一天一夜，绳杠也没断，他们一合计，干脆就地掩埋后回报刘禅。刘禅不信绳杠这么快就断了，将四个士兵严刑拷打，活活打死了，于是就再也没人知道诸葛亮的墓在何处了。

这些段子有趣归有趣，但多少把丞相想复杂了，打造成了狡诈多疑的人设。不过死后还能时不时上个"头条"，也说明了丞相在老百姓心里的地位。另外，因为没有陪葬的器物，武侯墓从来没有被盗墓贼光顾过，也算是丞相的福报吧。

逛完后花园，回到偏殿。那里是一些展厅，介绍了诸葛亮的生平事迹和北伐概要，这在景点里属于常规操作。不过有一间展厅倒挺有意思，正举办"木牛流马展"，里面都是手工大触们制作出来的木牛流马模型。这些模型都是他们捐给武侯墓景区的。定睛一看，虽然不知道是什么牛马，但有了这些现代科技，丞相想必就不会再为粮草发愁了。

看完之后，准备离开的时候，我看到一位导游正在墓冢前，给几名游客讲解各种典故和故事。看着他们的背影，我不禁有些恍然，想到了丞相做北伐战前动员的场景。

关于武侯墓，史书上还有一则故事。魏国灭蜀的时候，大军来到汉中附近，魏军总司令钟会还专门来武侯祠祭奠了一番，并下令士兵不能在武侯墓的左右牧马砍柴。这件"私货"被惜墨如金的陈寿专门记了一笔，后来罗贯中还据此写了一回"钟会分兵

汉中道　武侯显圣定军山",让丞相在墓前显灵发威,告诫他虽然汉室天命已尽,但魏军入川后不得妄杀生灵,吓得钟会不仅亲自祭拜,还传令前军立一白旗,上书"保国安民"四字,重申杀人偿命的军法。

有了钟会的前者之鉴,临走之时,我又在大殿前恭恭敬敬地拜了三拜,希望丞相护佑,接下来的北伐之旅能够顺利一些。

离开武侯墓,准备上车的时候,我突然听到了一阵啼叫。那是一种我从来没有听过的啼叫声,甚至不确定是不是鸟类发出的声音——在莫名的凄厉之中,透露着神圣不可侵犯的意味。莫非这就是"杜鹃啼血猿哀鸣"?还是"隔叶黄鹂空好音"?或者是守护武侯墓的什么神兽吧……我这么一厢情愿地想着,然后驱车前往下一个目的地。

三

勉县的中心地带,在高低不一的楼房旁、略带潮湿的空气中,有一处叫"三国广场"的地方。不过,除了一尊诸葛亮塑像,这里与每个城市被广场舞和音响占领的广场没什么两样。

在县城里吃了顿午饭后,一路向西,来到了勉县西边的武侯镇。以武侯为名,自然就有各种武侯元素。街边坐落着武侯中学,这时候正好放学,穿着校服的学生们欢快地奔向了路边的小吃摊,不知道里面有没有姓诸葛的丞相后代。

除了武侯墓和定军山之外,当年丞相驻军沔阳时的痕迹包括作为中军大营的"武侯垒"、操练"八阵图"的练兵场，但遗迹基本上都湮没在风沙之中了。现在，这里有一处新建的景区"诸葛古镇"和"诸葛街"。听到这个名字，八九不离十又是全国各地千篇一律的古镇古街。事实上也大差不差，除了标配的长沙臭豆腐、珍珠奶茶、恐怖鬼屋，这儿还有一处重要的古迹，就是"天下第一武侯祠"——勉县武侯祠。

之所以称"天下第一"，是因为这是丞相死后，蜀汉官方立的第一座武侯祠。只不过刘禅在丞相死后二十多年里，以不合立法为理由，一直没给他立。但老百姓念着丞相的好偷偷祭祀，一度出现了"百姓巷祭，戎夷野祀"的场景。一直到了二十九年后，官方批准立庙，没立在成都，远远地设在了勉县，于是就有了这座"天下第一武侯祠"。

不过，现在县城景点里的这处，也不是当年的原版。原来的武侯祠是建在武侯墓边上的，到了明代，当地官员觉得每次都要渡过汉水到定军山去搞祭祀很麻烦，于是才在县城附近新修了一座，而后几经毁坏，在清朝嘉庆年间再次重修，才有了现在的格局。如今全国各地的武侯祠，也基本都在清朝涅槃重生过，所以外观都是明清的建筑风格，看上去如出一辙。

然而，又是个万万没想到，因为去得太晚，到的时候，武侯祠已经关门了……罢了，都去过武侯墓了，这武侯祠去不去也无所谓了，我只能这样安慰自己。

除了"天下第一"的名分，相比于成都、祁山、五丈原这些地方的武侯祠，勉县武侯祠并没有太多小说的艺术加持。不过，有一段故事倒是值得说说，不是关于诸葛亮的，而是跟一位道士有关。

余秋雨的《文化苦旅》里有一章《道士塔》，讲的是守护敦煌莫高窟的道士王圆箓，他在当家期间发现了大批珍贵的佛经，但当地官员却没当回事。久而久之，一箱一箱的敦煌文物就被王圆箓倒卖给了外国人，流失海外，令人痛心。

勉县的武侯祠里，曾经有一位自称"虚白道人"的道士，名叫李复心。大约在乾隆末年，人到中年的李复心云游到勉县武侯祠，不知道是自己开悟了还是被高人点化了，在这里出家当了道士，之后继任了勉县武侯祠的住持，直到"羽化登仙"，一待就是三十多年。

在这期间，李复心担起了守护武侯的重任，主持完成了两件大事。一是到处拉赞助筹措资金，重修了大量古建筑，形成了今天武侯祠的格局；二是编写了《忠武侯祠墓志》，将一千多年来当地的武侯史迹全面考证梳理了一遍，还绘制了详细的《武侯祠墓山川全图》。后来林则徐路过当地看了《忠武侯祠墓志》，还赠诗夸他"用心之勤"。

当时，白莲教在四川一带流窜，但武侯墓祠附近一直没有遭到破坏，于是上面提到的那位修了"真墓"的沔县知县马允刚精心策划，编了一通诸葛武侯显圣定军山的"工作简报"，吓退白莲教。没想到经过层层包装，还真送到了皇帝面前，为了表彰丞相"除暴安良"的丰功伟绩，嘉庆帝特批资金整修了武侯祠，还御赐了一块刻有"忠贯云霄"的匾，现在还挂在勉县武侯祠的大殿里。

显圣这种灵异事件虽然不靠谱，不过皇帝的指示精神倒是让李复心大为振奋。后来伐木工人吴抓抓在岐山县举事，一路围攻到勉县县城，离武侯祠也就三里路。这时候，李复心挺身而出和匪寇谈判。可能是丞相在民间的威望太高，匪寇最后没有进入武侯祠，附近居民也免于烧杀抢掠。

鉴于李道士的突出贡献，在他"羽化登仙"十几年后，继任者为他刻了墓碑记功。而后世事变迁，墓碑不知下落，直到20世纪90年代扩建公路时才重见天日。碑上刻着"羽化李真人讳复心字虚白先师之墓"，现在就立在勉县武侯祠里的观江楼旁。

武侯祠里摆着块道士的墓碑，乍一看挺违和的。不过听了这段故事后，我只想说，李道士是个真正干实事的人，对于后世功莫大焉，大多数地方官员怕是都没法比。

除了武侯祠，这一带都是仿古建筑，设有天下武侯祠展览馆、冷兵器博物馆之类的展馆。虽然进景区不要钱，但这些展馆每个都要单独收门票，有种玩所谓免费网游的熟悉感觉。这时候接近傍晚，展览全部都收摊了。

既然都闭馆了，我就在古镇里闲逛了几圈，发现出镜率最高的是景区搞的舞台剧，全新7.0升级版的大型全景开合剧场奇幻三国秀《出师表》……海报上面的丞相一副《真·三国无双》风格的造型，加之网游样式的图文，实在是很难不让人侧目。

看着这些近乎玄幻的宣传，我有些哭笑不得，受《三国演义》的影响，诸葛亮"多智而近妖"的形象看来是铁板钉钉了。其实在真实的历史中，丞相的人设完全是另一副模样。

在小说中，诸葛亮一出山，仿佛就是天神下凡、爽文男主，贡献了一波波逆天改命的神级操作：火烧曹军，舌战群儒，草船借箭，智算华容，三气周瑜，夺取荆州……不断上演绝地大翻盘，一步步帮助刘备走上人生巅峰。

在大多数人的认知中，诸葛亮扮演的是张良之于刘邦的角色，算无遗策，计定江山。但在刘备生前的大部分时间里，诸葛亮的定位其实更接近于萧何，干的是总理的活儿。

陈寿对诸葛亮的评价是："治戎为长，奇谋对短，理民之干，优于将略。"也就是说，丞相最强的，是治国理政的水平。

从公元207年27岁隆中出山，到公元223年43岁总揽国政，16年的时间里，诸葛亮长期坐镇后方，当着搞外交、搞后勤、搞财务、办文办会的办公室主任。老板在前面打仗烧钱，丞相在后面当管家，非常出色地完成了"足兵足食"的输出保障，给蜀汉集团打下了好的底子。

不过这也意味着，在擘画隆中对这一战略远景后，诸葛亮长期不在刘备身边，没有机会出谋划策，在集团的战略走向上，没有太大的主动权和施展手脚的空间。而刘备虽然有了目标，但在实际行动中，并没有将隆中对作为顶层设计和指导思想坚定不移地贯彻下去，也没有将诸葛亮放在张良之于刘邦、荀彧之于曹操那样的贴身位置，事事咨询、言听计从。这一路给刘备出谋划策的，主要是庞统和法正。

也就是说，在出道的前十六年里，除了贡献隆中对的脑洞，诸葛亮大部分时间都在后方默默做着后勤管理工作，存在感其实并不强，最多只是个小号的萧何，和小说中羽扇纶巾、神机妙算的形象相差甚远。

刘备在白帝城托孤之后，诸葛亮获得了空前的地位。此时，他才真正开始发光发热。此后在治蜀和北伐事业中，他才得以践行自己在隆中对中的规划，并迎来了自己的高光时刻。小说中那些罗贯中加的戏份，以及后世津津乐道的故事，从某种程度来说，都是在为这后面的十二年作陪衬。

虽然真正让诸葛亮青史留名的，是他成为丞相后的传奇之路，但从当年种田的待业青年，到独挑大梁的蜀汉一把手，这十六年里积累的深厚内功，与刘备的培养和共事分不开。

清朝的赵翼评价，三国之主都能用人，而且各有特点，刘备用人是"以性情相契"。魏、蜀、吴的三大老板，在经营上风格鲜明。曹操像霸道总裁，家大业大，兄弟成群，逮谁灭谁；孙权是继承家族企业的富二代，在各大股东之间游走徘徊；而刘备则有些带头大哥的江湖气质，看重哥们意气相投。

陈寿在《三国志》中最后评价刘备时，用了个两个词——"弘毅宽厚"和"折而不挠"，意思是他是个实在的厚道人和"打不死的小强"。他认为刘备这辈子讲义气、坚韧、宽容、厚道，待人接物很有高祖刘邦之风，到哪都被人看作英雄，虽然能力比不上曹操，但是百折不挠，最终还是成就了一番基业。

我们可以看到，这种弘毅宽厚和折而不挠，后来都被诸葛亮继承和发扬了下去，无论是对待同志、政敌、百姓的宽厚，还是对待事业、理想时的坚韧，在丞相的身上，都可以看到与刘备同款的人格魅力。虽然史书上没有着墨，但在与之共事的十六年里，诸葛亮从忘年交刘备身上，一定得到了许多长者般的教诲与滋养，也注定要用一生回报这份知遇之恩。

对此，《出师表》写得很清楚："然侍卫之臣不懈于内，忠志之士忘身于外者，盖追先帝之殊遇，欲报之于陛下也。"大家之所以这么舍生忘死拼事业，是因为都受过你爹的大恩，想报答这份恩情呐。

我想，这是他的肺腑之言。因为在面对刘备临终的托付时，诸葛亮是孤单的。他要面对的不仅是个一团乱麻的烂摊子，更意味着，他即将用一生的承诺，扛起一份为之燃尽一生的使命：北伐。

但我想，诸葛亮的内心也是十分清楚的。他明白，这位悉心培养了自己十六年的长者交给他的担子，代表着怎样沉甸甸的信任与期望。因此，他才哭着说出了那句回响于青史的诺言：

"臣敢竭股肱之力，效忠贞之节，继之以死！"

面对地狱难度的开局，除了要高扬政治上的旗帜、寻求地理上的突围，北伐对于丞相来说，更是一场鞠躬尽瘁的信念之战。继绝兴微，复兴汉室，是诸葛亮生死以之的使命，他对兴复汉室的信念有多坚定，努力北伐的身影就有多坚毅，北伐的旌旗有多高扬。

四

临近傍晚，伴着日暮斜阳离开了诸葛古镇，在勉县的一天行程，也就到此结束了。在汉中的旅途中，我想弄明白的一个问题就是，诸葛亮为什么要北伐。

一直以来有一种观点，认为丞相的"六出祁山"和之后姜维的屡次北伐，是"杀敌一千，自损八百"，不仅劳民伤财，还徒劳无功。蜀汉这么点微薄的家底，就是被兴师动众的北伐拖垮的，蜀汉最后的灭亡，也是国力被战争掏空的结果。

如果从结果来倒推，这么说当然没错。蜀汉只有一个益州的体量，要北伐曹魏，好比是一个精干的瘦子，和一个虚弱的胖子打擂台，胖子压根儿不动手，就伸出脸让你打。你要打他吧，几拳不仅打不动他，还耗自己的体力；你要不打他吧，他就在不停地吃饭长肉回血，就等着你打得没气力了，再一屁股坐死你。

一句话概括：诸葛亮面对的，是"北伐找死，不北伐等死"的困局。当强者不主动暴露弱点，而选择最稳健的防守时，摆在蜀汉这种弱者面前的，也只剩下了主动出击、打破僵局一途，这样才有机会在夹缝中找到希望，才不至于在绝望中等待灭亡。而且为了供养战争，蜀汉的经济和民生长期处于战时体制之下，在对手的大体量优势面前，难以为继是必然的。

从上帝视角来看，在孙权偷袭荆州、刘备兵败夷陵后，老二、老三就已经失去了共同翻盘的机会，被老大挨个收拾掉，只是时间问题。三国鼎立的局势能维系这么久，本身存在很多偶然，即便丞相不北伐，大概率也阻挡不了历史车轮的滚滚向前。北伐并不是导致蜀亡的直接原因；相反，当北伐这杆大旗倒塌的时候，蜀汉的历史使命才算是终结了。

况且，后人依照既定事实来评判历史，只是局外人的一厢情愿；局内人因为"当局者迷"，反而让棋局变得更加精彩。如果只是看胜利者书写的历史，那么诸葛亮、岳飞、文天祥做的事情都是没有意义的，因为在当时的历史条件下，反抗强者明显是"逆之则亡"的选择，既然没有胜算，干脆就放弃抵抗，乖乖接受历史车轮的碾压，难道不是一种"顺之则昌"吗？

《三国演义》里劝人投降，不是"识时务者为俊杰"，就是"良禽择木而栖"。这话不假，但古往今来，无数叛国投敌的"二五仔"，往往也都是这样给自己辩护的。

人活于世，可怕的不是失败，而是丢掉了信心。击垮敌人，最好的办法不是从外部发力，而是使其从内部瓦解。一个政权，一个国家，一个民族，如果人心散了、心气没了，就完蛋了。

北伐，是"不得已而为之"的无奈选择。但是，这种"不得已"绝不是消极等待死亡，而是主动挑战命运，因为——

我不知道蜀军能不能成功以弱胜强，但我知道，畏缩不前，就一定会气馁；

我不知道北伐能不能成功北定中原，但我知道，不去北伐，就一定会沉沦；

我不知道蜀汉能不能成功匡扶汉室，但我知道，偏安一隅，就一定会灭亡。

一个徘徊于生死线的小国，仅仅几年里，就在诸葛亮的带领下，走出了夷陵之战后的"危急存亡之秋"，在三国鼎立这张牌桌上，用最烂的牌打出了一手王炸的气势。在他的治下，这个小国完全没有苟且偷安、萎靡颓废、得过且过，而是政治清明、经济富足、人心一致、兵强马壮，表现出一种独立的精神、一种进取的姿态。

在丞相的旌旗之下，北伐战争的主动权，始终牢牢掌握在弱者这边。曹魏虽然强大，但大部分时间都在被动挨打，整个魏国朝堂，无时无刻不在忧虑忌惮之中。只要诸葛亮还在，就有"凉、雍不解甲，中国不释鞍"的震慑效果，就能打出"慨然有饮马河洛之志"的精气神，就能让司马懿"据天下十倍之地，仗兼并之众，据牢城，拥精锐，无禽敌之意，务自保全而已，使彼孔明自来自去"——虽然有夸大的成分，但这仍是多么不可思议、令人尊敬、堪称传奇的"弱者"啊。

虽然他最后失败了，失败得那么无奈，那么壮烈，但所谓"我命由我不由天"，不就是如此吗？

梁启超等人所著的《中国六大政治家》评价"武侯之政策，积极者也，非消极者也。进取者也，非退守者也"，认为诸葛亮的政策"使懦者立而勇者奋，使其国虽小而不可侮，其众虽寡而不可败"，因此"国家之存亡盛衰，一视其国家之独立精神，其精神可用也，虽至弱小，必有兴者"。对于一个小国寡民的政权来说，这句话的分量重如千钧。

结束了两天在汉中的行程，从明天起，我才算真正踏上北伐的道路。但是这两天的"准备工作"，却比北伐中的任何一波进军、一次庙算、一场胜利都重要。因为，对于读这段历史的后人，理解为什么要北伐，要坚定不移、百折不挠地北伐，才能真正读懂北伐留给我们的精神之"魂"。只用"忠"或"武"来评价诸葛亮留下的精神遗产，实在太过狭隘。

小时候读三国，"六出祁山"对我来说是一个神仙、一位天才华丽的谢幕演出；如今，站在当年丞相远征的起点，对于诸葛亮的北伐，我感受到了：

放在王朝更替兴衰的进程中来看，这是一场争夺天命的人心之战。一个政权，在"克复中原"的旗帜下，赋予了一个时代以政治主题，让整个国家凝聚成一块坚硬的钢铁。

放在华夏大地的地理棋局中来看，这是一场北望中原的存亡之战。一方土地，拒绝了偏安一隅的死亡宿命，爆发出了"我命由我不由天"的罕见高光时刻。

放在中国政治文化的谱系中来看，这是一场鞠躬尽瘁的信念之战。一位丞相，用"死而后已"的背影，为后世树立了守护政治道统和文化命脉的坚贞不朽形象。

北伐，是一份事业，更是一句承诺，一种精神。此后，在华夏文明漫长的岁月中，汉，超出了刘氏这一家一姓，上升为整个中原文化和政治正统的代名词，最终成为一个民族和一种文化的称谓。而汉家丞相与他背后"克复中原"的旗帜，永远飘扬在了民族的记忆里面，镌刻在文明的基因之中：

祖逖闻鸡起舞，中流击楫奋短兵！

刘裕京口举兵，气吞万里奔如虎！

岳飞刺字报国，收拾山河朝天阙！

国共广州誓师，重整河山主沉浮！

川军立志出关，不破倭寇誓不还！

从此，当山河破碎时刻，国运浮沉之际，民族危亡关头，那些所有热血的、动人的、悲壮的、遗憾的故事，就有了一个共同的名字，以及永远会被历史记住的结局——

北伐！

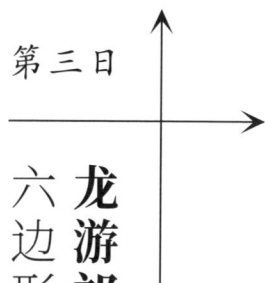

第三日

龙游祁山
六边形丞相是怎样炼成的

天水

礼县

成县

略阳县

勉县

汉中

七月三日，星期一，雨转阴

行程：勉县—略阳县—成县—礼县—天水

多年之后，面对眼前的这段城墙，我的记忆又回到了那个在游戏里无能狂怒的遥远午后。

在汉中勉县某个村庄的尽头，原本应是秦汉时期的故关遗址，现在只剩下一段残破斑驳的城墙。站在雨后泥泞的道路上，仰视不知复建于何时的城楼，上面写着"古阳平关"四个大字。

小时候，沉迷过一段时间 KOEI 的经典战旗游戏《三国志英杰传》，里面有一关"阳平关之战"，要指挥刘备军团正面击败曹操大军。相比于"长坂坡之战"那种隐含游戏技巧的关卡，这关没啥操作可言，纯粹就是拼硬件。对于技战术水平拙劣的小屁孩来说，这关当时卡得我反复破防、心态爆炸，心想《三国演义》里曹操在这儿明明是主动跑路的，你这游戏不讲武德啊！

从此，阳平关和长坂坡、合肥、潼关这些地名就成为我心目中关底大BOSS般的存在。

从地图上看，阳平关位于汉中西面，夹在秦岭和米仓山之间，是汉中盆地的最后一道门户天险，无论从陕西南下还是从四川北上，想要进入汉中，都得在这里"交过路费"。但只要突破了这里，汉中一马平川的平原就再也无险可守，基本上可以打出"GG"了。

在三国时期，这里发生过三次重要的战斗。第一次是曹操南征张鲁，正面没打下来，结果靠着麋鹿大军的灵性助攻躺赢；第二次是刘备亲征汉中，也没打下来，导航到定军山捅了曹军的菊花，才完成了曲线救国；第三次是邓艾、钟会大军灭蜀，才算是正面攻破了守军比较薄弱的阳平关。

入阳平关难，但要攻破的毕竟只是一道天险，跨过这座山，就是肥得流油的汉中；而出阳平关更难，在前面的，是看不到尽头的漫漫长路，要攻克的，是更加坎坷的"九九八十一难"。

公元228年春，韬光养晦、厉兵秣马了多年后，诸葛亮从这里誓师出发，带着数万蜀军，开启了北伐的征程。

行路难，行路难，多歧路，今安在？出阳平关，我的北伐之旅也才算真正开始了。

一

诸葛亮北伐，是对公元228年到234年蜀汉对曹魏发动的一系列战争的总称。受《三国演义》影响，民间广为流传的说法是"六出祁山"。乍一看，仿佛诸葛亮是在祁山买房的钉子户，不仅屡败屡战，还特别执着，眼里只有"祁山"这个地方，拿不到拆迁款就不走了。

和"七擒孟获"之类不靠谱的传说一样，除了北伐的目标有讹误，在次数上，也有很多种说法。有说四次的，有说五次的，也有说六次、七次的。其实这些说法都没错，只是统计的口径不太一样。

那么，诸葛亮到底出了几次祁山呢？

丞相亲自带兵出征的"主线任务"有四次：

第一次，是公元228年的春天，赵云、邓芝率疑兵在箕谷拉仇恨，丞相亲率大军兵出祁山，攻打陇西，形势一片大好，但因为马谡丢掉了街亭，"失空斩"后撤军；

第二次，是公元228年的冬天，孙吴在石亭大破曹休，为了配合"国际形势"，丞相走陈仓道进入关中，围攻郝昭镇守的陈仓城二十余天，粮尽退兵，撤军时斩杀了魏将王双；

第三次，是公元231年的春天，丞相复出祁山，跑到上邽搞了出割麦子的小剧场，然后第一次和司马懿正面对决，在祁山附近的卤城把司马宣王打出了心理阴影，但是因为李严运粮不力而撤军，路上在木门道让张郃的膝盖中了一箭；

第四次，是公元234年的春天，丞相从汉中北边的褒斜道翻越秦岭，出斜谷攻打关中，在五丈原和司马懿对峙百余日，最后出师未捷身先死，病逝在萧瑟秋风中。

派部下去做的"支线任务"有两次：

第一次，是公元229年的春天，陈式攻克了武都、阴平二郡，因为时间上与诸葛亮围攻陈仓相近，所以产生了两种统计，一种是合并进陈仓之战中，一种是计作一次独立的出征；

第二次，是公元230年的冬天，丞相派魏延、吴懿出征陇西，大破郭淮、费瑶，但这次是为了配合丞相几个月后的第三次北伐，属于先锋部队给主力打前哨。

还有一次意外触发的"番外篇"：

公元230年的秋天，堂堂大魏国被诸葛丞相连续找茬，忍不了了，搞了个五路大军伐蜀，结果半路遇到大雨，蜀军都没见到就散了，跟个军事演习差不多，所以性质上属于曹魏主动的反击战、蜀汉的自卫战。

所以，丞相共有四次北伐，算上陈式的一次，是五次，加上一次自卫反击战，是六次，再加上魏延的一次，就有了七次。看上去打得热火朝天，其实水分比较大，主角在场的只有四次。其中，第二次比较仓促，主要是为了配合孙吴的"国际形势"，所以标准的"正餐"只有第一、第三和第四次，其中两次是在去祁山和打祁山的路上。

公元228年春 ●	出祁山，攻打陇西，马谡丢街亭，"失空斩"后撤军
公元228年冬 ●	经陈仓道入关中，围攻陈仓城二十余天，粮尽退兵，撤军时斩杀王双
公元229年春 ●	陈式攻克武都、阴平
公元230年秋 ●	魏国伐蜀，蜀军防御反击
公元230年冬 ●	魏延、吴懿出征陇西，大破郭淮、费瑶
公元231年春 ●	卤城之战，第一次和司马懿正面对决
公元234年春 ●	从褒斜道翻越秦岭，出斜谷，攻关中，在五丈原和司马懿对峙百余日

虽然"六出祁山"的真相只是"二出祁山"，缩水得有点多，但"六出祁山"的说法是中国老百姓喜闻乐见的。那么第二个问题来了："祁山"是哪里？为什么要频繁地"出"祁山？

拜《三国演义》所赐，小时候对书里的地名没啥概念，顶多就是大将指着地图一通比划，谈笑间大军就杀过去了。后来发现，要较真起来的话，罗贯中老先生的地理设定不是有所出入，而是混乱不堪。特别是北伐这一段，他把那些地名拼合起来，成了大乱斗，今天还在祁山，明天就神兵天降到了斜谷，简直人人都是火影忍者，不会瞬移和分身都不好意思参军。

要是就看看小说，这些讹误影响并不大，不过我这次的旅程，就是想结合实地见闻，弄明白山川地貌对北伐决策的影响，所以在地理方位上可不能打马虎眼。

祁山位于甘肃省陇南市的礼县。丞相的数次北伐，都是把祁山所在的天水、陇右地区作为主攻方向，所以当时的人就把北伐称为"长驱祁山"，经过《三国演义》的加工，成为后世津津乐道的"六出祁山"。

从汉中到祁山这段开阔的通道，被称为"祁山道"，是翻越秦岭的众多军事通道之一。今天的旅程，就要沿着祁山道，从汉中"长驱"到天水。放在现代地图上，祁山道跨越了陕西、甘肃两个省，经过汉中、陇南、天水三个地级市，途径的县就更多了，共有勉县、略阳县、徽县、成县、西和县、礼县六个，形同在陇南山地中穿行的走廊，一路直抵陇西。

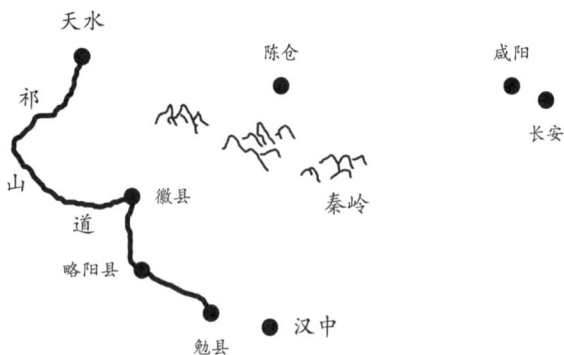

古代大军穿越祁山道，少说也得个把月才能到天水附近，所以今天的路程是这趟旅程中第二漫长的，仅次于之后翻越陇山的行程。之所以不是最难的行程，是因为这里修了高速公路——从湖北十堰到甘肃天水的"十天高速"，贯通了整个陇南山地——打开地图一看，好家伙，这根交通大动脉，走向不就是活生生的祁山道嘛！干脆改名"祁山高速"好了，岂不是一举两得？

上网查了一下，从汉中到天水的这段高速，在2015年才全线通车运营，所以马伯庸一行2014年来这里的时候，看到的还是大段的工地，只能走狭窄崎岖的省道，在没有信号的崇山峻岭里穿梭……还原是够还原，但是也够硬核，真往山里钻的话，一天肯定走不完整个祁山道；但如果全程走高速的话，4个小时就可以从汉中飞奔到天水，这么一对比，就有了人类文明带来的"千里江陵一日还"的感觉了。

不过既然是北伐之旅，自然要走走看看，没必要全程走高速赶路。一早从勉县出发，走省道驶向第一个目的地——略阳县。

略阳县在汉中市西北端，紧挨着甘肃。三国时这里叫沮县，存在感不高，没有发生过什么重要战事，但是在交通上，它又不可忽视。因为这里是数条河流交汇的地方——西汉水和嘉陵江两条河流汇聚在略阳，合流后南下，流向广元，通往四川；而从略阳出发，沿着嘉陵江向东北，可以踏上通往关中的陈仓道；顺着西汉水往西北，就是直抵天水的祁山道。

要说明略阳的重要性，就得好好说说古代打仗的吃饭问题。

玩过各种三国游戏的，估计都对粮草系统没啥大印象，毕竟游戏里做得都非常简单，基本上点几下鼠标就完事，现实中完全是天壤之别。

我们先来做一道模拟题：士兵老王在前线打仗，需要吃10斤粮食，大后方负责运粮的张三，要走过去把粮食运给老王，请问从基地出发的时候，张三需要带多少斤粮食上路？

答案可能是50斤、100斤，甚至1000斤不等。

为什么老王只要吃10斤粮食，张三却要背这么多上路呢？因为不仅老王需要填饱肚子打仗，"外卖员"张三在来回的路上，也是要吃饭的。假设老王打仗的地方离粮仓不远，那么张三一来一回需要20天，按成年人一天吃1斤粮食算，就要吃掉20斤粮食。但如果路途一远，来回要40天，那么路上就要吃掉40斤，背50斤出门，真正能送到前线的也只有10斤，勉强够老王塞牙缝的。

如果这段粮道都是一马平川的平原，那么运50斤粮食还能使命必达，但如果走的都是秦岭这种山路十八弯的地方，不仅速度慢，还有各种突发事故，发100斤货未必能收到10斤。如此这般，补给线一拉长，路上的损耗便直线上升，后勤压力也就呈指数级增大。

既然大家都知道粮道这么重要，打仗的时候，对方可不会乖乖看着你"发快递"，总要打你粮道的主意，那还得让李四、王五来保护张三上路，这又增加了不少开支。加上前线需要供养的，不只是打仗的大头兵，还有做饭的伙夫、养马的马夫、打铁的工匠……再算上其他军用的物资、领导的各种额外开销……送货成本可以想见。官渡之战时，曹操就偷袭了好几次袁绍的运粮小分队，不仅让对面的老王饿肚子，还能让自家的老王吃饱饱，达到了"食敌一钟，当吾二十钟"的效果。

这还没完，打仗时运粮的军士，大部分都是去村里临时抽调的庄稼汉，男丁们都上前线"送外卖"了，一年里有大半年不在地里，就意味着种田的人少了，明年的粮食可能减产，相当于又变相透支了一部分未来的粮食收入。所以，张三看着扛了100斤粮，实则可能把明年能种的100斤也搭上去了。三国时代还没有碾米机，村里的壮劳力少了，要把稻谷舂成大米，又要搭上很多能顶半边天的妇女同志，然而她们还要忙着采桑养蚕、纺纱织布、耕田种地……

别急，还有呢。古代农业靠天吃饭，抗风险能力差，战争的时候再叠加各种天灾人祸，粮食减产歉收，老百姓活不下去，社会就会开始动荡不安，这里面的隐形成本更是无法估量。所以仗要是打赢了还好，要是打输了，一场战争打崩一个政权的，也不在少数。

总之，这些林林总总的成本加起来，可能几十上百个农夫，才能供养一个士兵上前线，演义里动不动的"八十万大军"，放在古代是远远超出生产力承受极限的。所以《孙子兵法》说："凡用兵之法，驰车千驷，革车千乘，带甲十万，千里馈粮，则内外之费，宾客之用，胶漆之材，车甲之奉，日费千金，然后十万之师举矣。"我们仅从史书上的字里行间，无法体会在没有火车、飞机、高速公路的古代，"日费千金"背后的具体细节。很多仗打到最后，输的都不是打不过的，而是打不起的，就算人人都是家有余粮的地主，也玩不起那种旷日持久的世纪大战。像秦国和赵国旷日持久的长平之战，为了养活包赵军饺子的秦军，秦国百姓是倾家荡产；汉武帝为了开疆拓土，几乎花光了几代人积累的财富。

古人说"国之大事，在祀与戎"，战争是"国之大事，死生之地，存亡之道，不可不察也"。史书上的寥寥几笔，背后是整个国家机器的全速运转，所以后勤这个核心零部件才如此重要。相比瞬息万变的战场，萧何丞相的"给食不乏"和诸葛丞相的"足食足兵"，需要烧脑的事就更多了，可一点不比前线的将军们轻松——也正是有了"张三"们的负重前行，才有"老王"们的一将功成。

不过，上面所说的极端情况，都是迫不得已只能走陆运的情形，那么怎样才能降低天文数字般的物流成本呢？那就必须借助河流的力量，走水运了。

相比于陆运，水运有几个显而易见的优势。一是速度快，特别是在顺风顺水的情况下，能做到使命必达；二是运量大，一艘船能载的物资，抵得上N个肩挑背扛的张三；三是成本低，开船需要的人力物力要远少于浩浩荡荡的运粮队。古代的战争行军，除了极少数神兵天降的特种兵小分队，大多都是借助大自然的这种馈赠，老老实实沿着水路搞好后勤。

再举几个例子吧。古代的多数运河，像吴王夫差开凿的邗沟、秦始皇修的灵渠，都是用于把粮食运到战争前线；楚汉战争时，刘邦和项羽在荥阳一带反复拉锯，就是因为附近的敖仓是中原水路的汇集点，囤积了大量物资，所有粮食都得过这个物流中心；孙权一辈子跟合肥过不去，是因为合肥连接着巢湖，是长江水系到淮河水系的必经之路，打不下合肥，东吴的船就开不进淮河，粮草就运不过去，战线更推不过去，也就只能龟缩在长江了。

当然，水运也有局限性。比如河流走向都是老天爷规划好的，不以人类意志为转移；比如水位有季节性，秋冬的枯水期行不了大船；再比如因为自然条件变化，河流会改道、干枯甚至消失。总之，水运本质上也是靠天吃饭，丞相在北伐时，就遇到了老天爷都来作对的头疼事。

《汉书·高后纪》与《汉书·五行志》里有这样两条记载："春正月乙卯，地震，羌道、武都道山崩"；"高后二年正月，武都山崩，杀七百六十人，地震至八月乃止"。也就是说在西汉初年（公元前186年），武都县附近发生了一场大地震。历史地理学者周宏伟写过一篇《汉初武都大地震与汉水上游的水系变迁》的论文，考据这场地震导致了巨大的山体滑坡、改变了附近的水系结构，在略阳县附近形成了被称为"天池大泽"的巨大堰塞湖，慢慢改变了原本西汉水和嘉陵江的走向，这一变化被称为"嘉陵夺汉"。简单来说，就是曾经的西汉水和汉水是连在一起的，但地震之后，西汉水被过继给了嘉陵江，从此和汉水断流了，两条河不再联通，才变成现在这个样子。

后来一些学者在此基础上推测，认为在韩信"明修栈道，暗度陈仓"的时候，秦岭的水系是连成一片的，韩信可以从汉中坐船一路划到陇西，后勤非常方便。但在"嘉陵夺汉"之后，这条水路就断掉了，导致丞相被迫上岸走陆运，极大地增加了物流成本。

一句话概括：韩信走的是水路，一路开挂使命必达；丞相走的是山路，费时费力还半路"丢包"。如果丞相有韩信那会儿的天时地利，益州、汉中、祁山和陇西四个区域完全连成一片，是不是就不用操心粮草问题，又多了几分胜算？这一切，都是武都大地震的扭转乾坤，只不过把好运改成了厄运，给丞相北伐平添了一份"卧龙虽得其主，不得其时"的悲壮色彩。

不过，对于"嘉陵夺汉"的说法及其对诸葛亮北伐的影响，学界有很大的争议，总体可信度不是特别高，我们看个热闹就行。而且，就算有"嘉陵夺汉"的事实，不得已改行的这段祁山道相比于另外几条蜀道，已经算是平坦大道了。不过，从这件事上也可以看出来，除了战场上的运筹帷幄，地理的微小变化，也在无形中一点点影响着历史的走向。读历史的时候，除了主线故事，如果能再对这种不易察觉的支线做一下攻略，不仅增添了一份乐趣，也更利于理解古人的决策逻辑。

我们回头来看略阳。理解了后勤和水运的重要性，就能理解，无论是从外面打进汉中，还是从汉中打出去，略阳都扼守住了陈仓道和祁山道这两条交通大动脉。因此在北伐期间，这里就成为了蜀军非常重要的补给基地和转送枢纽，丞相亲自带兵的四次北伐，有三次都从这儿行军，它可以说是北伐的物流中心了。

不过，来到略阳后，我才明白这个重要的物流中心为什么在北伐时的曝光度不高。因为它实在太小了。现实中的略阳县城夹在群山之间，处在几条河流的交汇处，格局像是被水流切割出来的一块半岛，类似于迷你版的重庆。因为四面环山，所以县城显得非常局促，根本驻扎不了大军，只够作为物资的中转站，因此丞相也没有费力在此建设后勤基地。

略阳在这次的行程上纯属路过，加上阴雨绵绵，拍了几张照片后就继续赶路了。这次我选择开车上高速，前往下一个目的地。

二

行驶在"十天高速"上，当看到一块大大的"甘肃人民欢迎你"的牌子的时候，我才意识到，旅程已经从陕西跨入了甘肃。

说起甘肃，大多数人的第一印象大概都是"大漠孤烟直，长河落日圆"的风光，是河西走廊与丝绸之路勾勒出的苍凉遒劲的西北图景。不过，陇南这个地方却是例外。

作为甘肃最南端的地级市，陇南是省内唯一一处在长江流域的区块，因此显得不太甘肃。你说它是南方吧，这儿明显有黄土高原的特征；你说它是北方吧，植被又挺苍翠茂密的。总之，这里是四川盆地、青藏高原、黄土高原三大地形带共同"挤"出来的一条通道，有一系列盆地、谷地、山峪和海拔相对比较低的丘陵，可想而知地形有多么错综复杂。

进入陇南，再一路向西，意味着离开秦岭山区，逐渐进入黄土高原地带，离关中盆地越来越远了。

丞相北伐的终极目标，是"兴复汉室，还于旧都"，是要从四川打回中原，去光复帝都洛阳，重建汉家天下，而眼前的战略目的，是攻占长安所在的关中地区。但数次北伐，却总是在打甘肃的陇西地区，放在地图上看，相当于往西北兜了一个大圈子。

为什么丞相北伐不直入关中，而要长驱祁山呢？不是不想，而是迫不得已。

最主要的，是关中难打，祁山好打。三国鼎立时期，曹魏在西部的疆域，主要是雍州、凉州，大致以陇山为界，分为关中和陇右两个地区。按照曹魏的军区划分，这里是雍凉都督辖区，关中是这里的心脏地带，有重兵把守；相比之下，陇右不仅防守薄弱，而且曹魏的统治也极不稳定，蜀军容易打开局面。

在丞相的战略规划中，占领陇西地区，一方面可以实现"断陇道"，切断曹魏本土和河西走廊的联系，在曹魏的包围圈上撕开一个缺口；另一方面，可以从西往东、顺流俯冲关中，也能从汉中、陇西两个方向发动攻击，相当于缩水版的"跨有荆、益"，形成钳形攻势。

除了战斗力的对比和战略上的考虑，还有眼前的现实原因，那就是祁山道虽然路远，但是好走，都是平坦开阔的盆地和丘陵地带，全程还有西汉水能保障运粮。相比之下，秦岭那一路的物流成本让人头疼。

而且，相比于曹魏经营了多年的关中，陇西的民风就"淳朴"多了。这里不仅曹魏统治基础比较薄弱，还是羌族、氐族等少数民族聚集地，他们当时都属于不服管教的刺头，本来就时不时造个反，不久前当地豪族宋建就拥兵自立，自称"河首平汉王"，割据陇西三十余年。到了曹丕时代，这些"社会不安定分子"还在闹腾，说不定可以发展为蜀汉的拉拢对象，"箪食壶浆以迎王师"呢。

最后，就是祁山和陇右地区有丰富的粮食、战马、兵源等战略资源，祁山周围、武都平原、徽成盆地都是重要的产粮区，蜀军能以战养战，就地解决粮食问题。

总之，"长驱祁山"虽然好处多多，但归根结底，还是魏、蜀两国综合国力对比下的无奈之举。如果蜀汉的荆州还在，丞相的"拳头"够硬，那么就能待"天下有变"，翻越秦岭在关中寻求决战。在现实条件下，丞相没有办法做到毕其功于一役，只能退而求其次，放弃"子午谷奇谋"这种高危的风投行为，选择谨小慎微地曲线救国，去拿下陇西这块跳板，完成一代人能完成的使命，就算自己看不到兴复汉室的那天，也能为后人的事业打好基础。

就像历史学家田余庆先生所感叹的那样，"历史只给了诸葛亮一个小国寡民的舞台"。演员只是剧中人，没有《三国演义》里那种成竹在胸、运筹帷幄，只有设身处地后的不得已。

这几天绵绵不绝的阴雨逐渐停歇，雨后的群山半隐于云雾之下，高速上车流稀少、视野开阔，想象着蜀汉大军在这里"车辚辚、马萧萧"奔赴前线的场景，开起来别有一番感觉。

慢慢地，车子驶出群山，开入了一段开阔的平原地带。从地图上看，秦岭的群山在这里沉积凹陷出了一块平坦的地区，这里就是陇南的徽县、成县所在的徽成盆地。比起秦岭那些的令人头晕目眩的栈道，这里是一马平川，也难怪丞相要从这儿北伐了。

经过徽县，下一个目的地是成县，这里在三国时期有个更响亮的名字，武都郡的治所下辩。现在陇南市的市中心，就叫武都区。

武都、阴平这对CP，在北伐期间出现过好多次。相比阴平，武都是战略意义更重要、战事也更集中的地区。汉中之战时，张飞、马超在这儿开辟了第二战场，和曹洪、曹休、曹真的援军打阻击，从侧翼保护主力安全，阻止曹军南下驰援汉中战场。不过即便五虎将上了俩，还是没打过曹军，因为曹家的嫡系部队，带着传说中的特种精锐部队"虎豹骑"攻破了下辩。此后汉中之战一年的时间里，这两路兵马始终没有出现，估计就是在这一带山区来回打阻击和突破。

成县的县城没有什么可看的地方，吃了午饭稍作休整后，本来想直接去祁山，看了看地图，发现城南有座杜甫草堂，那就顺便去看一看吧。

等等……杜甫草堂不是在成都吗？其实和武侯祠一样，杜甫草堂也不是成都的专利。

唐肃宗乾元二年（公元759年）的秋天，丢官弃职、生活穷困的杜甫听说亲戚朋友在秦州（今天水）有几处草堂，于是从长安一路向西，踏上了"因人作远游"的颠沛流离之途。他首先来到秦州，短暂停留后，坐船沿西汉水到祁山，然后下船至西和县、成县、徽县，从青泥河至略阳县，最后入川，在成都待了五六年。

在这段旅途中，伟大的诗圣睹物思情、借物咏志，一路走，一路看，一路写，在近五个月里创作了一百一十七首诗，几乎是每天一首，比困守长安十年里流传下来的诗歌数量还多。我们所熟悉的"三吏""三别"也诞生在这段时期。这组诗歌被统称为"陇右诗"，成为这个地区、这段历史非常重要的文学佐证。

在秦州时，他写了二十首《秦州杂诗》，感叹时局之乱与身世之悲：

属国归何晚，楼兰斩未还。

烟尘独长望，衰飒正摧颜。

怀念当时被流放到夜郎而途中遇到大赦的李白：

凉风起天末，君子意如何？

鸿雁几时到，江湖秋水多。

忧思几位身处战乱地区、生死未卜的弟弟：

戍鼓断人行，边秋一雁声。

露从今夜白，月是故乡明。

在这段苦旅中，杜甫待过时间比较长的地方，除了天水和成都，就是我现在所在的成县，当时叫同谷。在天水生活了三个月后，同谷一位官员来信邀请杜甫一家去当地居住。杜甫见信后喜出望外，在十一月一个寒冷的深夜，全家坐着马车满怀希望地来到了同谷。然而到了之后，杜甫才发现疑似遇到了"电信诈骗"，那位"来书语绝妙"的哥们只是"开空头支票"，什么实际帮助都没有，很快杜甫又揭不开锅了。

因此，在这里的一个月是杜甫生活最为艰难的时期。一家人因为饥饿病倒在床上，堂堂文化大咖，狼狈到只能在天寒地冻中去山上挖芋头充饥，乃至于"手脚冻皴皮肉死"。在这种看不到希望的生活中，他在这里写下了《同谷七歌》：

男儿生不成名声已老，三年饥走荒山道。

长安卿相多少年，富贵应须致身早。

山中儒生旧相识，但话宿昔伤怀抱。

呜呼七歌兮悄终曲，仰视黄天百日速。

这一年，杜甫四十八岁，身处安史之乱下风雨飘摇的大唐帝国，前途依然尚未可知，在饥寒交迫的日子里，满满都是"长歌当哭"的愁苦之情，处处都是"人生如逆旅"的羁旅之感。

话说回来，我在这段旅途中碰到次数最多的历史名人，除了诸葛亮，就是杜甫了。这主要是因为作为旅游景点的杜甫草堂有好多处，就像武侯祠一样，虽然名声比不上成都的，但毕竟也是"分舵"。成县郊外的这处杜甫草堂，同时也是"杜少陵祠"。虽然游人很少，但环境倒是不错。雨后初霁，游人在绿荫丛中闲逛，比杜甫当年的穷困潦倒好了不知多少倍。

杜甫和诸葛亮，同样是匆匆赶路的旅人，时隔五百多年的文明之魂，冥冥中在这里产生了交集。

如果把杜甫这一路的"陇右三万里"串联起来，你会发现，除了没有经过汉中，杜甫的足迹和诸葛亮"六出祁山"的征途几乎一样，只不过是反方向的——从成都出发，一路北上经过祁山，取道天水，穿越陇山，最后直抵长安——这不就是丞相最大的梦想吗？

在离开同谷，南下落脚成都后，在武侯祠前，杜甫写下了那首流芳千古的《蜀相》：

> 丞相祠堂何处寻，锦官城外柏森森。
>
> 映阶碧草自春色，隔叶黄鹂空好音。
>
> 三顾频烦天下计，两朝开济老臣心。
>
> 出师未捷身先死，长使英雄泪满襟。

从小时候起，每次读到这首《蜀相》，我的心中都会翻涌起难以抑制的流泪的冲动。周汝昌先生评价道，杜甫"心念武侯，高山仰止，也正是寄希望于当世的良相之才，他之所怀者大，所感者深，以是之故，天下后世，凡读他此篇的，无不流涕"。在《蜀相》面前，任何吹捧丞相的楹联、牌匾、文章，都显得苍白无比，诗歌与古文的美感，就被这寥寥几笔浓缩进了骨子里面。

值得一提的是，在唐代诗人当中，杜甫是最为出名的"葛粉"。根据统计，在历史可考的一百余首涉及诸葛亮的诗作中，光杜甫一人就写了二十四首，除了后世传唱的《蜀相》，还有《咏怀古迹》里的"诸葛大名垂宇宙"，《八阵图》里的"功盖三分国，名成八阵图"，《日暮》里的"可怜后主还祠庙，日暮聊为梁甫吟"，《诸葛庙》里的"君臣当共济，贤圣亦同时"……无论是数量还是质量，甚至放在整个丞相的粉丝club里，杜甫都是绝对的"榜一大哥"。

这些诗作，大多写于杜甫入蜀后的晚年时期。如果把诗圣伟大而又悲剧的一生代入其中，杜甫对诸葛亮近乎"脑残粉"般的崇拜，就不难理解了。在经历了安史之乱的流离失所、坎坷磨难后，置身于蜀中的各种传说、祠堂，诸葛亮很自然地成了杜甫后半生的精神寄托，其中既有对天下太平、政通人和的期盼，也有对遇到明主、施展才华的羡慕。恰是在杜甫的疯狂追星之后，赞颂诸葛亮的诗文变得越来越多。之后，也还会有更多"葛粉"出现在我的旅途中。

华夏文脉的传承，在我眼前这座寂寥的杜甫草堂里无声地流淌。不知在逃难的颠沛岁月，在同谷的日日夜夜，那位"鞠躬尽瘁"的丞相，那个"死而后已"的背影，是否常常出现在杜甫的梦中，带着他"兴复汉室，还于旧都"呢？

所谓"乱世思诸葛"，大概在这种身世飘零、山河破碎的战争年代，丞相的伟大才会一次又一次地被缅怀与歌颂吧。

离开草堂与成县后，祁山，就在前面。

三

三国时期，魏、蜀、吴在边境上相持了四十多年。时间不算太长，但神奇的是，直到灭蜀前，三国的国界都基本没有什么变动。大家的国界线这么长，不可能处处设防。国防主要依靠的，是边界上的几个关键枢纽，也就是俗称的"兵家必争之地"。

魏明帝曹叡曾说过这么一句话："先帝东置合肥，南守襄阳，西固祁山，贼来辄破于三城之下者，地有所必争也。"意思是，曹操设置了合肥、襄阳、祁山这三个据点，作为大魏的国防枢纽，对面来一个死一个，必须寸步不让。

虽然曹叡说合肥、襄阳、祁山是曹魏国防安全的"三巨头"，但是从体量上来说，祁山和另外两个根本不是一个等级的。合肥是东方重镇，扼守江淮地区的水路总头，赤壁之战后，孙吴对合肥方向发动的攻击不下十次，但只留下了"张八百"和"孙十万"的"美谈"；襄阳是天下之脊、南北交通要冲，地形比合肥更易守难攻，经历过关羽北伐这样的硬仗，在后世也越来越重要。

总的来说，合肥和襄阳都是经历过实战考验的坚城巨防，说是"兵家必争之地"，那是实至名归。至于祁山嘛……这里先卖个关子。

其实曹叡说这话，是要在曹魏的东部、中部和西部战区里各挑一个"发奖状"，颇有领导讲话表扬时，一个部门都不能落下的意思。不是祁山不重要，而是在大部分时间里，曹魏的国防重心都在盯着孙权那老小子；防着蜀汉的西部战区，意思意思就得了，反正对面是"王小二过年，一年不如一年"。

就这样，在前往祁山的路上，在某个时刻，我突然发现，眼前的画风，逐渐起了一些变化。

从汉中到成县的这一路，属于南方人熟悉的亚热带，身处秦岭山区中，山体都被浓密的绿植覆盖，一场雨过后，满眼都是郁郁葱葱。但从某个时刻开始，也许是驶出一段长长的隧道之后，我猛然发现，山头变秃了，原本覆盖严实的绿植变得稀稀拉拉，大块大块的黄土裸露出来，一圈圈的沟壑绕着山体层层堆叠着，就像是大山被压出了褶皱。变化之快，仿佛是处于事业上升期的大佬，"秃然"成了发际线堪忧的中年人。

植被肉眼可见的变化，标志着我已经告别了南方的亚热带季风气候，迎来北方的温带季风气候，从秦岭茂密的山林地区，接近了沟壑纵横的黄土高原。

这种环境的逐渐变化带来的感觉还是很奇妙的，坐飞机和高铁的话，看到的画风往往是突然切换，没有这种过渡来得自然。这也是自驾旅行吸引人的地方吧。

在这种从大西南到大西北的画风变换中，途径西和县，我来到了今天的最后一个县城，也是祁山的所在地——礼县。

这个听着比较"路人甲"的县城，身世可不简单。在周朝灭商的时候，有一批殷商遗民从东方被放逐到了被称为"西犬丘"的礼县地区。他们在这里繁衍生息、养马放牧，可能是马养得特别膘肥体壮，上了周王室的"头条"，被赐封在秦地建城，于是，陇西黄土高原上多了一个新的族群——秦人。

没错，这里就是老秦人的发源地，秦人和这里的西戎，也就是原始游牧部落打了几百年，从一个小部落慢慢发展壮大。后来，在西周灭亡后，秦人的首领秦襄公护送周平王到洛邑，周平王于是封秦襄公为诸侯，赐予了岐山以西的土地，秦人才从陇西搬家到关中。四百多年之后，就有了我们熟悉的商鞅变法，而后一百余年才有了秦王扫六合。

从礼县下高速，就看到一块旅游导视牌，上面标记着两个景点，一个是甘肃秦文化博物馆，另一个就是祁山武侯祠。

礼县的县城，位于我们前往祁山的反方向，因为今晚还要赶去天水投宿，加上星期一博物馆也不开门，所以我虽对老秦人很感兴趣，也只能义无反顾地向东驶往祁山。来到礼县下辖的祁山乡，在路边看到"祁山武侯祠"的牌楼。

传说中的祁山，就在眼前。我深吸一口气，正准备迈开匡扶汉室的步伐，定睛一看，不禁愣住了：牌楼下根本就没有路……准确地来说，是在修路。大概原本就是乡间的土路——本就不结实的黄泥地，此时被捣得七零八落，像是惨烈的战场般一片狼藉，加上刚下过雨，一路变得泥泞无比。这情形简直就形同大大的"施工中，请勿入内"七个大字，赫然劝退。

目睹此情此景，脑海中只浮现出《出师表》中的一句话："五月渡泸，深入不毛。"南蛮之地，也不过如此吧！低头看着脚下仅有的一双运动鞋，我只能苦笑一声安慰自己，比起丞相的屡败屡战，这点困难算得了什么！于是，我深吸一口气，跌跌撞撞地在泥地里蹚着。在最惨烈的地方，一脚下去，几乎整只鞋子都要陷进泥浆中。路边施工的大叔们正穿着高筒雨靴，半同情半好笑地看着眼前的倒霉蛋。

狼狈不堪地完成了"燃烧的远征"，我一转头，便看到了传说中的祁山的"庐山真面目"。

这是一座在一马平川的平原上突然隆起的"山"——确切地来说，只是一座低矮的土丘，个头不大，整体呈土黄色，点缀着稀疏的绿色，像是从黄土高原抠了一个土块出来，然后在上面撒了一把小葱。一些修建中的城垛和工事在山上隐约，俨然是土质的城堡。

这座土山，就是祁山，但也不是祁山。

广义上的祁山，是这附近一连串山脉的总称。礼县东边的西汉水河谷地带，甚至整个陇南山区，都能算祁山。狭义上的祁山，就是眼前这座修筑在石峰上的堡垒，叫作祁山城或祁山堡，它是魏国在西部战区的"兵家必争之地"。

这座堡的修筑时间要早于北伐，是在马超和曹操的潼关之战后，附近的陇西豪族修起来抵抗马超的。马超围攻过这座祁山堡，没想到后院起火，把老家给丢了，走投无路只能去汉中投靠张鲁，后来才有成都城下劝降刘璋那一幕。

后来，魏国把这里修整了一番，将之打造成了魏蜀边境前哨站、防御点，这一带遂成为两国交锋拉锯的战场，以至于"祁山"逐渐变成诸葛亮北伐的代名词。

城堡的"城门"是一座厚实的砖制建筑，上书"祁山堡"三个大字。正当我准备进去的时候，听到了一声大喊：

"喂……"

回过头去，在百米开外的工地上，一位中年大叔，大概是村干部或者工头之类的角色，正操着一口浓重的西北方言向我怒吼：

"喂，那里不能进的！"

"……不能进？为啥不能进？"

"里面在修，不能进的！"

怪不得踩了这一路的泥，敢情不是在修路，是在修城啊……等等，不能进？难道又要吃闭门羹？等等，为什么又要说"又"？

带着不甘心和挣扎一下的希望，我走到了大叔面前，带着半是愤怒半是哀求的语气道：

"这啥时候能修好啊？我大老远好不容易过来的，能不能让我进去瞅瞅？"

"要等明年，现在不能进，不能进！"大叔还是义正辞严地拒绝道。

也许是平时见的游客多了，大叔看了看耷拉着脸的我，语气软了下来，再次开口道：

"你哪里来的？"

"浙江来的。"

大概是看我千里迢迢而来，还带着一脚的泥，心有不忍，大叔摆了摆手说："进去吧。"

总算能进了，但是……也真是没啥可看的。

可能是当地政府在整修景点，祁山堡里到处都是脚手架和建筑材料，原本的一些"景点"全被挖掉了，只有一些改造后的"木牛流马""八阵图"之类的效果图，没有游客的身影，只有几位施工的大叔在"摸鱼"。山顶有武侯祠和关帝庙，但上山的阶梯被建材堵得严严实实。在钢筋丛中满头大汗地腾挪辗转了半天，最后我只能悻悻放弃。

难道每天一次"万万没想到"注定是标配了？

无奈之下，我只能再次抱着"来都来了"的心态，到边缘的城垛上，找了个高处勘察附近的地势。

之所以说祁山根本不能跟合肥、襄阳相提并论，就是因为它只能算是"堡"，称不上"城"。它的规模实在太小了，只能算是一座大点的土丘，顶部也就三千多平方米，大约就半个足球场大，最多也就能驻扎千把号人。

但这个地方却又很重要，它处在离开陇南山地、进入平原地带的口子上，是交通主干道上唯一一处地势比较高的堡垒，加上水上交通动脉西汉水在旁边流过，可以说是个扼守着水、陆两条要道的"守关小BOSS"。

看到祁山堡这个规模，我很自然地就有个疑问：这么小一个城堡有什么用，不是随便打吗，就算打不下，还不能绕过去吗？

打不打得下这个技术性问题，暂且按下不表，先说说一个军事上的战略性问题：古代打仗的时候，路上碰到据点怎么办？一般有几种处理方法：老老实实打下来、偷偷摸摸绕过去、大大方方围起来。

老老实实打下来，虽然攻城的成本很高，但打下来可以为大军提供补给，最重要的是，这样才能保证粮道的通畅，扫清了敌占区，后面的粮食才运得过来。

偷偷摸摸绕过去，省力是省力了，但等你一走，据点里的人出来把你后面过来的"外卖"截了，前面的大部队没几天就会饿死，但凡有实战经验的都不会这么干。

大大方方围起来，就是派一部分人围住据点，慢慢跟里面的人耗着，大部队绕过去干正事。问题是，如果留下的人太多，会分掉太多战斗力；如果留的人太少，办事处可能会被守军"偷家"，后勤补给依然会被掐断。所以，除非有绝对的兵力优势，否则围而不攻是风险很大的选项。

　　只要是个智商在线的大将，但凡遇到大一点的城池都会选择老老实实打下来。因此，古代用一座城池憋死英雄好汉的例子数不胜数，像东西魏大战时的"河阳三城"，以及被网友玩坏了的"高欢快乐城"玉璧城，充分说明了开局出生点的"地利"之便有多么重要。

　　这么一看，祁山堡的重要性就凸显出来了。虽然这点规模，顶多只能站个岗放个哨，拖住蜀军的一些兵力或时间，对北伐大局并没有根本影响，但人家就是可以利用地利之便，放放冷箭、抢抢"外卖"、喊喊脏话，用极低的成本牵制本来就不多的蜀军。你要打它吧，这玩意又臭又硬实在不好打；你要不打吧，它就能像苍蝇一样不停地恶心你。而且要命就要命在，还真就被它拖住了。

　　在"六出祁山"中，丞相有两次路过了这里，都围住了祁山堡，结果没有打下来。站在曹叡的立场，就如他所说，"贼来辄破于三城之下"。特别是第一次，因为蜀军来得让魏军猝不及防，北伐形势一片大好，但是就在这小小的祁山堡下，不知是有点轻敌，还是缺乏攻城器械，或是指挥和战斗力就是不行，丞相在这里耽搁了几天的时间，最后放弃攻城，留了些人围住祁山，大军继续北上。

　　研究三国的学者方北辰对魏蜀双方在此战中的反射弧，做过粗略的数据假设，且看其在《诸葛亮传》中的讲述：

先看曹魏一方。

蜀军进占祁山的消息，从祁山传到视察途中的郭淮，距离约一百里，时间约需一天；郭淮急速奔到上邽据守并派出特使，距离约一百里，时间约需一天；特使从上邽穿越陈仓狭道奔到关陇战区司令部长安，距离约七百里，时间约需三天；长安派特使奔到京城洛阳，报告魏明帝曹叡，距离约七百里，时间约需三天；魏明帝派特使奔到荆州宛县，急调张郃赴援，距离约四百里，时间约需两天；张郃从宛城取道西北，从武关通道奔到长安，距离约八百里，时间约需三天；张郃从长安调集兵力，穿越陈仓狭道，最后抵达街亭前线，距离约六百五十里，时间约需四天。以上总计，距离约三千四百五十里，时间约需十七天，平均每天约二百零三里。此处计算出来的天数，与史料记载的"十余日"完全吻合。

再来看蜀汉一方。

从祁山直接前往上邽，距离约一百里，时间约需一天；上邽到街亭，距离约五十里，时间约需一天。以上总计，距离约一百五十里，时间约需两天，平均每天约七十五里。但是，如果同样按照曹魏花费的十七天来计算的话，蜀汉军队平均每天的运动速度，竟然还不到九里。

对比以上两组数据，可以相当清晰地看出：曹魏方面自诸葛亮到达祁山之后的十七天中，没有任何的迟疑和停留，以平均每天不少于两百里的高速度，进行了信息的传输和大军的调动，反应之快速，令人惊讶。相比之下，蜀汉方面同样在这十七天里，打头阵到达街亭的前锋兵团，平均每天的运动速度还不到九里。在后面的主力兵团，不仅没有到达街亭，甚至没有对仅仅一百里的上邽发起强大而有效的攻城行动；即便按照一百里的距离来计算，平均每天的运动速度连六里也不到，速度之缓慢，同样也令人惊讶。

数据不一定准确，但有一点是肯定的：在讲究"兵贵神速"的突袭中，丞相在第一次北伐时用兵的表现，确实有点拖泥带水，后来有人批评他"徐行不进"，这个没法洗。

从"事后诸葛亮"的角度来说，可能就是这要命的几天，延误了断陇的关键窗口期，导致街亭的功亏一篑。也许这只是后人的臆想，但有一点毋庸置疑，就是在第一次北伐时，蜀军的战斗力是远远比不上魏军的。

第一次北伐，蜀军出动了近十万人，可谓声势浩大。失败后，丞相在战后作自我检讨时说："大军在祁山、箕谷，皆多于贼，而不能破贼为贼所破者，则此病不在兵少，在一人耳。"蜀军在人数上是占优的，但是没打过，说明兵在精不在多，军队素质不行，问题出在自己这个领导身上。

丞相把责任全部揽到自己头上，既显示出一名政治家的担当，也直接说明了，第一次北伐的失利暴露了自己不够老辣的指挥水平，以及蜀军正面打硬仗时"战五渣"的短板。

但痛定思痛，经过几年的卧薪尝胆和"打怪练级"，在祁山不远处，一个叫作卤城的地方，丞相和他的蜀军迎来了最后的进化。

四

离开祁山堡，继续往天水方向开一小段路，就到了一个名为盐官镇的乡镇。三国时期，这里叫作卤城，以当地百姓擅长做卤鸡、卤鸭等卤味而出名……才怪。

盐官盐官，顾名思义，这里是产盐的地方。在古代，盐属于日常必备、但产量有限的战略资源，主要有东部地区的海盐、西部内陆的湖盐、云贵川地区的井盐这几种。产盐的地方就那么几处，所以从汉武帝开始，盐和铁一直都是封建王朝垄断的"摇钱树"，俗称盐铁专卖。而以前甘肃地区只有两处盐井，一处在现在定西市的漳县，还有一处就在盐官镇，所以历朝历代都在这里设置了盐官，负责统筹指导产盐、卖盐的工作。直到新中国改革开放前后，价廉物美的海盐打通了内地市场，这里的盐井才退出历史舞台。

比起祁山乡，盐官镇不愧是资源大镇，集镇上熙熙攘攘，格外热闹，路旁鳞次栉比的店铺延伸了好几公里。作为祁山道的必经之地，当地还流传下来一则诸葛亮"卤水洗尘"的故事。

传说丞相在北伐中曾两次占据卤城，每次都发布了三个相同的命令：一是挑选三百名精壮士兵，去盐井协同盐工煮盐，所产盐全部为蜀军补充军需；二是蜀军轮换进驻卤城，稍作休整；三是所有蜀军将士都要把盐井里的卤水烧温，用来洗头、洗脚和洗澡。

原来，蜀军长途跋涉而来，一路上免不了被蚊虫叮咬，有的满身臭汗，有的脚底磨出血泡，还有的不服水土，疲劳不堪。但用卤水洗过之后，臭汗、血泡和伤口都神奇地消失了，蜀军个个"满血复活"、精神倍儿棒，称赞丞相卤水洗尘的法子真好，真及时。

卤水有没有这种神奇的疗效，咱也不是很懂。反正，卤城这个地方，《三国演义》完全没有提到，但是在历史上，这里却极具故事性和高光度。就像街亭之于第一次北伐，陈仓之于第二次北伐，五丈原之于第四次北伐，卤城就是丞相第三次北伐的代名词，它是蜀军由弱转强的关键转折。

对于第三次北伐，《三国志·诸葛亮传》记载得非常简单，只有"九年，亮复出祁山，以木牛运，粮尽退军，与魏将张郃交战，射杀郃"这二十五个字。这也见怪不怪了，毕竟《三国志》以魏国为正统，而丞相的几次北伐，都把正统弄得很不好看。为了政治正确，多少得给领导留些面子，所以陈寿对过程只字不提，只留下了张郃这个大冤种的膝盖。

而在《三国演义》里，罗贯中把这次北伐和陈仓之战糊到了一起，只配了个拆锦囊的俗套段子。因为丞相一挥手，次次都杀得魏军人仰马翻，这次也是寻常的"这一阵，魏军死者极多，遗弃马匹器械无数"，所以辨识度和记忆点都极低，只有战后"忽报有人自成都来，说张苞身死。孔明闻知，放声大哭，口中吐血，昏绝于地"，然后撤军回汉中养病的桥段。戏剧性是到位了，我丞相明明又双叒叕打赢了，怎奈天不助我，呜呼哀哉！

所以，这次北伐的过程和细节，主要来源于东晋的"蜀粉"习凿齿所著的《汉晋春秋》。这是一部以蜀汉为正统的"反三国志"，后来被裴松之作注进了《三国志》，以及《晋书》中司马懿的本纪。这段史料的真假众说纷纭，但对历史这东西，从来就没有人能掌握全部真相，毕竟《晋书》能把司马宣王在这时的形象，描写成让丞相望风逃窜的英明神武模样，咱"蜀粉"还不能让自己的"爱豆"过一把瘾吗！

没错，就在这里，丞相终于遇到了宿敌司马懿——这两尊三国后期的大神，并不像《三国演义》里那样从头打到尾，而是在其中一位谢幕前的三年才见面。但就是"在这人群中多看了你一眼"，司马懿真就再也没有忘记诸葛亮的容颜了。

说个笑话，以前读《三国志》的时候，我想找司马懿的传记来给他补个刀，结果翻来翻去怎么也找不到，差点气得我破口大骂：陈寿你丫是不是偷懒？

后来才想明白，人家是堂堂晋朝的高祖皇帝、新时代的掌门人，当然得在《晋书》里当头牌，怎么可能还在旧时代的破船里给人打工？如果陈寿在《三国志》里写个《司马懿传》，不仅在政治上大逆不道，还难得要死，还不如留给后人评说。

作为宿敌，诸葛亮和司马懿有诸多共同点：他们年纪相仿、经历相似，都是一个政权的发动机、三国后期的扛把子，都是点满内政、外交、统帅、智略技能点的六边形战士，而且同样是传统意义上的"权臣"，在接受托孤后面对着一个"主少国疑"的不稳定政局，以及都有在武侠小说里自带加成的复姓……司马懿在各方面都像是诸葛亮在同一个世界里的"镜像人物"。

但这两个人在很多方面又哪哪都不像：一个出身世家大族，一个家族没落不显；一个心狠手辣，一个刚柔相济；一个以"忍"字见长，一个以"智"字留名；一个成功熬死了所有人，一个多想向天再借十二年；一个是历史上的赢家，一个是时间中的败者……不同的性格与境遇，也决定了不同的人生终点：一个因为贡献了"狼顾之相"的名场面，以及子孙后代的丑陋表现，被各种管理学、成功学、厚黑学拜为祖师爷，却惨遭长期唾弃；一个因为"鞠躬尽瘁，死而后已"的奉献精神，被儒家道统和百姓奉若神明，在后世口碑上完成了超级逆风大翻盘。

其实，早在三国时就有人拿他们作比较，比如吴国的张俨，他写了《述佐篇》这篇议论文专门评论魏蜀的这两位辅政大臣，把诸葛亮吹上了天，认为如果不是丞相英年早逝，北伐大业很可能就成功了；相比之下，司马懿就像被丞相拿着刀从百草园一路砍到三味书屋，活脱脱王者暴打青铜的现场。虽然是站在第三视角，但张俨写这篇时评的立场太明显，就是和《后出师表》一起联动站台吴国的北伐，所以骂得爽归爽，但看看就好。

公元231年，第三次北伐开始后，丞相再次围住了革命老景点祁山，演了出小剧场"上邦的麦子"，最后在我脚下的这片卤城，爆发了司马懿和诸葛亮唯一一次正面的野战对决。

坦白讲，在这之前，蜀军相比于魏军的"战五渣"评级，大概是被当时的军事UP主们坐实的。第一次北伐，蜀军在街亭大败，乱得如一群乌合之众；第二次北伐，蜀军又在陈仓城下吃瘪，使出浑身解数也没有拿下只有区区几千人的郝昭；第三次北伐，虽然拿下了武都、阴平二郡，但平心而论，这俩地方是魏国在战略上不想要，白给你的，双方并没有打过白刃战。

客观上来说，此时的魏军，肯定不是曹操时代那个野战无敌的大魏陆军了。打了几十年的仗，那些从联军讨董开始，就在尸山血海中拼杀出来的百战老兵，基本都凋零了，魏军这些"军二代"的战斗力，跟魏武挥鞭那时候肯定没法比，但是人家也是有赫赫战绩的大国野战军。所以在硬碰硬的正面战场上，没打过败仗的魏军精锐，怎么会把蜀军放在眼里呢？

所以，在祁山的蜀军阵前，司马懿原本用的是贴身紧逼但就不跟你打的"牛皮糖"战术，一连两个月坚守不出，想耗死蜀军。但是，以张郃为首的"丘八"们不答应了，不停嚷嚷着要干死对面，甚至嘲笑司令"畏蜀如虎"——我堂堂大魏陆军，在菜鸡蜀军面前怂得像个软蛋，以后让我们这些西北战狼怎么在地头上混！

此时的司马懿，刚从荆襄战区空降过来没多久，在西北的根基不深，肯定压不住手下这群地头蛇、老油条，加上自己打了半辈子胜仗，也有可能绷不住了，于是拍板——打！

魏国和蜀国的主力部队在卤城附近猛烈地碰撞了。

对于卤城之战的过程，绘声绘色讲了半天故事的习凿齿，突然打住不讲了，只给了结局：

> 亮使魏延、高翔、吴班赴拒，大破之。获甲首三千级，玄铠五千领，角弩三千一百张，宣王还保营。

"甲首"是下级军官的首级，"玄铠"是精锐部队的铠甲，"角弩"是制作精良的强弩。这是什么概念呢？两边的主力作战部队，充其量都是几万人，如果按《汉晋春秋》所说的数量算，蜀军那已经不是打赢了，而是大屠杀。这场仗放在曹魏陆军的战绩中，是要做国防教育反面教材的。当然，这明显有蜀粉吹牛皮的夸张成分，但可以肯定的是，此战之后，蜀军牢牢掌握了主动权，司马懿再怎么被吐槽"畏蜀如虎"，也没有和丞相打过正面的大军团会战了。

此时，距离街亭的大败已经三年之久，陈仓城下的吃瘪也过去了两年。这一仗，实实在在打出了蜀军的威风和信心，整个蜀汉渴望这样酣畅淋漓的胜利实在太久了。公元234年最后一次北伐，丞相之所以不再走祁山道，而是选择直接翻越秦岭进军关中，有一部分的原因，就是蜀军在正面战场上已经不怵魏军，具备了啃下硬骨头的能力。

除了战斗力的爆棚，这次的北伐，丞相在指挥上也一改之前的犹豫生硬，变得灵活果决、进退自如，一直牵着魏军的鼻子，打得司马懿疲于奔命，显示出了战术大师的极高水准。

短短几年里，从"战五渣"到"大魔王"，蜀军的究极进化，也是丞相的一次螺旋式成长。这位伟大的政治家，终于点满了技能树，进化成了完全体，在谢幕前得以神功大成。

五

虽然《三国演义》把诸葛亮塑造成了半仙式的军神，但是在正史中，关于丞相带兵打仗的水平，古往今来的口水仗一直没停过。

觉得丞相打仗水平不行的，主要依据的是陈寿在《诸葛亮传》中所作的评价：

> 治戎为长，奇谋为短，理民之干，优于将略。

> 然连年动众，未能成功，盖应变将略，非其所长欤。

这意思是，运筹帷幄、决胜千里不是丞相擅长的领域，这也许就是北伐失败的原因。

客观来说，丞相军事统帅的才能，确实经不起演义那种尬吹，因为出道以来，他干的都是外交、后勤的活，直到托孤之后，才有领兵出征的初体验。你让一个办公室主任突然当三军总司令，这跨界难度不是一般的大。

但是陈寿也说，丞相"治戎为长"。戎，是军事的意思。丞相真正厉害的，是治军练兵的水平，而不是张良式的"奇谋"。

比如，在1994版电视剧《三国演义》里，丞相出山后的第一个场景就是操练士卒。

喜欢看《三国演义》的小朋友肯定热衷于给武将搞战斗力排名，知道"一吕二赵三典韦，四关五马六张飞"之类的顺口溜。在演义的世界观中，打仗厉害的，要么是"我要打一百个"的武将，要么是"谈笑间樯橹灰飞烟灭"的大帅，还有就是搞几个锦囊妙计的谋士，放在各种三国游戏里，就是在武力、统帅和智力三个数值的大比拼。

然而，冲锋陷阵的武勇、运筹帷幄的奇谋、统帅三军的将略，这三者固然都很关键，但它们要在战场上发挥作用，都依赖于一个隐含的前提条件，就是治戎。没有一支令行禁止的精兵强将托底，一切的奇谋将略是白搭。

对古代那些军神在史书上留下的记载，大篇幅都是他们练兵治军的细节，比如司马穰苴斩杀迟到的亲贵严明军法，孙武把吴王阖闾的嫔妃宫女训练得服服帖帖，吴起亲自给受伤士兵的创口吸毒，还有传说中的韩信发明"点兵"神器，等等。

其实放到任何时代、任何行业，道理都差不多。打市场的销售、搞科研的经理、想点子的策划，要让他们人尽其才，都离不开做管理的HR。从封建王朝沿袭了两千余年的"秦制"，到现代公司的扁平化管理方式、现代政府的科层制体系，一家公司、一支军队、一个国家，最有价值的秘密武器，往往都是这些看不见的"操作系统"。

那么丞相是靠什么，把"战五渣"的蜀军带成一支作风优良、能打硬仗的队伍呢？这里就讲几个丞相治军的故事和"八卦"吧。

为了训练新兵，丞相对军队的组织建设、指挥训练、作战方法进行了全面改革，创制了传说中的"八阵图"，其实就是训练新兵的方法，相当于总结演练经验的一套模板。有了标准化的建设指南，蜀军逐渐成为了"戎阵整齐，赏罚肃而号令明""止如山，进退如风""行军安静而坚重"的军队。

街亭战败后，丞相不仅"挥泪斩马谡"，还要求"自贬三等"，看着好像是在搞形式主义，但是和同时代那些兵败后要么赶紧甩锅，要么毫不反省，或者像曹丞相那样割个头发装装样子的领导相比，以丞相当时的身份地位，能主动为战败承担领导责任，实在少见。

早年丞相没有儿子，大哥诸葛瑾就将二儿子诸葛乔过继到丞相膝下当嗣子。北伐时，这位丞相家的公子不仅没有坐官轿，还和军士们一起在秦岭里运粮食，表示和大家同甘共苦。结果就在这一年，二十五岁的诸葛乔就过早地去世了。

魏蜀在前线对峙时，因为蜀军有轮休的规定，手下建议这时候就别放假了，丞相说我打仗以信为本，现在士兵都收拾好行李准备回家看老婆孩子了，哪怕大敌当前，也不能失信于士兵，于是催促他们赶紧"卷铺盖走人"。大家十分感动，不仅表示不走了，还更加卖力加班，一起干掉了张郃。不过这个故事来自段子手郭冲的《条亮五事》，"空城计"就出自这里。

丞相病逝五丈原后，司马懿在撤军后的蜀军营地调研考察，这位宿敌只看了不完整的军垒，就给了五个字的评价："天下奇才也。"灭蜀之后，他的儿子司马昭还专门部署了一项任务，要求寻到丞相当年治军的秘籍，用来操练禁军。

《诸葛亮传》注引的《袁子》有一段对蜀军的评价。这个袁子，是曹魏重臣袁涣的儿子袁准，魏末晋初一直在朝廷当官，可以代表一部分曹魏官员的看法。他评价道，蜀军行军是"安静而坚重；安静则易动，坚重则可以进退"，"出入如宾，行不寇，刍荛者不猎，如在国中"；安营扎寨是"所至营垒、井灶、圊溷、藩篱、障塞，皆应绳墨。一月之行，去之如始至"；用兵作战是"止如山，进退如风；兵出之日，天下震动，而人心不忧"，"士卒用命，赴险而不顾"……

总之，无论是从史料还是传说中都可以总结出丞相治军的特点：科学训练，军纪齐整，以身作则，赏罚分明。这样的领导和军队，自然令人叹服。

在神仙打架的三国时代，诸葛亮虽然够不上曹操那种老军事艺术家的级别，但实战战绩并不差，而且撰写过《传运》《兵要》《八阵图》等"武功秘籍"。理论与实践相结合，是丞相的大加分项。在同时代里，只有曹操和诸葛亮两人有军事著作流传于世。古往今来，打仗打得倍儿棒的不少，但同时会搞理论研究和新闻宣传的，就比较稀有了。

所以，丞相之所以能流芳百世、名垂千古，不仅仅靠"忠"，因为中国从来就不缺忠臣孝子；更不是靠吹，而是有超强能力做背书。他虽称不上顶级的军事家，但有着持续且明显的成长与进步。

出山的时候，他是"未出茅庐而知天下三分"的顶级策士；事业上升期，他是"常镇守成都，足食足兵"的能臣贤相；危急存亡之秋，他是受"托六尺之孤"的定海神针；北伐的时候，他是"兵出之日，天下震动，而人心不忧"的祁山战神……一出山就是技能点MAX的"六边形战士"，那是《三国演义》里的诸葛仙人，而作为政治家、军事家、文学家的诸葛亮，是像普通人一样，被生活锤炼出来的。

丞相的人生，是天才不断奋斗的一生，是一步步进化成完全体的一生，也是被逼着走上巅峰的一生。但是，点满技能树的代价是什么呢？当然是健康和生命的加速流逝。

其实，陈寿评价丞相"治戎为长，奇谋为短，理民之干，优于将略"之后还有一段话：

> 而所与对敌，或值人杰，加众寡不侔，攻守异体，故虽连年动众，未能有克。昔萧何荐韩信，管仲举王子城父，皆忖己之长，未能兼有故也。亮之器能政理，抑亦管、萧之亚匹也，而时之名将无城父、韩信，故使功业陵迟，大义不及邪。盖天命有归，不可以智力争也。

诸葛亮遇到的，都是神一样的对手，加上寡不敌众，即使自己能像萧何、管仲一般治国安邦，手下却没有韩信、城父这样的将帅之才，来弥补自己"奇谋为短"的不足，所以只能撸起袖子自己上，不是主观上想当"斜杠青年"，而是生活所迫、真没办法呐。

丞相一个人，既要干管理，又要搞科研，又得当策划，还要做销售，就差抡着羽扇进人群"开无双"了。最后，他五十四岁就离开了蜀汉人民，比司马懿少活了整整三十年，那真是活活给累死的。

还是那句话，时代只给了诸葛亮一个小国寡民的舞台。他要事必躬亲、身体力行，不是因为爱管事，而是设身处地后的不得已。

三国之所以好看，三国里的那些人和事之所以让人记得住，是因为我们看到的，是一群天才可歌可泣的奋斗史。注意，是天才，而不是《封神演义》里那些呼风唤雨的神仙。晚年的曹操，还在策马狂奔；晚年的刘备，还在御驾亲征；晚年的诸葛亮，还在跨界成长；晚年的司马懿，还在憋着大招……所有的大佬，不管有没有留下遗憾，都倔强地奋斗到了人生的最后一刻。

六

车子开过盐官镇，西北小镇的喧嚣，也逐渐被郊外的苍凉所替代。

除了祁山堡，这附近还有传说中丞相训练战马的"圈马沟""诸葛上马石"、调兵遣将的"点将台"、扎营的"九寨故垒"……听着名字就知道是后世的人造景点，不过由此也能看出丞相在老百姓心中的传奇性。

离开祁山，已经将近下午五点，本来打算直接驱车去天水，但是在地图上搜了下，发现不远处还有个武侯祠，看着天色尚早，于是决定去一趟。

跟着导航开了一阵，却看到大路边通往武侯祠的小路，又被施工队占领了……敢情今天跟修路杠上了？无奈，只能绕道旁边村子里的岔路，开进了只有两车宽的乡道。渐渐地，吹着西北傍晚的凉风，乡间的道路变得越来越寂静，直到在路边看到了一块"三国古战场遗址木门道"的牌子。

木门道？听到这三个字，张郃不禁打了个喷嚏。

第三次北伐，是魏蜀对峙时间最长、蜀军优势最大的一次，但是老天还是没有站在丞相这边，最后的结局是"粮尽退军"，随后牵扯出了李严谎报军情的事。这也是个著名的公案了，马伯庸写的《风起陇西》，就是脑补了这个谜团。这事暂且按下不表，不知道是不是点满了"拖刀计"技能，继陈仓反杀王双之后，蜀军在撤退时，又在木门道射杀了曹魏西北军区的二把手张郃。

张郃在演义里就没啥太高光的时刻，基本一直在挨打，属于比上不足、比下有余的一流半武将，而且因为名字的日语读音和蝴蝶同音，所以被《真·三国无双》恶搞成了"娘炮"人设，那"优雅"的形象给了年少的我极大的震撼。

虽然在《三国志》中，张郃和张辽、乐进、于禁、徐晃一起被陈寿评为"时之良将，五子为先"，江湖人送"五子良将"的威猛外号，但历史上的张郃总体比较倒霉。特别是和同为降将的张辽相比，人家不仅干着一把手，还在曹魏疗养胜地东南战区，有东吴来反复"送人头"，一下打出了"张八百"的江湖地位。反观张郃，先后给夏侯渊、曹真、司马懿当救火队员，做万年老二不说，待的还是民风淳朴的大西北，啃的都是马超、张飞、诸葛亮，以及羌族、氐族这种硬骨头，换一般人来，牙都不知道磕崩几次了。

虽然张郃运气差了点，但毕竟也是五子良将，所以依然在军中打出了西北战狼的极高威望，还赶上了丞相北伐这台大戏，演出了"自诸葛亮皆惮之"的小张辽效应。所以，当司马懿空降为军区司令，自己又当副职时，这位"老革命"八成是很不爽的，特别是这个领导还"畏蜀如虎"。司马懿对这个根基深厚、阴阳怪气、带头嘲笑自己的刺头儿，肯定也没啥好脸色。

蜀军撤军后是谁要追，《三国志》没说，但《魏略》明确说是司马懿说追，但张郃说"归军勿追"，司马懿不听劝告，张郃不得已才披挂上阵。

如果是这样的话，这位三国"活化石"、曹魏版廖化就是纯纯的大冤种。就算要追，派个路人甲去"刮刮彩票"就得了，毕竟三年前的陈仓之战，追上去被反杀的王双人都还没凉呢，这种收益不高、风险极大的事，没必要让这种高级将领亲自干吧？但司马懿对政敌那是出了名的手黑。

五六十岁的老头，膝盖就这么在木门中了一箭——"飞矢中郃右膝"。堂堂一代名将，被拉回去没多久就死了。后人还脑补了什么在树皮上写"张郃死于树下"的老套段子，用上了诸葛连弩这种黑科技。《三国演义》里更狠，"两下万弩齐发"，直接把张郃射成了"刺猬"，之后司马懿还假惺惺地抹了抹眼泪。作为纵横半生的老将，如此结局该说是马革裹尸，还是窝囊透顶呢？

木门这个地方，学界普遍认为是在祁山的北边、天水的西南，但如果是这样的话，蜀军的战线就已经推进到了天水城下，这样才能在撤退的时候在南边的木门射杀张郃。所以，又有其他猜测，认为张郃死在卤城之战前，不是死在木门，而是《后主传》中记载的祁山南边的青封……总之，关于这次北伐，本就史料记载不一，迷雾重重，张郃死在哪里，也只是其中的插曲罢了。

虽说是"三国古战场遗址"，但这儿并没有什么遗址可看，只有一座和祁山堡类似的土山。走过一段斜坡，登上一截陡峭的台阶，在尽头就看到了一座风格不太一样的武侯祠。

这是我这一路上碰到的第四座武侯祠，也是一个隐匿在西北乡间，几乎在网上搜不到的景点……呃，我突然意识到，在张郃惨死的地方建武侯祠，是不是有点不太礼貌啊……张郃老先生，我先向你道歉。虽然在名人留下故事和传说的地方修建祠堂是中华民族寄托精神的老传统了，但从张郃的角度来看，生前是个倒霉蛋，死后还要作陪衬，确实挺憋屈的。

这座武侯祠，青灰色的砖瓦砌成的山门就和其他武侯祠的红

墙黛瓦风格迥异，整体色调让人眼前一亮。山门的入口处，左右两门分别为"出将"和"入相"，墙上的字迹磨损得比较严重，朱红色大门也斑驳不堪，墙顶的雕梁画栋虽然挺气派，但一看就是明清建筑的风格，明显是后人新建的。

根据网上的介绍，当地政府在1996年搞了木门道的景点，2002年通过民间众筹修建了这座武侯祠。虽然年数不长，但矗立在这寂静无声的郊外，伴随着习习凉风和苍劲松柏，却给人一种别样的肃穆与平和感。

正当我准备推开大门的时候，突然涌上了一股不出意外的话又要出意外了的第六感——没错，门后挂着一把大锁，紧紧地锁住了最后一丝希望。

这是闹哪样，不是关门就是修路！我这路过的四座武侯祠，竟然关了三座，故障率高达四分之三！

带着七分气恼三分不甘，我狠狠地推了推大门，掰出一丝门缝往里瞅了瞅，只见一块"木门道"的石碑立在庭院中央。别说，透过缝隙这样看进去，竟然别有一番意境……

也罢，"你有张良计，我有过墙梯"。坐在山门前的石阶上，用无人机进去探视了一下，奈何树木太多，走位难度太大，只能翻出了马伯庸的《文化不苦旅》，本想看看马亲王在里面有什么奇遇，没想到差点笑出声：他跟我一样，也吃了个闭门羹。

想想时隔近十年，我和前人在同样的地点，怀着同样的心情，走了同样的霉运……这种缘分和经历，已经超越了访古巡礼的目的本身，创造了一种属于自己的独特历史了吧。

望着眼前的美景，听着树林的松涛之声，我顿时一扫"自古枪兵幸运 E"的阴霾，涌起了模仿一番曹丞相同款大笑的冲动——要不是又有一拨倒霉蛋正在门前摆弄着偷窥的姿势的话。

寻访古迹这件事，听着挺高大上，其实一路上能看到的，要么是断壁残垣，无处凭吊，要么是人为修缮，毫无古韵。如果抱着把对古人的美好想象投射进现实的心态，多半会让人泄气，还不如把意外和失望视作旅途的馈赠，坦然享受。

无论是"六出祁山"的丞相，还是"跟生活对线"的普通人，失败和遗憾总是贯穿着人生的始终。公元231年，在这苍茫的祁山，"神功业已大成"却再次抱憾退场的丞相，是否会回想起三年前初次踏上这片土地时，那份痛失好局的遗憾，那次永远错过的机会？

落日西飞滚滚，我作别木门道武侯祠，离开了祁山，驱车前往天水。

大漠与孤烟，黄河与白云，葡萄与美酒，羌笛与杨柳……陇西大地，肃杀凉州，除了边塞的苍凉浑厚、豪情壮志，在那里，还有一个令人黯然神伤的名字——

街亭。

第四日

雨歇天水
陇西的风与月

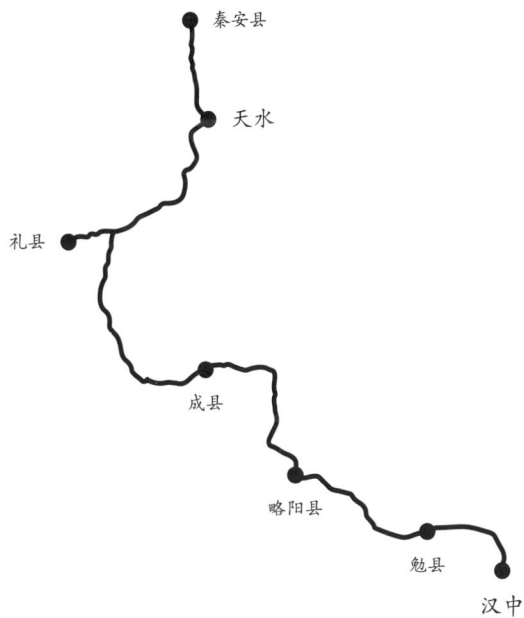

秦安县

天水

礼县

成县

略阳县

勉县

汉中

七月四日，星期二，晴

行程：天水—秦安县

　　穿越九曲回肠的山路，在驶向天水的路上，这几天淅淅沥沥的小雨终于停歇，一派萧索的黄土高原，在连日阴雨的冲刷后，终于回归了苍凉浑厚的西北味儿。

　　关于"天水"这个名字的由来，有个"天河注水"的传说。很久很久以前，一晚电闪雷鸣、风雨交加。第二天早上，人们发现这里多了一片湖泊，认为这是天河之水降临人间。汉武帝听到这个传说后表示十分感动，就为之命名"天水"。

　　传说归传说，天水这个让人浮想联翩的好听名字，对于三国迷来说，却有令人黯然神伤的一面——街亭。

　　公元228年的首次北伐，是"六出祁山"中形势最好、赢面最大，但功败垂成、最令人惋惜的一次。《三国演义》里由"失街亭""空城计""挥泪斩马谡"组成的"失空斩"，成为很多人心中永远的痛。

　　从结果来看，首次北伐失败后，丞相好不容易抓住的窗口期，在短暂地露出曙光后就迅速关闭了。因为魏国在吓出一身冷汗后，开始全面重视并加强陇西的防守，此后再也没有给弱者翻盘的任何机会。之后三国的剧情，其实就已经没啥悬念了。

　　想到这里，所有蜀粉都不禁咬牙切齿地握紧了正义的铁拳：

丞相这辈子，从来不怕神一样的对手，可谁能想到，从来没在人事问题上打过马虎眼的丞相，这辈子只违心了这么一次，就被猪队友坑惨了——说的就是你，马谡！

街亭之战这个三国时期最著名的"滑铁卢"，是蜀军最深的伤痕，也留下了许多"一出祁山"绕不开的坎：

街亭在哪儿？

为什么马谡没守住街亭？

为什么街亭一丢，北伐就崩盘了？

怀着这些问题，我来到了天水和陇西。

一

2022年，马伯庸的《风起陇西》被拍成古装谍战大戏。剧集播出后，"陇西"这个地方进入了很多人的视野。如果在地图上搜索，你会发现陇西只是甘肃省定西市下属的一个县。其实这就像古代的"中原"和现在郑州的中原区一样，地理概念上的陇西，要比现在的陇西县广阔得多。

陇西，泛指陇山以西的地理空间。因为古人以西方为右、东方为左，所以陇西也被称为陇右。最早将陇西纳入行政区划的是秦国。公元前688年，秦国征服了这一带的西戎部族，在这里设立了邽县和冀县。《史记·秦本纪》对此有记载："武公十年，代邽、冀戎，初县之。"这是中国历史上最早的关于"县"这个行政单位的记载，比秦始皇统一六国、推行郡县制早了467年。若是论起辈分，邽县和冀县可以并称为"天下第一县"了。

之后，秦国又消灭了西戎中最大的义渠，设置了陇西郡、北地郡和上郡，还在"蛮夷"人口比较多的地方设置了县级特别行政区"道"，比如狄道、故道、武都道等，形成了陇西地区的行政雏形。

不过，地理概念上的陇西，范围要更广，主要由陇南山地和陇中黄土高原两个地理单元构成，放到今天的版图上，包括定西、天水、陇南三个地级市，以及平凉的一部分。

不过关于这片土地，我们更多听到的名字可能是"凉州"。这个"州"，和传说中大禹划分的"九州"不一样。先秦时期所说的九州中，西北地区属于雍州。汉武帝晚年将全国划分成十三个称为州的监察区时，凉州才第一次作为独立的区域，将河西走廊等西北地区囊括进来。到了东汉时期，凉州逐渐变成真正意义上的行政区，开始有了独立的政治和军事地位。

"凉"意为"寒凉"，凉州因"地处西方，常寒凉也"而得名。"春风不度玉门关"和"葡萄美酒夜光杯"出自两首著名的《凉州词》，它们传播了传统的西北印象——偏僻、寒冷、荒凉，充满异域风情，与战争密切相关。

从陇西到凉州、西域，以及广义上的西北地区，主要有这么几个特点。

首先，地理位置很重要。翻开地图，从陇西出发，向北是广袤的黄土高原和宁夏平原，后世的党项人在这里建立了西夏；向西是河西走廊，一路直通西域；向南经过陇南山区，可以通往四川盆地；向东翻越陇山，华夏文明腹地的关中盆地便近在眼前。可以看到，陇西这个地方，对于中国西北的广袤疆域来说，就处于十字路口，像一扇四通八达的"旋转门"，其作为交通要冲的重要性不言而喻。

我们知道，中国的梯级地势是从东向西越来越高。而关中西边的陇山、陇西、河西、西域，地势是一级比一级高，所以从西向东打，有着居高临下的天然优势。丞相要先占领陇西再进军长安，就是出于这个原因。对建立在长安的政权来说，这里是关中抵御西北部族的最后一道防线，攸关国防安全的底线，所以自古就产生了一种层层递推的逻辑：欲保关中之安全，必须控制陇西；欲控制陇西，必须控制河西；欲控制河西，必须抚定西域。从秦汉到隋唐，这个定律一直都很重要。

其次，自然环境很糟糕。如果说陇南山地还有南方的气候特征，那么陇中黄土高原就地如其名，是彻底的黄土高原气候特征。虽然陇西还处于黄土高原的南端，不像传统印象中的黄土高原黄得那么彻底，但大部分地区都是山地，沟壑纵横、地形破碎、干旱少雨、资源贫乏，搞不了农业。但也有例外，比如天水地区。

天水这地方，处于渭河支流藉河的河谷地带，不仅位置重要，而且土壤肥沃、气候温润，很适合搞农业，和大漠中的绿洲一样，有"陇上江南"之称。三国时期，天水是魏军的主要粮食供应地。按照《孙子兵法》"食敌一钟，当吾二十钟"的原则，丞相第四次北伐时，就在这儿上演了出小剧场"上邽的麦子"，为了割这点麦子当军粮，和司马懿斗智斗勇了一番。

然后，人民群众很彪悍。由于自然环境比较差，陇西老百姓缺乏男耕女织的条件，大多过的是打猎骑射的生活。而且，这里处于农耕文明和游牧文明的交界地带，自古就是中原政权和游牧民族争夺的地方，从跟老秦人干了几百年架的西戎，到拖垮了半个东汉政府的羌乱，这里的民族冲突基本没消停过，所以民风普遍比较尚武彪悍。《读史方舆纪要》说这里"其俗尚力气，修战备，好田猎，勤耕稼，自古用武之国也"，《后汉书》说"鞍马为居，射猎为业，男寡耕稼之利，女乏机杼之饶"。总而言之，就是人民群众要"与天斗、与地斗、与人斗"，因此普遍很能打，属于动不动就抄家伙的体质。

按照常识，这种成天干架的边疆地区容易出战斗力爆表的武装力量，比如西汉末年的幽州，也就是靠近东北的一带，贡献了帮刘秀打下半个江山的幽州突骑，东汉末年依然是公孙瓒的大杀器；而同一时期的陇右和凉州，在与羌人抢地盘的修罗场里打出一片天的凉州军阀，更是尽显土匪流氓本色，从董卓、李傕、郭汜到马超、韩遂，西凉军队有大量游牧民族组成的"羌胡兵"。这些中原王朝眼里的野蛮人，战斗力自然是"杠杠的"。所以获取这里彪悍的兵源，对于蜀军的战斗力也是很大的补充。

最后，政治局势很混乱。由于远离中原王朝的核心统治区，政府对陇西的控制力比较薄弱。在和平年代，地方豪族就基本是半独立的自治状态，一到乱世，"地头蛇"们就更容易闹割据，变成拉山头、扯大旗的"土皇帝"。最有名的就是东汉初期"负陇自固"的隗嚣，他一度把刘秀弄得很是头疼。到了汉末，在董卓迁都长安、暴死街头后，群龙无首的凉州军阀开始互撕，把关中糟蹋成了"白骨露于野，千里无鸡鸣"的无人区，陇西也群雄混战，山头林立，乱成了"一锅粥"。曹操平定完北方，回头收拾掉马超、韩遂后，才开始慢慢恢复对关西地区的统治。

因此，即便到了三国鼎立的时代，陇西各郡还处于豪强相互掐架的混乱状态。中央政府摊手表示管不了，只能睁一只眼闭一只眼。加上由来已久的民族矛盾，陇西地区变成了政局极不稳定的"定时炸弹"。直到曹丕在位时，武威、酒泉等地的土皇帝们还在联名造反，可见这里有多乱了。所以，丞相快准狠地兵临陇西，就是瞅准了有机可乘。后来事态的发展，也正如丞相所愿。

总之，在各种因素的掺杂下，陇西成为了各方势力"你方唱罢我登场"的舞台，一直是一片暗潮涌动、充满纷争的土地。

天水作为陇西的重镇，旅游上的名声主要来自四大石窟之一的麦积山石窟。不过，在官方宣传中，天水共有伏羲文化、大地湾文化、石窟文化、三国古战场文化、先秦文化这五大文化。三国古战场文化里，除了昨天去过的陇南祁山堡、木门道，还有诸葛军垒、街亭古镇、铁笼山、姜维墓、姜维故居等景点，分布在天水市内外，能去的地方倒是很多，但真真假假难以分辨。

到达天水时，已经接近晚上7点。在江浙地区，这个时点的天空已经接近宝蓝色，但是大西北的天还亮得晃眼。我到酒店收拾完行李，外出觅食的时候，走到了一个名为"天水古城"的地方。本来以为这是老城楼之类的旅游景点，没想到竟然是个规模颇大的夜市。张灯结彩、熙熙攘攘的古街，让天水的夜晚变得格外热闹。

没想到的是，我的"北伐"之旅结束后一个多月，这个天水古城就"出圈"了，但是以反面教材的形象出圈的——媒体报道，天水古城的文保院落存在"明清建筑改为日式餐厅""酒馆变火锅、茶社成餐厅"之类的乱象，把古城改造得面目全非，把这个政府下了8亿元血本修缮的古城搞得不像样子。

怎么说呢？这些年全国各地搞的古镇古城，虽然有千篇一律的毛病，但总归也是保护和传承文脉、坚定文化自信的好事。只是作为景点，日常运行起来离不开商业化，这种既要和又要的矛盾，也不是一时半会儿就能完全解决的，只能随着生产力和观念的共同进步慢慢调和了吧。

原本计划在天水休息一晚之后不作停留，直接往东北向街亭、陇山的方向去，但是到了天水之后，麦积山石窟那明晃晃的招牌让我犹豫了起来——来天水不去麦积山，就像到敦煌没去过莫高窟一样，总觉得缺了些"到此一游"的感觉。也罢，来都来了，就抽空去一趟吧。

况且，在天水的东南方还存在着另一个"街亭"。

不过，在出发之前，在天水的市区里，还有一个我想去的地方——李广墓。

二

小时候我读得最多的书，除了《三国演义》，还有一本《史记故事》。太史公笔下的那些风流人物中，给人印象最深的，往往是几位悲剧英雄的故事，比如项羽、荆轲、伍子胥，还有李广。李将军刚好就是天水人。

《李将军列传》是《史记》中最为精彩的篇章之一。大概是因为生活的年代接近，写起同时代这位郁郁不得志的将军，太史公的春秋笔法格外用劲。特别是和卫青、霍去病这两位"上头有人"的外戚一比，李广一生不得封侯，最后留下一句"且广年六十馀矣，终不能复对刀笔之吏"，落得个"引刀自刭"的悲怆结局，特别容易让人有"错的不是我，而是世界"的感慨。

不过，天水的李广墓并不是李将军的真墓，只是家乡人民盖起的衣冠冢，传说葬着李广的宝剑、衣物。跟着导航，我开车到天水的城南，在一条笔直宽阔的大道上寻找路边的李广墓。跟着地图拐进了一个岔路后，我抬头一看，不禁愣了一下，因为眼前这个"景区"着实有点出乎意料。

电视剧《神探狄仁杰》的第三部，有个发生在凉州的"黑衣社"案。开头，狄仁杰就在荒郊野外碰到了一座"城堡"，第一次看到这个造型的时候，让我感觉仿佛穿越到了欧洲。

这种中西结合、不土不洋的城堡，在历史上确实有原型，叫作"坞堡"或者"坞壁"。

从东汉到魏晋时期，因为碰上乱世的几率比较大，一些地方豪族为了提高抗风险能力，会自己修建一些防御工事用来自卫，后来越修规模越大，从院子修成了被称为坞堡或坞壁的堡垒，类似于欧洲中世纪的领主城堡，其实就形成了一种自给自足、独立自治的庄园经济。比如公孙瓒修建的易京，董卓在长安修的郿坞；许褚"出道"前曾是坞堡首领。而凉州百姓因为时常要和游牧民族斗争，所以修得尤其多，"祁山"的前身也是如此。修坞堡算得上是陇西豪强自带的传统技能了。

眼前的这个地方，就让我怀疑是不是穿越到了坞堡时代。这是一座类似祁山的土山，沿着曲折的山路上去，两边错落着各种小洋楼、"赤膊房"混杂的居民楼，完全就是一副居民区的模样，丝毫没有景区的痕迹。可看看地图，李广墓确实又在这里。而且在"山"脚的大门口，还有栏杆和收费的大叔，大叔看到外地车牌，还一脸警惕地问我去哪儿，当听到"李广墓"时，才一脸恍然地放行。

这百分百就是新时代的坞堡吧！

本来这路就极其狭窄难开了，两边还歪七扭八地停满了车，艰难地跟着导航开到山顶，却压根儿连"李广"两个字都没见着，只好又下山弃车步行。找了一圈，终于在一片居民楼的重重包围中寻到了李广墓。

本以为按"大隐隐于市"的合理想象，李广墓必是比较寒酸简陋的，没想到却是个有模有样的景区——红色的牌匾上书"李广墓"三个大字，旁边是一副今人李铎所提的对联——"勇无敌忠无双列传一篇为英雄千古绝唱，生不侯死不葬佳城半亩壮桑梓万姓豪情"，把李广、天水和司马迁一起夸了，很到位。

整个墓园面积不大，汉阙、回廊、展厅、祭亭虽然修得比较齐全，但看得出来，坐落在这种"坞堡"里，人流量和维护费想必不会太多，大部分的空间都闲置着，能看的只有陈列着李广雕像和《李将军列传》的前厅。

从后堂走出去后，景色豁然开朗：在一片开阔的广场上，矗立着一座碑塔和一座青砖砌成的坟冢。这儿就是李广的衣冠冢了。

走近一看，碑塔和坟前的石碑上都刻写着"汉将军李广之墓"七个大字。

碑塔后长满青草的坟冢，就是李将军的衣冠冢。墓冢规模不大，围着走了一圈，真有点"生不侯，死不葬"的凄凉。李广的真身葬在哪，史书无载，天水本地也无从可考，毕竟李广生前未得封侯，又没能马革裹尸而还，只落了个引咎自杀的结局，肯定不可能得到厚葬。而且，后来李广的孙子李陵战败投降匈奴，导致"李氏名败，而陇西之士居门下者皆用为耻焉"。作为将门世家的陇西李氏，之后彻底衰微，李家的祖坟估计也就埋没随百草了。

李广是个典型的在《史记》中重获新生的人物。如果不是司马迁的偏爱，李广在后世大概率不会有这么高的文化待遇，也不会享受到衣冠冢的殊荣。因为这篇《李将军列传》，"李广难封"这件事，成了在"学成文武艺，货与帝王家"的传统价值观念下，后世文人感叹自己怀才不遇的经典素材。

不过，"李广难封"，错的真是这个世界吗？

对军人来说，汉武帝时期其实是整个两汉时期最好的时代，特别是对于出将质量很高的西北精英们，是个建功立业、出人头地的黄金窗口期。为了训练骑兵部队征讨匈奴，从武帝开始形成了一项惯例——从陇西、北地、天水、安定、上郡、西河这"西北六郡"中定期选拔猛人，作为"六郡良家子"，组成宫廷禁卫军。由此，西北六郡贡献出一大批西汉名将。仅武帝一朝，六郡就产出了公孙贺、公孙敖、上官桀、赵充国等一大批吃到战争红利、靠军功实现阶层跨越的西北武人。李广作为在抗匈前线摸爬滚打几十年的老前辈，要说没有机会，那是不可能的，毕竟在这之后的两汉时代，才跟这批西北肌肉男没太大关系了。

平心而论，李广是个好将军，却不一定个好统帅。李广和项羽比较类似，都是典型的个人英雄主义风格，虽然武力值很高，也很受士兵爱戴，但是在关键几次与匈奴的大兵团作战时，他要么兵败被抓，要么无功而返，要么迷路误事，很难不让人怀疑他带队伍的能力。

更重要的是，为了彻底击垮来去如风的匈奴，武帝时期的骑兵战术进行了彻底的革新。汉军骑兵开始用集体的高速冲击，靠近距离的肉搏抵消匈奴骑兵的骑射优势，类似于我们在影视剧里看到的骑兵列队冲锋的场景。虽有"杀敌一千，自损八百"的风险，但杀伤力极大。在这种极其强调组织和纪律的战术下，单兵的战斗力已不是战场上的首要考量。对于李广这种独狼式的孤胆英雄，相当于要从拦路抢劫的黑云寨谢宝庆，转型成攻打平安县城的独立团李云龙，那自然就显得格格不入了。

所以，李广之所以这么难封，倒不是缺乏施展才华的舞台，更多的是老经验碰上了新问题，变成了跟不上或者不愿跟上时代变化的老人吧。

李广和诸葛亮，两人同为失败者，境遇颇有些相似。不过，对于李广来说，一位戎马沙场几十年的老人，突然要自我革命，还要给儿孙辈的卫青、霍去病打下手，着实没啥动力可言；但是丞相，在求变这件事上不仅没有什么心理负担，更深知这是不得不做的事情。

在李广墓不远处，就有被称为"天水八景"之一的诸葛军垒。照例有一段野史轶事：相传蜀军行军打仗时每人身背一个"乡土袋"，到了异乡，在饮食中撒入一小撮家乡泥土，可防止水土不服。蜀军攻下天水城，发现这里的水质很好，不用乡土袋中的泥土，也没有一个士兵不服水土。再者，在天水境内将打一场恶战，乡土袋就会变成累赘。于是，士兵们在天水城东门外，解下乡土袋，把泥土倒在一起，形成了一个丈八高的大土墩。诸葛亮经常站在高高的土墩上训练军队，后人为之取名"诸葛军垒"。

这依旧是个没有依凭的传说，因为丞相数次北伐，压根儿就没有打下位于今天水的上邽城。这儿现在是个冷门的江边公园，只有一处坐落着丞相雕像的高台，除此之外就没啥可看的了。

离开天水市区，下一站是"意料之外"的麦积山石窟。

三

我本来没把麦积山石窟排进计划，临时想去看看的原因，主要不是打卡或是佛教，而是一个人，一位叫乙弗氏的女人。

乙弗，是鲜卑族中的一个部落姓氏。公元5世纪初，北魏孝文帝改革迁都洛阳后，贵为皇帝的外孙女，却也没有获得一个像样名字的乙弗氏，被安排嫁给了自己的表兄，孝文帝第三子京兆王元愉的儿子元宝炬。后来北魏爆发六镇之乱，在混乱中分裂为东魏、西魏，元宝炬意外地成为了西魏皇帝。乙弗氏虽然成为皇后，但一家人的命运都被操控在权臣宇文泰手中。后来，元宝炬迎娶了柔然公主做皇后，被政治旋涡左右，不得已将陪伴自己风风雨雨的结发妻子打入了冷宫。

天性恬淡的乙弗氏虽然身为皇后，却不爱宫斗的戏码，于是在绝望之余削发为尼，开始沉闷的幽居生活。就当她打算在天水的寺庙终老一生的时候，却收到了丈夫的一纸御命：赐乙弗氏自尽。

接到宣判后，乙弗氏声泪俱下，留下一句"我只愿皇上活到千万岁，天下太平，虽死而无恨！"随后钻入卧榻，用被子捂住身体，结束了自己31岁的年轻生命。

乙弗氏的故事大抵如此。当然，短短几百字没办法说尽其中的纷争和细节。后来，西魏在麦积山开凿石窟安葬了乙弗皇后，号为"寂陵"。元宝炬的儿子即位后，将乙弗氏的灵柩从麦积山接回长安，与元宝炬合葬在了永陵。乙弗氏终于如愿以偿地回到了可恨又可怜的丈夫身边。

如今，麦积山石窟的43号特窟被称为"魏后墓"，人们普遍认为那就是停放过乙弗氏灵柩的地方。而就在隔壁的44号窟，有一尊杰出的西魏造像，被誉为"东方蒙娜丽莎"。这尊佛像嘴角挂着一抹和蔼祥和的微笑，不仅体现了工匠超高的艺术造诣，也让一种说法流传至今：这尊佛像就是以乙弗氏为原型雕塑的——毕竟古代社会美丽女子的悲惨故事，总能成为后世文人艺术加工的佐料。

乙弗氏的一生，是典型的在封建伦理的支配下，女性依附于男权统治，无法掌握自身命运的悲剧。在路上读到这个故事，感慨之余，也勾起了我顺道去麦积山石窟看看43号窟和"东方蒙娜丽莎"的兴趣。

麦积山石窟本身没有太多好说的，就算你没有去过，也肯定看到过那个标志性的麦垛形山头。虽然在图片上看过千百遍，但是到实地近距离仰视时，还是会惊叹于大自然的鬼斧神工。

不过，当我在山脚下的商铺中准备找点吃的填下肚子时，却听到了一阵奇怪的喇叭声：

"guagua，ranran，laolao，凉皮，凉粉，肉夹馍……"

嗯？凉皮、凉粉、肉夹馍我懂，可guagua，ranran，laolao是什么东西？感觉是意义不明的方言吆喝，又像某种黑暗料理，听起来给人一种呆萌又可爱的感觉。

本来吃了碗普通的凉皮后就打算直接上山了，可那魔性的"guagua，ranran，laolao"始终在耳畔挥之不去，我忍不住去大喇叭处瞅了一眼，只见偌大的招牌上写着：天水特色小吃，呱呱、然然、捞捞。旁边还图文并茂地附着介绍。

原来，呱呱是用荞麦做成的荞面块，然然是一种土豆粉，捞捞则是用荞麦做成的凉粉，三个都是天水本地的特色小吃，既不黑暗也不离奇。只是这些名字过于呆萌，读起来有种哄小朋友吃饭的感觉。

我对佛教的知识储备实在贫乏，虽然租了个讲解器，但也没多大用处，只能跟着人群走马观花式地打了一遍卡。在这座佛教名山上拾级登高，风景很靓丽，心情也大受震撼，然而，最想去的魏后墓却没去成——因为要进单个特窟，得在请讲解员的基础上再花一份特窟的钱，也就是说，如果多进一个43号窟，算上八十块的门票钱，总共要花上近四百块钱……对于我这种独行侠来说，单独花钱请人讲解，实在是太奢侈了。

怎么评价呢？虽然出于保护文物的考虑，控制一下客流量在情理之中，敦煌莫高窟也是这个模式，门票还比麦积山贵很多，但文化遗产理论上属于全体人民群众，连瞅都不让瞅一眼，多少是有些扫兴的。

怀着对乙弗氏的复杂心情，我只能在山脚下，远远地在人群中向43号窟多看了一眼：女性主义思潮越来越盛行，虽然传统的惯性逻辑还没法根除，但希望以后的世界里能少一些如乙弗氏这般的故事。

今天的计划原是逛完麦积山石窟后，就去天水北边的秦安县落脚。但是，在麦积山花的时间大大短于我的预期，所以下山之后天色还很早。当我在考虑怎么打发这段闲余的时光时，脑海中突然灵光一闪：在麦积山的附近，还有一处街亭。

等等……熟悉三国和地理的人应该会问，街亭不是应该在天水东北、陇山附近吗？麦积山在渭水的南岸，位置完全相反呀。

而且，为什么是"还有"一处街亭？

因为，大名鼎鼎的街亭究竟在哪里，史书上根本没讲。

今天的行程一直跟三国关系不大，没办法，主要是三国文化在天水的风头不算盛，这下终于可以回到正题了。

公元228年，在厉兵秣马多年后，丞相大举启动了第一次北伐。任何略知三国历史的人，都不会对这次北伐过程中"失街亭、空城计、挥泪斩马谡"的故事感到陌生。街亭和五丈原这两个地名，也已经超越了历史，成为中国文化的一个符号、一种象征。

历史上"一出祁山"的过程，除了没有赵云单挑韩德全家、收降姜维、骂死王朗、空城计这些段子……呃，如果不在意细节，其他和《三国演义》大差不差。"一出祁山"的前前后后，可以用三个"最"来形容：形势最好、失误最大、影响最深。

说形势最好，是因为魏国在主将无能、兵力薄弱、防线空虚、战略误判等种种因素的叠加下，暴露出了极大的弱点，给了北伐一次前无古人、后无来者的绝佳机会。

说失误最大，是因为在战争初期的大好形势之下，从丞相到蜀军上下都犯了一些经验不足的错误，马谡最终丢失街亭，只是一连串草蛇灰线的最终引爆。

说影响最深，是因为被一巴掌从懵圈状态打醒后，魏国全方位修补了陇西地区的防御漏洞，迅速关上了这道稍纵即逝的窗口，再也不会白给这么好的机会了。

一句话概括：弱者要击败强者，往往只有一次机会，错过了，就永远错过了。这次惨痛的教训，丞相后来用一生的谨慎都没能弥补上。

说回街亭。"街"的意思是四通八达的交通要道，"亭"是汉代的基层行政组织，类似于现在的村。秦汉时每十里设一亭，每十亭设一乡，著名基层公务员刘邦同志，造反之前就是泗水亭长。所以，街亭这个名字比较路人。街亭究竟在哪儿，也是史学界的一桩公案了，很多学者前前后后为此打了不少口水仗。

现在的主流观点认为街亭位于天水的东北、陇山的西侧，这里是连接陇西和关中的关陇道的出口。守街亭，是为了堵住这个口子，把魏国支援陇西的援军拦在门外，实现"断陇"的目的，这样丞相就可以从容地平定陇西地区，达成北伐的战略目标。

可问题在于，从关中支援陇西的道路，不只有翻越陇山这一条，沿着渭水河谷还有一条陈仓狭道，张郃当年就是从这条路去赶跑围困祁山的马超的。如果这次也往这条路走的话，那么街亭就应该在陈仓狭道的出口，也就是麦积山北边的街亭村，我现在准备去的这个街亭。

此外还有其他的观点，比如B站的历史UP主邙山野人就认为，街亭之战并不是防守阻击，而是诸葛亮在寻求与魏国援军决战，是在主动进攻。马谡是蜀军的先锋，他的任务是夺取据点后掩护主力部队进军，因此街亭就在从祁山开往上邽的必经之路，也就是天水的赤谷川口。

说到底，之所以会有争议，还是因为史料太少，史书上根本没说魏国的援军是打哪儿来的，因为蜀汉方面的史料少得可怜，很多问题，包括"六出祁山"，都是迷雾重重，只能靠假设和猜测。反正口水仗打来打去，也没一锤定音的证据。

所以这次旅行，我也是想跳出键盘侠的思维，去实地走走看看，印证一下不同的观点。关陇道那边的街亭，是明天翻越陇山时的重要地标，今天要去的，则是麦积山附近的这个街亭。

四

先说说首次北伐的"形势最好"吧。

对于丞相这次突然亮相陇西的效果，史料记载比较一致。

> 亮身率诸军攻祁山，戎阵整齐，赏罚肃而号令明，南安、天水、安定三郡叛魏应亮，关中响震。(《诸葛亮传》)

> 蜀大将诸葛亮寇边，天水、南安、安定三郡吏民叛应亮。(《明帝纪》)

> 始，国家以蜀中惟有刘备。备既死，数岁寂然无声，是以略无备预；而卒闻亮出，朝野恐惧，陇右、祁山尤甚，故三郡同时应亮。(《魏略》)

对于丞相的突然到来，曹魏的总体反应是，中央猝不及防有点蒙，地方群龙无首非常乱。纸面上最大的"炸弹"是天水、南安、安定三个郡叛变了，"关中响震"。

不过，听到消息后，魏明帝曹叡的应对也十分果决而到位：派曹真镇守关中，让张郃领五万大军驰援陇西，自己坐镇长安督战。

即便如此，对于魏国来说，也只能说形势没有进一步恶化。丞相面对的，还是前所未有的王炸开局，因为在陇西地区，魏国的防御部署暴露了太多硬伤。

首先，主将非常"脓包"。《三国演义》中，主动要求领兵迎击蜀军的，是夏侯惇的儿子夏侯楙。这位娶了曹操的女儿清河公主，与曹丕是"好基友"的驸马爷、官二代，自诩"自幼从父学习韬略，深通兵法"，被曹叡任命为"大都督"，"调关西诸路军马二十余万，来敌孔明"，然后就在战场上生动诠释了什么叫"老子好汉儿混蛋"：不仅被丞相生擒，还当了收降姜维的背景板，被评价为"吾放夏侯楙，如放一鸭耳。今得伯约，得一凤也！"真是人比人，气死人。

在历史上，这位膏粱子弟确实也是个脓包。当时，夏侯楙是"安西将军，持节，承夏侯渊处都督关中"，《魏略》对他的评价是"性无武略，而好治生"，"楙在西时，多畜伎妾，公主由此与楙不和"。魏延在献策"子午谷奇谋"的时候，其中一条论据就是夏侯楙"怯而无谋"，听到蜀军来了，肯定"乘船逃走"。这极差的风评都传到邻国去了，可见不成器的官二代对社会的影响有多恶劣。

总之，魏国此时的主将是个不懂军事又贪财好色的怂蛋。不过有必要说一下夏侯楙的"都督关中"是个什么概念。曹丕时代，魏国的军制进行过一次改革，在全国设置了雍凉、荆豫、扬州、青徐、河北五个都督辖区，设立了"都督"作为地区最高军事长官。首任雍凉都督是"曹二代"的顶梁柱曹真，后来曹真被调回中央去打孙权，就被曹丕的妹夫夏侯楙顶了岗。

这个都督，和周瑜、鲁肃的那个"大都督"一样，权力非常大，在军事上凌驾于州、郡、县的行政层级，拥有最高管理权，相当于军区总司令，不仅拥有直属的"外军"，也就是中央军，还可以统领调度下面省长、市长们的"州郡兵"，也就是地方军，战时整个辖区都听这一个人的。有最高权力的雍凉都督是个脓包，虽然马上被曹真替换了，但也可想而知，陇西的魏军短时间内会有多么混乱。

其次，雍凉地区无重兵把守。这次北伐，丞相带的兵力大概不到十万，而魏国的兵力史书无载，但肯定不占优势。因为西北地区的经济和人口受战乱破坏非常严重，而且魏国的国防重点在荆州、扬州，整个雍凉地区满打满算也就几万人。面对丞相从斜谷和祁山的双管齐下，魏军在防守上肯定是捉襟见肘的。

战后，丞相自我检讨说"大军在祁山、箕谷，皆多于贼"，说明起码在援军杀到前，蜀军在纸面实力上是不落下风的。魏延敢走"子午谷奇谋"这样的钢丝，也是掐准了魏军在关中地区的兵力确实不够。

然后，陇西防线极其薄弱。虽然魏国的雍凉辖区也有几万壮汉，但在分配上也有亲儿子和干儿子的区别。雍凉雍凉，顾名思义，下面有雍州和凉州两块地方，但这俩地儿的地位却不可同日而语——雍凉地区的主力部队，基本上都在关中地区。

雍凉都督的治所在长安，它的中央军自然驻扎在长安。此时的雍州刺史是"方策精详，垂问秦、雍"的郭淮，他的州兵也集中在关中地区。大家过惯了太平日子，都在关中吃香的喝辣的，陇西的兄弟们就苦了。听到诸葛亮来了，魏国城池的领导要么撒丫子跑路，要么当了"二五仔"。没跑的，比如陇西太守游楚，也只能勉强自保，放放狠话，根本没法相互抱团。驻扎在著名景点祁山堡的魏军被丞相围困得弹尽粮绝了，都不见有上面的兄弟来支援。

所以，后来支援陇西的，也就是张郃从洛阳带来的五万中央军。当时领导对陇西兄弟们的态度，就是各找各妈、听天由命，真管不了。

最后，战略方向出现了严重误判。夷陵之战后，蜀汉元气大伤，在曹丕时代的魏国眼里，蜀国就是个半截身子入土的重伤患者，对它的准备，就是啥准备都没有……曹丕上位后，连续三次大举征吴，注意力都放在孙权身上，对西南都不带正眼瞧的。

不过，虽然人家主观上不重视，在客观上也不是没有防备，而且北伐这种大规模的军事行动，就算以当时的谍报水平，也不可能一点消息都没有。但就如前文所言，就算要防你诸葛亮，也是在长安和关中严防死守，对于陇西被"重点照顾"，从魏国朝堂的临场表现来看，他们确实有点猝不及防。

综上所述，在对手主将无能、兵力薄弱、防线空虚、战略误判等种种利好的叠加下，三郡反叛、吏民响应，让蜀汉的这次北伐真可谓"形势一片大好"（起码跟后面几次相比是这样）。

此时，离丞相收下陇西，只差最后一步：把魏国的援军，也就是张部那五万中央军赶回去。但众所周知，坏就坏在这最后一哆嗦上了。

从麦积山驱车到街亭村，只要二十来分钟。地图上，这儿不叫街亭，而叫"街亭古镇"。看来当地为了蹭街亭的流量，也整了个景点。

可说是古镇，这"镇"上却毫无修缮过的古街的影子，看上去只是一个普通的村庄，只有一幢青砖砌成的仿古建筑，看上去是刚建成不久的样子，与周围格格不入。走近一看，"街亭博物馆"五个大字赫然在目。哟呵，村里居然有博物馆？这瞬间终止了我对小镇的轻视，还勾起强烈的好奇心：莫非当地还有模有样地搞了展览，能有什么出土文物不成？

我满怀庄重和期待走向博物馆，不出意外地，又一次遇到了紧锁的大门……说真的，我已经数不清这一路上吃了多少闭门羹了，要是哪天一路顺风，反而会让我浑身不自在。

往周围看了看，不远处有一座低矮的山丘，底下有块牌坊，上书"业福寺"。拾级而上，半山腰建有"诗圣堂""诗圣厅"，是杜甫旅居秦州（今天水）时的遗存。山顶上有一座寺庙，应该就是业福寺了。上网查了查，并没有找到关于这座寺庙的资料，想来就是附近村民参拜的普通佛寺，毕竟在佛教名山麦积山脚下，天水的香火一直是比较旺盛的。

除此之外，这个街亭古镇就没有啥可看的地方了。不过，我来这儿的主要目的，是考察附近的地形地貌。到实地看看的好处，就是能将书中和脑中推演的沙盘，还原成眼前具象化的场景。从这儿俯瞰街亭村的地理环境，我顿时就明白这里会成为街亭二号"候选人"的原因了。

从街亭村这个位置往四周看去，前方是两侧丘陵夹出的狭窄通道，后方是一片开阔的谷地，具备修建城墙和防御工事的条件。中间是一条水量不算充沛的河流。大军穿过这一带，就从秦岭的群山中来到了平原地区，在这儿打阻击确实有利于防守。

如果这儿就是街亭，那就意味着张郃率领的魏国援军，是沿着这一带的渭河河谷进军的。这条路被《三国志》称为"陈仓狭道"，之所以是"狭"道，是因为这里通行的难度系数确实有点高。

渭河的这段河道，是从秦岭和陇山交汇融合的地方，从犬牙交错的山峰间，硬生生地劈出来的一道缝隙，不仅山势险峻，更有湍急河流，很多地方都只能修栈道通行，行路之难可想而知。

一百多年前的1904年，中国开始修建兰州至连云港的陇海铁路，但是因为技术落后、资金缺乏和局势动荡，一直磕磕绊绊，修修停停。直到1939年，国民政府才重启宝鸡到天水段的修建。这段153公里的路段，就是要沿着渭河河谷，从秦岭和陇山的夹缝中修过去，沿途穿越隧道126个、桥梁97座、涵洞610多个，会不断遭受塌方、落石、滑坡等地质灾害，技术难度非常大。国民政府耗费了大量人力、物力，前后修了六七年，最后这条铁路却因为质量问题没通车，所以被讽喻为西北铁路的"盲肠"。

新中国成立后，在毛主席"人民军队要参加国家经济建设"的号召下，当时任西北军政委员会主席的彭德怀，率领刚解放完大西北的解放军，来到渭河两岸再次重修宝天铁路。在坡陡沟深的秦陇山地间，共有56名烈士光荣牺牲。后来宝鸡为此修建了宝天铁路英烈纪念馆。而这段修建过程横跨了清末、民国和新中国三个时代的陇海铁路，终于在1953年全线通车，将陇西地区在东西大方向上紧密连接了起来。

以工业文明的力量，这段天险都这么难通车，更不要说全靠肩挑背扛的古代了。几万大军要从这儿过，倒也不是不可能，夏侯渊就干过"使张郃督步骑五千在前，从陈仓狭道入，渊自督粮在后"的事儿。张郃这老倒霉蛋当年就是从这儿走出来后迎击马超的。但那时仅仅是步骑五千，总共几万人的队伍。参考邓艾偷渡阴平的光辉事迹，在这种穷山恶水里跋山涉水，走出来的大概率是一群"叫花子"。面对在街亭严阵以待的蜀军主力，还能"大破之"，马谡大概只能含冤甩锅："不是我军太无能，奈何敌军有高达"。

而且，这仗的受害者马超和马岱，这时候就在蜀汉阵营，他们在这里吃过瘪；刚投降的姜维打小就在这一带混，对附近的地理也比较熟悉。丞相肯定会对这条小路防一手，不太可能毫无准备。

打开地图发现，天水到宝鸡的这段狭道，除了骇目惊心的陇海线外，就只有一条经常发生塌方和泥石流的牛北公路。高速公路的修建避开了最艰险的这一段。由于行程问题，这次没能实地沿着陈仓狭道考察一番，着实比较遗憾。

此外，我还有一点困惑，如果从陈仓狭道驰援陇西，那么军队应该一直在渭水的北岸行军，而这个街亭是在渭水的南岸，为什么魏军从山窝窝里出来后，不走北岸平坦开阔的麦积区，直扑上邽和蜀军主力，而要南渡渭水，往崎岖的山区里进军呢？

总之，现在的街亭古镇，后世附会的成分比较大，就算马谡真的是在这里阻击魏军，具体位置也不得而知了。

不过，我的目的不是考究真相，毕竟街亭究竟在哪里，其实并不重要，重要的是蜀军在此役前后的部署，以及马谡是怎么"送人头"的。

下山之后，天水的一日行程也就结束了，晚上投宿的地方是天水北部的一个县城——秦安县。

秦安秦安，听着就跟老秦人有关。不过，这里还有个更古老的名字：成纪。传说中女娲和伏羲都诞生于此，官方得名"羲里娲乡"……将神话这种没谱的事儿抛开不说，陇西的李氏确实是"李"这个姓氏重要的起源。从李广到李世民，均出身于"陇西成纪"（也是李白的祖籍地），这都是有信史记载的。真不能小看这些西北的县城，个个祖上都曾经阔过，随手拈来都是响当当的历史。

这趟旅程，每天换一个地方，秦安是我落脚的第四座城市。本来对于这座西北的县城，我不觉得会有什么意外之喜，没想到还真遇上了——在县城的中心广场上，正轰轰烈烈地举办"大秦夜幕——秦安县首届青岛啤酒音乐嘉年华"。纵情放歌的舞台、列队起舞的大妈、鳞次栉比的摊位、摩肩接踵的人群，虽然不及城里夜市的精致，但别有一股西北风格的粗犷豪放味儿。

夜市的摊位大多出售烤串、炸串，串儿本身没啥特别的，虽然一如既往的便宜，却出乎意外的咸。老板撒起调料的那股劲儿，"手抖"的食堂师傅看到都会汗颜，食材被裹得面目全非，吃起来满嘴都是盐巴和辣椒的味道……该说是单纯的口味重，还是人民群众热情好客呢。

吃饱喝足睡醒后，一路向东，即将迎来这段旅程中最劳神费力的一天，翻越关陇大地的"龙脉"——陇山。

雾锁街亭

国运坠落于关陇大地

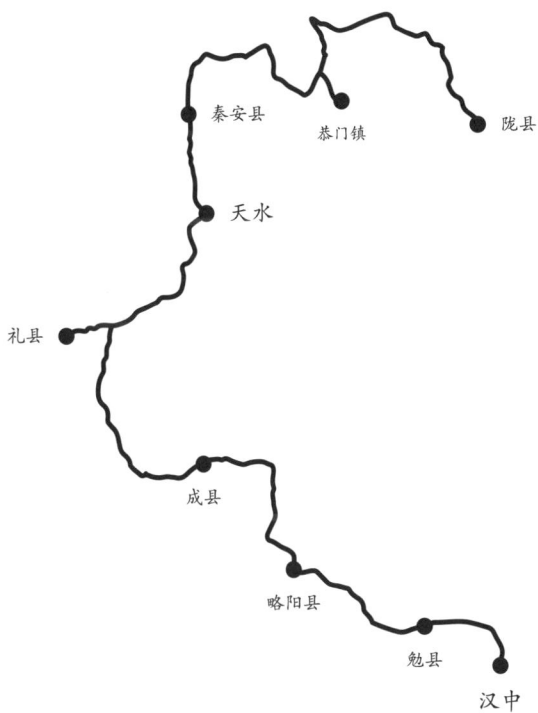

陇县

秦安县

恭门镇

天水

礼县

成县

略阳县

勉县

汉中

七月五日，星期三，晴

行程：秦安县—张家川回族自治县—陇县

小时候，经常听到一首老歌《黄土高坡》：

> 我家住在黄土高坡/大风从坡上刮过/不管是西北风还
> 是东南风/都是我的歌/我的歌

嘹亮的曲风，刚猛的大风，直率的民风，构成了我对黄土高
原的第一印象。后来，课本和文学作品里的黄土高原大多离不开
干旱、贫瘠、窑洞、革命等意象，作为生长在"鱼米之乡"的南
方人，我就没有停止过对这片异域风情的好奇与想象。

土生土长的作家贾平凹，对黄土高原有这么一段描写：

> 山便不再是圆圈的叠合了，无数的抛物线突然间地凝
> 固，天的弧线囊括了山的弧线，山的弧线囊括了门窗的弧
> 线。一地都是那么寂静了，太阳独独地在空中照着。

真正的黄土高坡是什么样的呢？从陇南来到陇西后，对黄土
高坡的想象一直在我脑海中模模糊糊、时聚时散。

天水虽然也处在黄土高原地区，却是特殊的"陇上江南"，

所以在天水的一天，感觉和在南方并没有多大差别。从秦安县出发后，我才对黄土高原有了更具象的感受。

早晨七点多，在街头早餐摊吃完两张价廉物美的大饼后，就正式启程出发。没想到的是，这预期里最漫长艰辛的一天，一上来就给了我个下马威——明明上一分钟还在秦安县城的平地上，下一分钟，就开上了一段十八弯的盘山公路，坡陡弯急，没有护栏，一路上还有娴熟的三轮车和大卡车呼啸而过。一大早就把油门踩出了"秋名山车神"的感觉，真是心惊肉跳。

就这样捏着冷汗，开到了山顶的一块空地上，哆哆嗦嗦下车，打算平复一下一百八的心跳，顺便俯瞰这个高原县城。当无人机飞向空中时，一瞬间，贾平凹笔下"天的弧线"与"山的弧线"马上就从书本里活了起来。望着眼前迥异于江南丘陵的刚毅线条，我的脑海中不自觉上演了小剧场。没错，就是这股"风起陇西"的感觉。

继续驱车向东，就逐渐深入了黄土高原，"正版度"最高的街亭就在前面。

不过，黄土高原太大了，东西南北跨越了好几个省，山西高原、鄂尔多斯高原、河套平原都是黄土高原的一部分。秦安县所处的陇中高原，只是黄土高原的"江南"地区，气候和植被不那么具有"黄土"特色，肉眼可见的绿色依然不少。越往北走，到固原、平凉、庆阳，再到陕北的延安、榆林，才越是传统印象中沟壑纵横的黄土高坡。

在这片广袤的高原南端，有一座高高隆起的山脉。它像荒漠中的一叶孤舟，从南向北驶进黄土高原的深处，隔开了陇中高原和陕北高原，成为莽莽黄土地中的一抹孤绝的绿色。

它叫作陇山。其实真要说起来，今天旅程真正的目的地，既不是街亭，也不是黄土高原，而正是陇山。

一

现在的甘肃省，除了"甘"之外，还有一个"陇"的简称。我们俗称的陇西、陇南，都以"陇"为地理参照物，这里的"陇"，指的就是陇山。

这次北伐的旅程，我跨越了好几个地理单元，从四川盆地出发，来到汉中盆地，途径陇南山区，到达陇西地区，最后进入关中盆地。从地图上看，相当于围绕横竖两座山，绕了一个大圈，组成了一个"卜"的结构：下面一横是秦岭，上面一竖就是陇山。

陇山这座山，在中国的各路名山之中，名气不算大，它的另两个名字可能更有名一些。

一个是"六盘山"。这个名字与两位震烁古今的历史人物紧密相连。一位是成吉思汗，六盘山是蒙古军队南下重要的集结地，成吉思汗就是在他的人生终战，远征西夏的途中，病逝在六盘山附近的清水县的；另一位是毛泽东，六盘山是红军二万五千里长征翻越的最后一道山脉，之后红军就到达了陕北，毛泽东后来写就了《清平乐·六盘山》，留下了"天高云淡，望断南飞雁。不到长城非好汉，屈指行程二万"的名句。

另一个是"关山"。在中国的诗词文化里，关山和阳关、玉门关一样，已经成了固定的文化意象，代表着边塞以及离别、思乡等情绪。李白的《关山月》题名中的"关山"、《木兰辞》里的"关山度若飞"、《滕王阁序》里的"关山难越，谁悲失路之人"、李贺的"男儿何不带吴钩，收取关山五十州"……总之，一提到关山，古代文人那股子悲苦惆怅的感觉就涌上来了。

从严格意义上来说，这几个名字单独叫起来都不太准确。这段叫作六盘山脉的群山，分成南北两段，全长二百四十公里，以番须口为界。北段因为山路十八弯，要经过六重盘山道才能登顶，所以叫六盘山；南段有时被单独称作陇山。而整个广义上的陇山、关山或者六盘山，都是秦岭山脉北段的余脉，所以兜兜转转，还是逃不过秦岭的五指山。

今天的行程，就是从陇山西边的秦安县、张家川回族自治县，横向穿过陇山，翻越到陇山东边的陇县。不走高速的话，这段路大概要开五个小时，而且全程都是蜿蜒盘旋的山路。一大早就被恐怖的盘山路来了个下马威，我想想就头皮发麻。

不过，比起古人的出行方式，现代交通还是有降维打击的效果。这条翻越陇山的道路，还有一个更加著名而响亮的名字，叫作陇坂道或者关陇道。这条古道，每一寸都写满了故事，几乎可以串联起大半个中国史，这个我们之后再细说。

说回现实，车子离开秦安县城后，驶入了黄土高原的群山之中，公路穿梭在七拐八绕的"褶子"里。在此生活的人们，就在丘陵的台地上和山坳间扎根。沿路村庄的风土人情和江南全然不同，粗粝、质朴，更显厚重。

我虽然生长在江南，却对小桥流水、诗风雅韵的文化底色不怎么感冒，可能是从小就喜欢秦汉文明的气质吧。来到北方，特别是西北，在文化上反而有种天然的亲近感，这也算是种"他乡月更圆"的情愫吧。

今天上午的目的地，是位于秦安县陇城镇的街亭古战场，距离秦安县城大概五六十公里。不过在马亲王的推荐下，我还顺路去了个附近的去处——大地湾博物馆。

这个博物馆，是个考古遗址的陈列场馆，展示的是新石器早期及仰韶文化早、中、晚各期文化遗址。借用一下官方网站的说法：大地湾遗存包含五个文化期，距今约7800—4800年，上下跨越三千年左右，它的发现对建立渭河上游史前文化序列、研究黄河流域新石器文化的产生、发展以及探索中华文明起源的历史进程具有十分重要的意义。

简单来说，就是证明了距今8000至5000年的时期，大地湾所在的西北地区和陇山附近，有人类文明的踪迹。

怎么说呢，我这个人在逛展时，对于自己不太熟悉的主题，逛起来都没什么耐心，特别是史前文明，看书的时候基本都是跳过的，对石器时代啥的，还停留在20年前基于某个网游的认知水平。

不过这个大地湾博物馆，倒是令我产生了"有点意思"的感觉。博物馆的外观就非常惹眼，由一前一后两块不规则的"长方体"组成，略带艺术感的建筑风格，配上土黄色的外墙和造型不凡的大门，坐落在周围的郊区环境中，好似凭空出现的一座宫殿，给人一种低调而古朴的视觉享受。

博物馆内面积不大，也没有分很多展区，但开阔敞亮，装修色调以朴素的灰为主，灯光的投射恰到好处，加上远离市区，很有内敛而厚重的氛围感。

展厅内展陈的是一些彩陶、文字、标本等常见的考古成果，以我极为有限的史前文明知识，也就走马观花地看了个大概。引起我兴趣的，是几个墓葬坑。看到这里的现场，对李硕的《翦商》所描写的墓葬突然有了画面感。展陈的几个墓葬，坑内尸骨呈现出不同的样貌，有一个被捆绑住双手，姿势显得极为扭曲痛苦，主人明显是非正常死亡，不禁令人对他死前的遭遇有所猜想。

引起我注意的，还有一个非常呆萌的"人头形器口彩陶瓶"。那完全就是个表情包素材，如果博物馆以它为原型做了文创产品，说不定哪天就火了。

临走的时候，馆内来了一批来参观学习的单位观光团，明显散发着领导气质的老大走在前面，解说姐姐一张口，才让馆内有了些人味儿。像这种坐落在郊外的考古博物馆，平时的散客少之又少，只有接待单位的集体参观时，才会显得热闹一些。

离开博物馆，开车十来分钟后，就看到了一块非常显眼的门楼，上书"中国历史文化名镇——陇城"。这里就是"陇山版"街亭的所在地，陇城镇。

陇城镇虽然只是个乡镇，不过还是有几个历史文化的看点的。一个是天水地区常见的伏羲女娲信仰，这里有女娲祠、女娲洞。女娲祠还颇为豪华，路过的时候正张灯结彩，大概是在庆祝什么民俗节日。

其他的话……先歪个楼，作为《神探狄仁杰》的老粉，在查资料的时候，发现了一个令我虎躯一震的名字——"李元芳故居"……呃，元芳，你怎么看？

当然，此元芳非彼元芳，而是明朝嘉靖时期本地出身的一位官员。不知道当年元芳火的时候，这里有没有蹭一下热度。

说回正事，东汉的时候，陇城镇及附近叫作略阳道，熟悉两汉历史的朋友也许知道东汉初年这里发生过的一场战事。

公元32年，东汉光武帝刘秀和西北土皇帝隗嚣在陇山附近鏖战。东汉名将来歙上演了一出孤胆英雄的戏码，带着本部两千人马从陇山东侧出发，在深山老林里伐木开道，躲过了隗嚣设在陇山的众多保安，突然出现在略阳城下，成功奇袭并占领了这座陇西的战略要地。

这还不是高潮部分。隗嚣接报后，急忙命令陇山守将堵住隘口，亲率数万大军反攻略阳，准备关门打狗。然而隗嚣军又是爬城门，又是玩水攻，几万人就是啃不动一座孤城。来歙打到后面箭都用光了，就拆掉房屋造箭接着打。这两千孤军坚持了四个月，略阳城岿然不动。

不知道是我军太无能，还是敌军太狡猾，反正隗嚣肯定够郁闷的。两年之后，这支陇西第一大股就毫无悬念地被刘秀彻底收购。

但他不知道的是，两百年后，同样在略阳附近，堵门的剧情再次上演，只不过这次的主角来了个两极反转，打狗的成了被狗打的，干苦力的遇上了送温暖的。

这个景点，叫街亭。舞台的主角，从来歙与隗嚣，变成了马谡与张郃。

二

还是先抄一段官方介绍：

> 街亭古战场遗址位于县城东45公里的陇城镇，是汉代略阳道街泉县的治所，俗称汉街城，即马谡败绩处。公元228年，诸葛亮首次出兵祁山，因参军马谡痛失街亭，留下"挥泪斩马谡"的佳话，街亭从此名扬天下。1997年，秦安县政府在陇城镇修建碑亭并立碑，碑名由曾任陕甘苏维埃政府主席、陕甘宁边区集团军政委、建国后任国务院副总理等职的习仲勋同志题写。街亭文化是天水三国文化的重要组成部分。2005年2月，秦安县人民政府公布其为县级文物保护单位。

之前说过，街亭在哪里，是一个历史之谜，因为史料压根儿就没写，分歧便产生了。最主流的观点认为，街亭在陇山西侧的某个隘口上，绝大多数对街亭之战的分析也是建立在这个前提基础上的。理由也很简单，马谡守街亭的目的是"断陇"，是为了堵住从陇山东侧过来的魏国援军，那么街亭就一定在翻越陇山的关陇道的西口附近——既然门框就在这里，那门也只能安在这里。

虽然街亭大致范围在这里，但具体在什么位置，依然要画个个问号。为什么现在说街亭在陇城镇呢？因为据《后汉书·郡国志》记载，汉代的略阳，也就是陇城镇附近有个叫"街泉亭"的地方。《读史方舆纪要》中记作"街泉城，在秦安县东北"，唐代的杜佑也考证说"陇城县有街泉亭，即马谡败处"。

因为和街亭名字太像，又有史料，后世自然就将二者联系在了一起。加上街亭这个IP太有名，当地政府为了抢注商标，就顺理成章建起了景点。这里的街亭，大概就是这么来的。

按照常理常识，这种说法还是很合理的。但还是那句话，史书上根本没说街亭在哪里，也就没有实锤，说破天也只能无限接近而达不到100%的确定。

当然，这多少是有点抬杠了。我之所以想来实地，就是想考察对比一下不同的观点。之前在"麦积版"的街亭，感觉有很多说不通的地方，那么"陇山版"的街亭呢？

跟着导航，我在镇里找了半天，拐进了一条让车子在剐蹭边缘疯狂试探的狭窄巷子。沿着单车道盘山黄泥路，我最后开到了一座不算高的山顶。作为景点的街亭出现在眼前。

位于山顶的，是一片非常开阔的广场，地面由方石铺成。从广场往下看，是一条直上山坡的石制步道，两侧整整齐齐栽种着林木。

广场的中央，是一座亭子和一块大石头，石上刻着"三国古战场遗址街亭"，亭子上书"街亭"二字。

气派归气派，但栏杆上的木漆已经脱落了不少。想到后面上个厕所，结果厕所大门紧闭。从结满蜘蛛网的环境来看，这里明显荒废了很久，但广场周围的树木还比较整齐，看得出来平时是有维护的。

从这里俯瞰，附近的地形一目了然。

和"麦积版"的街亭一样，这里的两侧，也是绵延不断的大山，中间是一条平坦开阔的通道，有一条清水河流过。这里的地势比"麦积版"的街亭还要开阔一些，当时这里如果有"街泉城"的存在，作为马谡原本的阻击点，是完全有条件的。

但众所周知，马谡这货是舍弃水源，爬上了一座高山。遥望地平线，附近的山都不算高，坡度也比较平缓，每一座都是泯然众人的"大众脸"——马谡爬的是哪座山，又是一个无解之谜。

但若将这里视作正版的街亭，也有不少存疑之处。最大的疑点，是这个位置不仅离陇山很远，距离关陇道的出口也还有不少路，这一带的地形算不上什么天险，附近再崎岖破碎，也不是只有这一条路能走。在这里打阻击，能堵得到、堵得住魏国的援军吗？

如果真是这样，那么一种比较合理的推断是，因为谨慎加上经验不足，丞相在祁山堡和上邽城耽误了太多时间，导致没有第一时间分兵"断陇"。当马谡领了任务，朝预定的阻击地点赶的时候，张郃的援军已经火速翻越陇山，进入陇西了。马谡"哑巴吃黄连"，半路就在街亭喜遇提前送到的外卖，顿时就懵逼了。

这么说的话，马谡好像又有的洗了。原本跷着二郎腿的守城战，变成了狭路相逢的遭遇战，真不是我军无能，是俺拿错了剧本，走错了片场啊！

但无论拿到的是什么剧本，马谡这人是真不冤。

坐在"街亭"的石头前，面朝云卷云舒的陇西大地，1800

来年前发生在这里的一幕幕场景，在我的脑海中上下翻涌。

来简单复盘一下赌上蜀汉国运的街亭之战吧。

三

前面说了首次北伐的"形势最好"，现在说说"失误最大"，也就是在街亭发生了什么。

对于这场可能是蜀汉历史上最重要的战役，史料记载得依旧非常简单。查阅各方的传记，才勉强拼凑出一些过程细节。

《三国志·诸葛亮传》：

> 亮使马谡督诸军在前，与郃战于街亭。谡违亮节度，举动失宜，大为郃所破。

《三国志·马谡传》：

> 而亮违众拔谡，统大众在前，与魏将张郃战于街亭，为郃所破，士卒离散。亮进无所据，退军还汉中。

《三国志·王平传》：

> 谡舍水上山，举措烦扰，平连规谏谡，谡不能用，大败于街亭。众尽星散，惟平所领千人，鸣鼓自持，魏将张

郃疑其伏兵，不往逼也。

《三国志·张郃传》：

> 谡依阻南山，不下据城。郃绝其汲道，击，大破之。

《三国志·郭淮传》：

> 蜀相诸葛亮出祁山，遣将军马谡至街亭，高详屯列柳城。张郃击谡，淮攻详营，皆破之。

这就是《三国志》关于此役的全部记载了。另外，《三国志·诸葛亮传》注引的《袁子》有一段自问自答可作重要的补充。袁子的观点部分地代表了魏国对街亭之战的看法：

> 袁子曰：亮之在街亭也，前军大破，亮屯去数里，不救；官兵相接，又徐行，此其勇也。亮之行军，安静而坚重；安静则易动，坚重则可以进退。亮法今明，赏罚信，士卒用命，赴险而不顾，此所以能斗也。

关于街亭之战的各种推演、解读、猜测，古往今来实在太多了，所以我也就不班门弄斧了，只挑一挑史料里的重点，谈一谈对几个关键的问题的看法。

第一，街亭之战前的关键词，是"亮违众拔谡""亮使马谡督诸军在前""统大众在前"。丞相顶着压力用了马谡，让他负责这场生死之战。

在这个节骨眼上，丞相没用魏延这种宿将，而是顶着舆论的质疑将重任交给了亲信马谡。这里丞相确实存了私心，这点没有办法否认。但是丞相毕竟也是人而不是神，一个人再怎么公正无私，关键的时候，身边也需要有"靠得住"的兄弟。作为老兄弟、马良的弟弟，马谡长期在自己身边当参军，是信得过的嫡系。在蜀军第一代军事人才被老刘霍霍完之后，丞相迫切需要培养和拔擢一批自己的左膀右臂。给马谡一个机会，是真心想锻炼他，以此成就蜀汉新一批的青年才俊、栋梁之才。

平心而论，这没有什么可喷的。任何一个领导，都要考虑人才建设的梯队问题，不可能啥事都只靠老伙计们，不然等自己这帮老革命都翘辫子了，谁来扛起蜀汉的未来？但是这里的重点不在于丞相是否任人唯亲、假公济私，而是丞相交给马谡的任务是什么。只有搞明白了马谡是去干吗的，才能理解丞相的决定。

马谡是去守城的，那么守城的目的是什么？马谡要面对的，是"自诸葛亮皆惮之"的曹魏宿将张郃，丞相会让一个没有实战经验的"键盘侠"，带着不多的兵力，去和西北战狼硬碰硬，甚至打退五万的魏军主力吗？

这里有个关键信息，就是袁子所说的"前军大破，亮屯去数里"。丞相的主力距离马谡的"前军"不过数里，结合马谡"督诸军在前""统大众在前"的描述，可以推测，马谡不是像《三国演义》里描述的那样，带着独立团去围攻平安县城，丞相也不是听到马谡的部署后，感到要坏事，才临时急急忙忙地往街亭赶。马谡不是一支孤军，他是前军，是先锋，丞相就紧跟在后面，是随时准备过来接应马谡的。

以这个前提来推断，马谡领到的任务可能有两种：一种是去堵住陇山的口子，也就是大部分人认为的"断陇"，这时马谡的人设，是温泉关的斯巴达三百勇士；还有一种，是作为先头部队去抢滩登陆，开辟阵地，然后掩护主力进攻，这时马谡的人设，是诺曼底登陆时的盟军敢死队。

不管是哪种可能，街亭之战的目的就是安排张部那五万人，无论是通过守家来劝退，还是用野战来干掉，只要打退这波魏国援军，丞相就能慢慢消化一片大好的陇西形势。马谡的任务，不是正面硬刚，而是争取时间、守住阵地，只要老老实实坚持到丞相主力赶来收割，就能拿下头功了。

说白了，丞相破格用了马谡，有瑕疵，但问题不大，因为给马谡派的任务不重，多少是个"钱多事少离家近"的肥差，只要小伙子带个脑子，这人头就是白捡的。

但坏就坏在，丞相怎么都想不到，他的铁杆嫡系马谡，是个纯纯的键盘侠。

第二，街亭之战中的关键词，是马谡"违亮节度，举动失宜"，"依阻南山，不下据城"，"舍水上山，举措烦扰"，然后被"绝其汲道，击，大破之"。牛皮大王马谡被打崩了，危。

如果说丞相任用马谡还能解释一下，那么马谡在这场战斗中的灾难级表现，就完全没得"洗"。

马谡的神奇表演，总共分为三幕。

第一幕是"违亮节度"。丞相已经安排好了一揽子的政策大礼包，都快把饭喂进马谡嘴里了，但这小子表示自己偏不当巨婴——"我的地盘我做主"，要撸起袖子自己干。

第二幕是"舍水上山"，"依阻南山，不下据城"。行吧，领导有领导的安排，属下有属下的理解，想表现一下也能理解，但他却"不下据城"，放着现成的防御工事不守，要舍弃水源，跑到山上，想"居高临下，势如破竹"。这下性质就完全变了，从执行任务时适当发挥主观能动性，变成了擅自改变根本路线。也许马谡做的局很大？总之，我们先忍一下。

第三幕是"举措烦扰"，"举动失宜"。好了，你上山也就上山了吧，要是能有纸上谈兵的赵括面对战神白起那样，拢住四十万人不崩盘的表现，那也够上主席台接受表彰的。偏偏马谡的临场指挥应变能力，又是猪队友的水平，不仅下达了很多混乱的命令，还不听王平的连连劝阻。好比看一部全程智商下线的悬疑片，最后期待结局能有什么反转时，导演表示散了散了，就是烂尾了。

就这功底的演员，张郃这种几十年的老戏骨一眼就验出你是啥货色了。水源一截断，就算不打，你自个儿也都崩盘了。

马谡的灾难级发挥，完全坐实了键盘侠的定位，但这里的关键是，他这么做的动机是什么？这里的马谡，就像每个初入职场的新人，做PPT起家，被领导赏识，这次领导力排众议，接了个大单子，憋了这么久干事的劲儿，能不想好好表现吗？

但重点是，丞相交给他的任务，明明白白是"据城"，是阻击，是拖时间，没想到马谡这个歪嘴和尚，把领导的意图念歪了，他想上山，想野战，想打歼灭！

年轻人想建功立业，不是不能理解，但在服从组织、服从大局的前提下，得搞明白领导让你解决的问题是什么。搞点自选动作不是不可以，但前提是规定动作绝对不能失分。

马谡最可恨的地方，不是战场上的各种骚操作，而是丞相明明这么器重他，在这种讲团结、讲纪律的关键时刻，他眼里却根本无组织、无大局，只揣着自己的那点私心和小九九！

年轻气盛也好，热血上头也罢，可恨之人也必有可怜之处。如果马谡不是领导的铁杆嫡系，没有作死的资本和底气；如果马谡有点实战经验，不是一出道就要独挑大梁；如果丞相手上还有更多的牌可以出，如果蜀汉的人才梯队没有在夷陵遭到毁灭性打击，起码他那个更靠谱的哥哥马良还在……

可惜没有如果。

第三，街亭之战后的关键词，是"士卒离散""众尽星散"，导致"亮进无所据，退军还汉中"。前军的崩溃带崩了整个蜀军，丞相没地方落脚了，只能撤军。

马谡在街亭输也就输了，可这场败仗导致整个蜀军的大溃败，后续的恶劣影响和连锁反应导致整个北伐满盘皆输。

这里也有两个重点。

一是"士卒离散"和"众尽星散"，部队彻底崩溃了。这是什么概念？一支部队，即便打了败仗，只要指挥系统和军纪军法还在，打散之后多少还能收拢起来，成建制地"退"而不"溃"。比如王平，在马谡被打崩后，就自己带着千把人稳住了阵脚，吓住了张郃，收敛败军撤了回去，展现了一名将领的扎实素养。

可马谡的主力是个什么情况？死的死，散的散，没跑的也找不到领导，因为马谡这个司令员竟然也跑路了——《三国志·向朗传》记载："朗素与马谡善，谡逃亡，朗知情不举，亮恨之。"你这个司令员打了败仗也就算了，竟然还带头跑路，这一跑，指挥系统就彻底瘫痪，士兵可不是只能各找各妈去了。

很喜欢《亮剑》里楚云飞的一句话："七十四军，五万多人，刚上来三天就垮了，就是五万多头猪，共军抓三天也抓不完！"当这些残兵败将逃回后方的主力大营，会引发怎样的舆论？

这里的大溃败，还暴露了蜀军素质堪忧、军纪松弛的弱点。一败就散的部队是经不起北伐的严酷拷打的。所以，之后丞相就在练兵上下了苦功夫，短短几年就把此时"战五渣"的蜀军锻造成了一支作风优良、能打硬仗的铁军，这才有了三年后在卤城对魏军的大胜。

二是"亮进无所据"，丞相没地方去了。即便前军溃败，蜀军的主力还在，不是没有翻盘的可能。但马谡的灾难级表现，对士气造成了不可逆的重大打击。而且，火烧眉毛的是，街亭一失守，张郃那五万士气爆表的野战军马上就要杀过来了，蜀军主力接不接这波团战？接，士气和战斗力都在低谷，输了就是把本都赔上了；不接，刚攒下来的大好局面全部都得送回去。

更重要的是，丞相这时候进也进不了，退也没地方去了。虽然此时"南安、天水、安定三郡叛魏应亮，关中响震"，动静很大，但水分也不小。叛魏的地方要么位置偏远，要么骑墙观望，蜀军还没有真正可以立足的据点。街亭一败，一旦在野外被断水断粮，就不是撤不撤的问题，而是很可能被痛打落水狗，从撤退变成街亭式的溃败了。

理性一点来看，这个赌局，做小本买卖的蜀汉赌不起。所以丞相果断决定，撤。

这里还有一个细节，丞相是"进无所据"，说明按照原先的作战计划，稳住街亭这个据点后，丞相是要往前进击的。这说明，面对魏国援军，整个蜀军采取的是进攻而非防守的姿态，所以我觉得，丞相是想和张郃正面野战分胜负的，而不只是想把魏国援军堵在门口。按照这个逻辑，街亭在陇山西侧的说服力又弱了一些。

总结一下：第一，丞相可鉴，用马谡的确存了私心，但他交给马谡的任务，是守住阵地等待蜀军主力抵达，活不难，功劳很大；第二，马谡可恨，他没有老实守城，而是无组织、无纪律，妄想靠野战立功，不仅骚操作一堆，还当节奏大师，带崩了整个蜀军；第三，蜀汉可叹，底子不足，人才断档，盘子就这么点大，实在输不起，只能把大好局面拱手相送。

轰轰烈烈的第一次北伐，就这么虎头蛇尾地黯然收场了。

四

回朝后，丞相杀了马谡以平众怒，同时作了深入的自我检讨，又上书自贬三等，此后更加励精图治，把有限的生命投入到了无限的北伐之中。

杀马谡的时候，丞相哭了——"谡下狱物故，亮为之流涕"。丞相的眼泪，很复杂。

这里面有自责。丞相一生都谨小慎微，公平办事，在人事问题上从来没有打过马虎眼，谁想唯一一次没有按原则办事，就捅了这么大的娄子。无论自己之后再怎么秉公办事，再怎么加倍努力，只怕都难以弥补这次的过错。

这里面有惋惜。马谡确实是个"才器过人，好论军计"的人才。丞相在提拔他为参军后，无数个夜晚都在与马谡彻夜长谈。他对这个年轻人的欣赏和器重，可能超越了对弟子的情感，产生了忘年交的感觉，怎么会不想把他培养成蜀汉未来的栋梁之才呢！

这里面还有后悔。因为刘备在死前特别嘱咐丞相："马谡言过其实，不可大用，君其察之！"老刘看人的眼光一向是稳、准、狠。丞相可能是没办法而为之。蜀汉那点家底都被老刘败光了。小国寡民的舞台，难倒了这位命世之才。

经过后世的文学加工与神化，丞相仿佛是个永远不会犯错的神仙，但这次成为丞相在小说形象中唯一的"污点"。毕竟马谡再怎么蠢，也是丞相亲手任命的，这个领导失误是怎么都"洗"不掉的。

丞相的民间形象崩塌了吗？没有，似乎反而更光辉了。因为它让老百姓看到了一个活生生的人，一个会犯错、会痛苦、会懊悔的普通人，以至于《条亮五事》中瞎掰了个"空城计"，也那么自然，让人深信不疑。从此，"失空斩"的经典桥段，带着一贯的算无遗策却又无力回天的宿命感，在老百姓心里和中华文化里扎下了根。

此刻，在街亭，我离那位褪去了光环的丞相，仿佛更近了一些。

然而，在北伐这件事上，蜀汉本就不占地利，丞相花大力气拢住了人和，现在，连天时也彻底远去了。

最后，说说首次北伐的"影响最深"吧。

这次吃了大亏之后，魏国开始全面重视陇西地区的国防安全，用一揽子的政策，迅速修补并加强了防线。

首先是增强了兵力。魏明帝曹叡在中央军建立了常备的支援部队，分成两支，轮流休整，随时可以开赴西线。雍州刺史郭淮和他的州兵也不回长安了，就住在陇右盯防丞相。那种"三郡响应"的机会，不会再有了。

其次是调换了主将。曹叡撤掉了纨绔子弟夏侯楙，相继让曹真、张郃统领陇右防务，之后又调来了那位同样不会犯错的大神级人物和丞相对垒。王者打青铜的碾压局，也不会再有了。

然后是整修了防线。曹真在督战关中时，就预判了丞相的预判，大规模重修了陈仓城。在陇西地区，也以上邽城和祁山堡作为中心，全面增强军备部署。这几个地方后来都成了拖住丞相的绊脚石。

最后是振兴了生产。司马懿都督关中后，本着走到哪建设到哪的原则，大搞生产运动，振兴了关中的水利和农业，后来即便连年征战，关中的粮食不仅没见底，还有余力支援关东的灾荒，不愧是和丞相并驾齐驱的大神。

简而言之，马谡没堵上的口子，魏国堵上了，这一番操作，也彻底堵上了蜀汉的国运。因为面对强者，弱者的容错率是极低的，有时候，老天爷只会给你打开这么一扇窗，错过了，就永远错过了。

话说回来，我怀着"寻找街亭"的目的来到这儿，那么现在找到答案了吗？并没有。历经千百年的雨打风吹，街亭一直在那里，但又从来不在那里。

街亭在哪里，也许并不重要，因为本就没有人能掌握真相。历史只是"历史"，是后人根据自己的立场作出的判断——不一定是真相，甚至可能不是事实。即便人类文明发展到今天，就算是面对发生在摄像头下的"事实"，也没有人能知道一连串前因后果组合成的"真相"，更不可能百分百客观公正地评判他人。

如果得不到真相，我们能从历史中得到的，又有什么呢？

日剧《胜者即是正义》里，主人公在法庭最后总结陈词时，说过这么一段话：

> 我们不是神，包括我在内，我们不过是愚蠢、感情用事、不断犯错的再渺小不过的生物而已。同是这样的凡人，能够判决别人吗？不，不能。因此，替代我们，法律来做判决，不管多么可疑，不管多么可憎，不带任何感情，只根据法律和证据来判决，这才是我们人类经过悠久历史而得到的法治国家这一无比珍贵的财产。

人不是神。任何声称百分之百掌握真理或真相的人，都是可疑的。作为一个普通人，我们能从历史中学到的，大概只有怀疑和探索的精神吧。

街亭和北伐的故事，先告一段落，说回旅程。陇城镇的下一站，是张家川回族自治县，这是全国回族人口比例最高的少数民族自治县。县城已经离陇山非常近了。

来到县城时，已经到了饭点，不过我并没有逗留，不是不想，而是找了几条路，路边压根儿就没一个停车位……不知道是有啥习俗，还是城市规划得太好了。总之，只能再往前开一段路，到了陇山脚下的恭门镇。

陇城镇有女娲和街亭，这个地方也不差。这里传说是"杀神"白起在开发陇西时兴建的，原本叫弓门寨，到了民国时改"弓"为"恭"，附近还有宋代修的白起祠和白起堡。只能说，这里的村镇个个都"家世显赫"。

抵达恭门镇时，已经过了饭点，集镇两侧稀稀拉拉的店铺，大多都进入了午休状态。来回逛了两趟，没有发现什么有特色的本地小吃，于是只吃了碗便宜的本地麻辣烫，买了些路边的便宜水果。下午，就正式踏上了翻越陇山的道路。

五

前面讲了陇山的基本情况，现在讲讲如何翻越陇山。

《三秦记》记载："天水郡有大坂曰陇坻，其坂九回，不知高几许，欲上者七日乃得越。"

陇坂、陇坻，都是陇山的别称，"其坂九回，不知高几许"，道出了陇山在古人眼中的险峻。

就像秦岭有褒斜、傥骆、子午等各种"道"，翻越陇山的道路，也有好几条，从北到南，依次有石门道、木峡道、六盘道、瓦亭道、鸡头道、番须道、陇关道。它们开凿的时代不一样，大致可以统称为关陇古道。这些都是能走马车、运物资、行军队的官道。如果单枪匹马翻越陇山，能走的关隘小道就更多了。

关陇古道背后的故事可太多了，它所象征的，远远不止是一条翻山越岭的通道。

我们都知道，"秦岭—淮河"是公认的中国南北分界线，不过，中国东西的分界线又在哪里呢？

不同的历史时期，东、西中国在自然、地理、人文、行政上的畛域之别很大。现在我们讲的"东部"和"西部"，也比较模糊宽泛，没有明确的地理界限，比较明确的是三级地势阶梯，把中国划分成了东、中、西三个部分。在古代，东部与西部的区分，往往会随着地理参照物的变更而不断变化。

在秦汉时期，这个分界线主要是函谷关，它把中原文明分成了关东和关西。但是如果跳出华夏文明核心圈的范围，在更大的视域中来看，我们会发现，有一横一竖组成了东西文明的"十字路口"。一横是丝绸之路，一竖是陇山。

从秦汉到隋唐，中国的核心一直在关中和中原地区。关中西侧的屏障，就是萧关和陇山，里面是华夏文明的中枢，外面是游牧民族的地盘。想要长治久安，肯定要保护好陇山这道拱卫京师的屏障。平原与高原、农耕与游牧、中原与塞外，就在陇山两侧不断互动融合、纠葛碰撞，深深影响了中华文明。

关陇古道处在东西文明交融会聚的十字路口，留下无数帝王将相、英雄好汉的身影：秦皇、汉武、张骞、李广、杜甫、成吉思汗、林则徐……大名鼎鼎的"关陇集团"，也是从这一带崛起的。

古时的这些道路，是古人用脚步辛苦丈量出来的最便捷安全的通道，虽然换了无数人间，但山川几无变化，现在我们修路时，虽然有了现代化的测量工具，但这些古道依然是最方便定位的地标。比如陇关道的线路，现在是高压线的最佳铺设路径，也是西气东输天然气管道最便捷的埋设路线。所以先人的智慧与成果，虽然现在不一定看得见、摸得着，但还是会以各种方式，深深影响着后人的世界。

不过，古时的关陇道，现在基本都埋没在莽莽群山之中了，只留下一些只有本地人知道的山间小道、土路，倒是适合野外探索的文化苦旅。对于我这种赶着翻山投宿的，就显得过于硬核了，所以我还是选择了更加大众化的游客路线。

现在翻越陇山的宽敞公路主要有两条，一条是北边的平绵高速和S304，可以从平凉的庄浪县抵达华亭市；另一条是南边的S305，连通天水的张家川和宝鸡的陇县。

今晚投宿的地方是南边的陇县，所以我自然要走南线，比起北线还有高速路段，这条路就要绕得多，是一个倒着的"几"字，很像黄河在河套平原的形状。除了更接近关陇古道的主线外，走这条线还有一个理由——在这个"几"字的顶点，有个群山中的另类景点。

从恭门镇往东望去，耸立的陇山近在眼前。车子驶入山区，类似于前两天在祁山道上经历的地貌变化。陇山之中，周边的景色也发生着变化，上午还是非主流的黄土丘陵，现在频道又切回了茂密山林。

用一句话形容陇山中的自然环境，就是很不黄土高原。开了个把小时，越深入陇山的腹地，山林就越是茂密翠绿，黄土高原的粗砾和尘土，被扑面而来的湿润山风替代，完全就是秦岭南麓的气候景观。

7月初的盛夏时节，泛行在这一抹深入黄土高原中的绿色中，虽然没有秋天层林尽染的黄绿交织，但这惬意的美景，足够让我走走停停，慢慢享受——直到远远地看到一块"关山欢迎您"的红色大招牌，左右是"三千年皇家牧场雄风犹存，百万亩山水林草神奇秀美"，下面拦着一排护栏，齐刷刷地印着四个大字：停车购票。

这儿就是陇山里的另类景点——关山草原。

说它另类吧，因为群山环抱中，突然出现一片开阔、壮美的草原，多少让人觉得突兀。但是刚才在路上，我已经发现有零星的牧场和吃草的牛羊，出现个XXXL的草原牧场，就不是什么意料之外的事情了。

但说是草原牧场，这里和内蒙古那种一望无垠的大草原又不一样。两侧依然是耸立的山峰，草原被"夹"在中间的狭长通道上，成群的牛羊就在山脚和缓坡上吃草。这种高低错落的草原，准确地说叫高山草甸，是高原和高山上的草地类型，相比平原地区，明显多了些层次和立体感。

不过在欣赏草原美景前，先得停车购票……买票没啥毛病，但问题是，这个景点大门位于S305上，大路就这一条，买了票才能让你过。也就是说，如果你只是个纯路过的，就得回头走小路绕一大圈，费时费力不说，还要憋一肚子火。

怎么说呢，这个景区要是在主干道旁边，也没啥问题，可它偏偏在省道上，规模又特别大，进了大门还得有好几公里才到景点。明明是个为人民服务的省道，却变成了景区内部道路，不买票就不让过，不免有些离谱。如果你不是冲着景区来的，这里就像个私自设卡收过路费的。

上网搜了一下，发现这个拦路收费的行为几年前就闹上了新闻，网上的吐槽也不少，看来不是只有我一脸问号。幸好我提前做过功课，就是冲着景区来的，不然没准也得在收费的地方理论一番。

不过，这些一闪而过的坏心情马上就被草原的风景治愈了。以我贫瘠的文学修养，只能用"天苍苍，野茫茫，风吹草低见牛羊"，以及"小天山""小瑞士""小阿尔卑斯"这种大路货来形容眼前的美景。反正随手一拍，都是美美的明信片。

据官方介绍，景区共420平方公里，其中，天然森林104

万亩，草地35万亩。这里设施齐全，骑马、滑草、露营、真人CS、蒙古包、树屋、实景演艺，你能想到的配置，基本都能安排上，比如"关中西部首席大型历史文化实景演艺：大秦关山，我在关山草原神马剧场等您"。

这个"神马剧场"差点没让我笑出声，但我还是马上收起了戏谑之心，因为这片草原还真流淌着"皇家牧场"的贵族血统。秦人是靠给周王室养马起家的。根据《史记》记载，秦人早先一直在西犬丘，也就是礼县一带养马，到了非子这一代，周孝王让他负责在"汧渭之间"蓄养王室马匹。因为KPI完成得非常出色，孝王一高兴，就把"秦"这个地方赏赐给他，号曰"秦嬴"，从此开启了秦人由游牧部落向诸侯国发展的新纪元。

虽然这时候的秦人还远远够不上诸侯的身份，但正是因为养马养出了周王室的认可，才有了后来秦襄公护送周平王东迁，被封为诸侯、赏赐关中之地的故事。这片"汧渭之间"的牧场，也就成为秦人发家致富的重要里程碑。

没错，此刻我脚下的这片关山草原，就是当年非子给大秦帝国写下的楔子。这么一说，这个"欧陆风情"的4A级景区顿时高大上了许多。因为靠近首都长安，从秦汉到隋唐，这里都是服务于皇室的牧场。比如，汉武帝北击匈奴时，在没有打通河西走廊前，这里就是汉军骑兵重要的马匹来源地。这么一算，大门口的那句"三千年皇家牧场雄风犹存"还真不是自卖自夸。

除了各种草原项目，景区里还建了一座"风情小镇"。旁边是一座平缓的山包，爬到顶端，俯瞰欧式的小镇和套马的汉子，一天的疲乏顿时一扫而空。翻身躺倒的冲动不禁涌起，我伴着鸟鸣与风声，享受了这段岁月静好的时光。

其实最早做旅行计划时，我是打算在关山草原住一晚的，不过这儿大部分都是蒙古包，一般的酒店价格比较贵，设施也相对简陋。不过，晚上应该会有篝火晚会之类的节目，也是不错的体验。结伴来这儿的话，倒是可以考虑一下。

虽然现代人来陇山旅游，能享受惠风和畅、心旷神怡的感觉，但古人翻越陇山，可完全不是这种心情。

六

之前提到，在诗词曲赋中，关山这个文化意象往往寓意着愁苦悲凉。陇山的两侧，代表着文明与蛮荒两个极端。翻越陇山，在传统的文化观念中有流落天涯之意，这一去仿佛就是生离死别。随便列举一些诗词曲赋吧。

《秦州记》记载：

陇山东西百八十里，登山巅东望，秦川四五百里，极目泯然。山东人行役，升此而顾瞻者莫不悲思。

民歌《陇头歌》是这样唱的：

陇头流水，流离四下。念我行役，飘然旷野。登高望远，涕零双堕。

《陇头歌词》：

陇头流水，流离山下。念吾一身，飘然旷野。朝发新城，暮宿陇头。寒不能语，舌卷入喉。陇头流水，鸣声幽咽。遥望秦川，心肝断绝。

王维的《陇头吟》：

陇头明月迥临关，陇上行人夜吹笛。关西老将不胜愁，驻马听之双泪流。

骆宾王的《陇山》：

陇坂高无极，征人一望乡。关河别去永，沙塞断归肠。
马系千年树，旌悬九月霄。从来共呜咽，皆是为勤王。

刘基的《陇头水》：

陇头水，征夫泪，征夫之泪滴陇头，化为水入秦川流。
水流向秦川，呜咽鸣不已。何因得天风，吹入君王耳。

明明在长安时，心情还好好的，但一看到陇山，笑容就逐渐消失，动不动就是"悲思""心肝断绝""涕零双堕""双泪流""征夫泪"……可以想象，古人翻越陇山时，是什么样的心情。

所以陇山已经超越了地理的分界线，成了一种文明的分水岭。从两汉到三国时期，在凉州和西北地区轮番上演的动作大戏，可以说就是陇山以西不受陇山以东待见的结果。

西边有多么不受东边待见呢？举个例子吧，两汉时期，由官员举荐人才的察举制度是选拔人才的重要渠道。根据学者的研究，史料有记载的324名得到察举的东汉孝廉中，有265名出身可考，其中仅仅2人来自凉州。放在今天，相当于每年国考的录取名单里，某个省只有寥寥可数的几位，可见区域发展和权力分配多不平衡。

在中国版图的四个角落中，西北是比较特殊的，因为和匈奴、回纥、柔然等北方游牧民族的领地接壤，西北对于定都关中的汉唐帝国来说，始终是攸关国防安全的生命线。从汉武帝打通西域起，中原王朝就将西北纳入了统治范围，并迁徙了大量移民投身西北大开发。这块版图从一开始就带着特殊的军事性质，帝国强盛的时候，有钱有资源能往里砸，为建设富强、安全的大西北而努力；国家有难了，往往就顾不上西北边陲的安危了。

东汉这个朝代，虽然在历史课本里总被当成西汉的延续，其实东汉比之西汉无疑是翻天覆地地大换血了。东汉和西汉相比，有两点明显的区别。

一是儒家完成了对国家的系统化改造，儒家思想从意识形态的"领头羊"成为了全社会的"公约数"，权力也被儒家化了的豪族，也就是士族所垄断。出人头地的阶层跨越通道里，地位最高的是儒家经学，其次是史学之类的实用型学问，打仗属于二代们看不上的野路子。

二是首都从长安转移到了洛阳。不要小看这两三百公里，在以函谷关为分界的地图中，相当于权力中心从"关西"转移到了"关东"，从高度集权的秦制帝国辖区，来到了注重门荫的中原。东汉开国时的大股东、骨干都是关东的大地主，分蛋糕的时候，本地人自然吃得多，外地人也就吃得少了。

这些游戏规则的变化，导致西北的国防地位越来越低，上层社会对嗷嗷叫的西北肌肉男也是越来越嫌弃。东汉末年被称为

"凉州三明"的张奂、黄埔嵩和段颎，已经是凉州地区几百年里少有的名将，然而在高度儒家化和士族化的权力体制中，西北武人的军功再高，也和"四世三公"这样的政治待遇彻底无缘。

更加离谱的是，东汉一朝，关东的豪族们三次建议直接放弃凉州，把凉州百姓再移民回来，认为这样不仅能减少国防支出，还能把政敌搞破产。可想而知，这个提案一出，西北人民有多愤怒，所以每次都被同仇敌忾、保卫家乡的西北豪族怼了回去。

比如公元111年，羌人就快打到洛阳了，东汉朝廷决定放弃陇西和陕北的土地，逼凉州人背井离乡。这几乎激起大规模民变。当时的凉州名士王符在《潜夫论》中怒喷关东豪族官僚："用意若此，岂人心也哉！"黄巾之乱后，出身关东的司徒崔烈，又建议把凉州扔了，把当时凉州名士傅燮气得拍桌子大喊："斩司徒，天下乃安。"

这种抛弃国土的行为，如果放在后世，都是要被人骂成卖国贼，钉在耻辱柱上的。"割弃凉州"的提案在东汉能有市场，其实说明了，在当时以关东人为主导的主流视角中，凉州并不算国家不可分割的一部分，凉州人民也不属于"我们"的一分子。对于凉州的土著精英，关东豪族一贯是忌惮、排挤、鄙视的，视其为随时可以抛弃的棋子。对凉州人而言，最扎心的不是游戏难度太大，而是人家压根儿就不带你玩。

恶劣的环境、朝廷的"放养"、越来越边缘化的政治地位、已经被堵死的上升通道，都让西北人民只能依靠自己，抱团求生。说白了，在凉州人的眼里，东边的那些人就没把自己当一家人，久而久之，这里分裂的心思越来越强，西北与内地的决裂也就在情理之中了。讽刺的是，正是在凉州和羌人的几次汉羌战争拖垮了东汉的国家机器；掐掉东汉最后一口气的，也正是西北来的董卓与凉州军阀们，这真是历史奇妙的因果宿命。

在这种文化氛围里野蛮生长，到了三国时期，活跃在舞台上的凉州集团，除了董卓和马超这样的莽夫军阀外，自然就没啥智力和政治能及格的文士。所以整个三国的历史，除了开头，台面上的事儿都跟凉州人关系不大，不过有一位例外，那就是贾诩。

拜各种三国游戏和动漫所赐，贾诩基本坐实了阴鸷狠辣的"毒士"人设，毕竟第一次出手，献的就是让李傕、郭汜"犯长安"这种灭门绝户的毒计，最后彻底把长安捣成了一片废墟焦土。如果单看这个故事，贾诩这事儿做得确实够断子绝孙的，多大仇啊？但如果把凉州豪族与关东士族的百年积怨放进来看，贾诩的行为逻辑就不难理解了——保命和报复的心理都有。

后来贾诩投靠张绣，让曹操翻了大车。张绣也是凉州人，在董卓、李傕、郭汜搞得天怒人怨的情况下，这两人的结合代表着凉州集团的分化，表示凉州人的另一种态度，也是为了自谋出路。最后贾诩劝张绣投降了曹操。

在投靠曹操后，贾诩成为了曹操智囊团中唯一的凉州人。他之所以一生低调，除了作为外地人的自觉，也是为了帮凉州"洗白"。后来在渭南之战中，贾诩献上了关键的离间计，并展现了中央对凉州的统战政策。曹操听从了贾诩的计策，大获全胜，灭掉了凉州的割据势力，得到了陇右豪族杨阜等人的归附。贾诩也逐渐洗掉了家乡人民的"原罪"。因为瓦解凉州的功劳，贾诩以外地人和半路参股的"异族"血统华丽变身为"自己人"，在曹丕时代还当上了太尉这种高官，并得到善终。这堪称史上最成功的洗白转型案例之一。

非常有戏剧性的是，虽然中原人普遍歧视西北糙汉，但"永嘉之乱"洛阳沦陷后，北方士族除了"衣冠南渡"逃亡江南，很多人选择到西北避难。位于凉州的北凉等汉人政权为他们提供了庇护，被"城里人"嫌弃的大西北，反而成为保存了中原正统文明的"诺亚方舟"。这些幸免于战火的文化基因得以延续，并在北魏之后以燎原之势重返历史舞台的聚光灯下。这就是后话了。

在三国之后，凉州和西北与中原王朝的分分合合，在历朝历代不断上演。五胡乱华时期，凉州经历了前凉、南凉、北凉、西凉、后凉等一票政权；从唐宋时少数民族的盘踞与入侵，到晚清的陕甘回乱，西北这片土地的离乱少有停歇。其中有向往，有挣扎，有坚持，有付出，这一切的一切，都成为西北与中原、地方割据与中央正统、"他们"和"我们"数千年纠葛与融合的缩影。

说了这么多，其实想说的是，凉州乃至西北的问题，本质上是区域文化认同的问题。在中国帝制文明的早期，中原王朝虽然在地理上将西北纳入了版图，但在区域文化认同上，还远远没有促成共同体的意识，"我们"与"他们"的隔阂，一直阻碍着土地之上的文化融合。

与之相比，我所生活的江南地区，很长时间里也都是"天下"的边缘地带，从上海到广西这一千多公里的东南沿海区域，长期是被称为"百越"的古越族人的天下，即使到了魏晋时期，也不太受北方人的待见。但是经过"永嘉之乱""安史之乱""靖康之变"三次衣冠南渡，随着经济大开发和南北大融合，在政权的完整性上，不会有人质疑江南是"中国"的一部分，江南也没有陷入如西北那般的动荡。这可能是作为南方人的历史幸运吧。

临近傍晚，告别了关山草原，驱车一路抵达了陇山东侧的陇县，意味着离开了凉州，也离开了西北地区。最后引用一首杜甫的《秦州杂诗》，作为这场陇西之旅的结尾：

> 莽莽万重山，孤城山谷间。无风云出塞，不夜月临关。
> 属国归何晚，楼兰斩未还。烟尘独长望，衰飒正摧颜。

风起陇西，苍凉与悲戚的黄色是这儿的主色调。回头望去，丞相的步伐，也永远定格在了那一侧的风中。

经过陇县，再往前走，就是另一种画风，这里有"被山带河，四塞以为固"的地形和"金城千里，天府之国"的物产，作为华夏子民，每当提起我们这个民族的高光时刻，你永远都可以听到这个名字的回响——

关中。

第六日

云横秦岭

一场很（没）有必要的火车旅行

秦安县　恭门镇　陇县

天水

宝鸡

礼县

成县

略阳县

勉县

汉中

七月六日，星期四，晴

行程：陇县—宝鸡

在陇县住了一晚，次日一早，我就早早地起床，驱车经过千阳县、凤翔区，沿着陇山东侧的山路盘旋而下，驶向宝鸡市中心——不是因为精神好，而是为了赶一趟火车。

咦，不是有座驾吗，为什么要坐火车？这就要说回诸葛亮北伐的老朋友，也是这次旅行中最大的背景板——秦岭了。

也就是在秦岭，我迎来了旅程中最出乎意料的一天。

一

1908年，地理学家张相文在《新撰地文学》中写到"北带：南界北岭淮水，北抵阴山长城"。这是中国人首次提出自己国家的南北分界线，"秦岭—淮河"的概念，从此深入人心。

秦岭这个庞然大物，东西绵延1600多公里，山域面积达到了40万平方公里，像一条卧龙，气势巍峨地横亘我们国家的中部。

诸葛亮的北伐，成天都在"与天斗、与地斗、与人斗"，其中的"与地斗"，主要就是和秦岭作斗争。如果没有秦岭的阻隔，蜀汉的北伐会更顺利吧。当然，更大的可能是，早就被魏国大军开进来碾压了。真是令人又恨又爱的秦岭。

当然，现在的秦岭不再是阻碍统一的天堑，而是观光旅游、避暑休假的好去处，要领略秦岭风光，还是得深入几条蜀道。有人统计，从宝鸡到潼关，秦岭北坡共有150个谷口。最重要的有散谷、斜谷、骆谷、子午谷和蓝天谷，每个山谷都形成了一条跨越秦岭的军事通道，分别是大名鼎鼎的陈仓道、褒斜道、傥骆道、子午道、库谷道和武关道，外加一条绕道陇西的祁山道，基本组成了围绕秦岭的攻防舞台。

之前分别走过了褒斜道和祁山道，这次来说说另一条蜀道，陈仓道。

顾名思义，陈仓道得名于"明修栈道，暗度陈仓"的那个陈仓，也就是宝鸡的旧称。不过，它最早并不叫陈仓道，而是叫故道，因为这里有个故道县，是老秦人赶跑西戎后设置的少数民族行政区；这里还有一条名为"故道"的江水，也就是嘉陵江的上游。

陈仓道的走向和祁山道有一定的重合，都是从汉中的勉县出发，到达略阳，然后沿着嘉陵江溯流而上，途经徽县、两当县、凤县，走出著名的大散关，最后抵达宝鸡市。

相比于直线距离最短的褒斜道、傥骆道和子午道，陈仓道在地图上饶了个大弯，路途变远了，但好处是平坦开阔，水运成本低，物流压力小。所以曹操征讨张鲁时，走的就是陈仓道。夏侯渊在定军山惨死后，曹操改从褒斜道去汉中救火，结果见识了秦岭的真实路况后，连连吐槽是"天狱"，可见秦岭和汉中给叱咤半生的魏武帝留下了多大的心理阴影。

除此之外，三国时期发生在陈仓道上的重要军事行动，就是诸葛亮的第二次北伐了。

公元228年，也就是街亭之战的同一年，丞相开启了第二次北伐。《三国志·诸葛亮传》记载："冬，亮复出散关，围陈仓，曹真拒之，亮粮尽而还。魏将王双率骑追亮，亮与战，破之，斩双。"

相较于第一次北伐，这次北伐比较诡异。

首先，出兵的时间不太合时宜。此时离街亭的大败只过去了半年，丞相虽然自贬三等，励精图治，但短时间内，蜀汉的军心、民心未必能从失利中走出来，而且粮食给养也很难凑得齐。蜀汉的国力和军力，应当都还在虚弱的低谷。

更重要的是，此时是最糟糕的冬天。秦岭的冬天，是有大雪封山的，不仅路难走、船难开，士兵还要挨冻，所以丞相的历次北伐，都是在春天出兵。这次不仅天气寒冷，走的还是偏远的陈仓道。在没有天时地利的时候大动干戈，显得非常勉强和仓促。

其次，进攻的目标，选定了十分鸡肋的陈仓城。陈仓扼守着大散关，是关中平原的四扇大门之一。但丞相此时的北伐大战略，是奔着陇西去的，陈仓对于曹魏来说很重要，但对于蜀汉而言，处在"前不着村，后不着店"的尴尬位置上。往西吧，是大军难行的陈仓狭道，对夺取陇西提供不了什么帮助；往东吧，离长安还有三百里的距离，人家随便就能包你饺子，即便拿下这样一座孤城，对于北伐也没有多大的帮助，反而是个累赘。

而且，此时的陈仓城，不仅鸡肋，还难啃。《三国志·曹真传》说，代替夏侯楙镇守关中的曹家顶梁柱曹真，在街亭之战之后预判了丞相的预判，提前派郝昭、王生加固城池，守卫陈仓，等着你上门送"圣诞礼物"。不过，这就更诡异了。一来陈仓这么鸡肋，二来郝昭率军守陈仓时只有"千余人"，哪有让警卫连去堵一整个师团的？要么真就有自信不被打爆，不然怎么看都是"事后诸葛亮"的说法。

然后，战斗过程挺辣眼睛的。若想了解战斗的细节，可参考《魏略》。丞相大军围住陈仓城后，先是派人劝降。郝昭表示不听不听。于是丞相玩起了遥遥领先的科技战，又是架云梯、搞冲车、上井阑，又是填壕沟、挖地道。郝昭表示"好招好招"，然后见招拆招，一一化解。就这么折腾了二十来天，陈仓城纹丝不动，丞相束手无策，加上粮草告急、敌军救兵将至，于是就撤了。

光看这战绩，蜀粉都有些脸红。数万人打千余人，还差点把牙给磕崩了。

此外，《张郃传》还记载了个段子，说魏明帝曹叡又派张郃来救场，临行前曹叡问：陈仓守得住不？张郃掐指一算：等我到的时候，诸葛亮那老小子肯定已经跑路了。

这次北伐唯一的成果，是丞相在撤退的路上，使出拖刀计斩杀了魏将王双。但是这个王双只是个名不见经传的"潘凤"。不过，丞相能够在撤退的路上从容反杀追兵，侧面说明蜀军没有像在街亭那样一溃千里，军纪已经有了质的飞跃，这也为后面的剧情埋下了伏笔。

最后，这次北伐还留下了《后出师表》这个千古谜案。这次北伐前，丞相又上了一道《后出师表》，开头的"汉贼不两立，王业不偏安"和结尾的"鞠躬尽瘁，死而后已"，都是掷地有声的金句。但是比起"正版"的《出师表》，这个《后出师表》引发了后世的各种猜测争议，因为正史根本没有记载。它出自吴国大鸿胪张俨所著的《默记》。这个张俨是丞相的头号粉丝，那段著名的"凉、雍不解甲，中国不释鞍"就是他写的。

一个吴国铁粉掏出的《后出师表》，不仅出处不牢靠，内容也有很多自相矛盾的地方，所以裴松之没有把它放进注释中，后人也普遍将其定性为假冒伪劣产品。不过，这个谜案倒是为这次北伐增添了一点黑色幽默。

总之，比起前后两次北伐，这次北伐就显得很无厘头，不仅技战术水平低下，战略上也是意义不明，跟个军事演习差不多，怎么看都不太像一贯谨慎的丞相的做派。

所以，这是丞相失了智吗？其实这些诡异之处，只是表面文章，丞相自有他的考虑。

二

想着在陈仓城下一脸无奈的丞相，我来到了宝鸡市。

经过两千年的风霜雨雪，三国时的陈仓城早就湮灭无闻，现在宝鸡的陈仓区，也没有什么可看的古城旧址。所以，今天的计划是从宝鸡出发，沿着陈仓道深入秦岭，顺便领略一番南北分界线的大好风光。

不过，我却暂时抛弃了"赤兔马"，选择了自驾之外的Plan B：坐火车。

作为男人，多少会对工业时代的某些铁疙瘩有所痴迷，铁路文化就是我的心头好。少年时期的一个梦想，就是坐绿色卧铺车去全国各地旅行。只是随着"基建狂魔"的全面发力，高铁贯通南北东西，绿皮火车成了时代的注脚。不过，一些沿途风景独好的绿皮车，反而成为了网红打卡点，也算是"失之东隅，收之桑榆"吧。在查攻略时，看到秦岭有这样一班绿皮慢车时，喜欢铁路的我顿时就不淡定了。

于是，一大早，我从陇县驱车到宝鸡后，连酒店都没去，就直接赶到了火车站。

跟着人群过了闸机，来到月台之上，就看到了那抹复古的绿色横卧在轨道上。我好似春游的小学生一般，按捺不住激动的心情：这就是今天秦岭铁路旅行的主角，编号为6063的秦岭慢火车了。

方便的高铁"千篇一律"，有趣的绿皮车万里挑一，而秦岭6063，就是一辆有故事的绿皮车。

6063的第一个特点，是不畏"蜀道难"。6063所属的铁路线，是新中国第一条入川的铁路——宝成线，现在上午10点从宝鸡发车，途经陕西、甘肃、四川，穿越整个秦岭—大巴山地区，晚上7点半抵达广元，历时9个半小时，总里程为350公里，全程在这段中国最著名的山区中穿梭，可以说是铁路版的陈仓道了。

6063的第二个特点，是公益性。6063的最低票价曾是1块钱，最高也就21块5毛钱，因为它曾经是大山深处与外界连接的唯一的交通工具，沿线的百姓出行、赶集、上学、探亲，都离不开它，公益扶贫是它的主要功能。因此，6063的日常运营主要靠铁路部门的扶持来维持。

当然，随着基础设施的改善，6063早就不再是这一线路上唯一的交通动脉。经过了提速改造，6063低廉的票价更加令人感动。我从宝鸡坐到秦岭只花了7块钱，从起始站到终点站也只要39块5毛钱。时代变了，便民惠民的初心始终如一。

6063的第三个特点，是穿行旖旎风光。6063从中国的北方跨越秦岭，驶向南方，穿越数个气候带，沿途的植被环境丰富多样，夏季郁郁葱葱，冬季银装素裹……坐着"小慢车"，可以摆脱高铁所代表的都市快节奏，慢慢欣赏秦岭深处的秀美山河。这样的慢生活、慢旅行是越来越奢侈了，也难怪它成为网红小火车了。

就是这样一辆兼具交通和公益属性，还拥抱美景的绿皮火车，自然成为秦岭山中的"宝藏"。中国国际电视台拍过一部25分钟的纪录片《秦岭6063》，看过之后，我对这趟复古铁路旅行更加期待了。

作为90后，我对绿皮车的记忆其实并不多，但上车之后，脑海中的古早印象就开始涌现：四目相对的座位，小小的桌板，摇晃的车厢，古旧的报纸……虽然经过改造升级，原本的绿色硬座变成了蓝色软座，车厢里装上了空调，车内环境更加干净整洁了，但味儿没有变，还是记忆里熟悉的味道。

本着看风景的主要目的，一上车，我就抢占了个靠窗的有利位置。火车在10点准时开动，缓缓地向着秦岭的莽莽群山驶去。

虽然今天起得早，但是此时坐在这辆"梦中情车"上，我的兴奋之情显然压倒了轻微的疲倦感。坐在我对面和邻座的，是两位上了岁数的老人，他们用方言互相打着招呼。小憩了一会儿，我就不安分地离开了座位，开始了在各节车厢的"巡视"。

车内的环境，和我记忆中的绿皮车一样，显得不太"文明"。

有哥们大剌剌地横卧在座位上，豪放地打着呼噜；有围着小桌板打双扣的四人组，斗智斗勇；有穿着民族服饰的阿姨们，旁若无人地斗着歌；有和我一样，闲庭信步四处"巡视"的大爷大妈；有不安分的娃，在车厢里上蹿下跳；当然，少不了就着瓜子、花生、矿泉水，聊着五毛钱的天的群众……

小慢车并不大，只有6节车厢，没一会儿就巡视完了。看着这些不"文明"的场景，一股久违的"人味儿"在我内心翻涌。这几年在新闻上，经常会看到高铁上因为占座、音响外放、大声喧哗等不文明行为引发的"血案"——毕竟，在大家的印象和期待里，高铁是文明社会的代表之一，包括我在内，对功放视频这种事的容忍度也很低。但在这样的绿皮车上，没有严格的秩序，大家可以在车厢里适度"放肆"。在高铁所代表的"文明"中浸润久了，在这松散的秩序中，不禁生出久违的松弛感。

况且，6063本来就是一辆很不"文明"的列车。

前面提到，6063的一大特点是它的公益属性。因为大山的阻隔，秦巴山区一直不太富裕。俗话说"要想富，先修路"，但直到20世纪90年代，这里很多地方都还没有乡村公路。即便有了公路，在崇山峻岭中，下雨时又容易遭遇山体滑坡。老百姓要走出大山，只能靠两条腿，想运东西，只能肩挑背扛，所以这里有不少国家级贫困县。在脱贫的道路上，火车起到了"生命线"的作用。

山区里工业经济落后，老百姓的生计主要还是依靠农业。6063运行在四川、甘肃、陕西三省交界处，本着"哪边价钱卖得高就去哪里卖"的市场原则，山里的村民扛着大包小包上火车，去沿线的市集做买卖。所以早年间，6063上挤满了背着鸡鸭菜肉的村民，跨城甚至跨省去卖菜，再坐回程的火车回家，这就是沿线村民谋生计的日常。

有商品的地方，自然就有市场。考虑到村民的负重，为了方便他们卖菜，6063还贴心地开办了车上农贸市场，村民可以直接在车上做买卖。如果家里菜比较多，村民还可以在车厢的"农产品供求信息栏"里贴上公示便签。6063成了移动的"淘宝"。

可以想象，在拥挤的绿皮车里，座位上挤满了人，过道堆满背篓，乡音在人群中此起彼伏，空气中弥漫着家禽、蔬菜的气味……这不仅不"文明"，还会产生很多的卫生和安全问题。但6063从一开始就不只是交通工具，还背负着特殊的使命，作为沿线村民的"脱贫致富专列"，这就很考验列车员们了。他们不仅要完成"规定动作"，还得为百姓提供"增值服务"。

在逛车厢的时候，我在6号车厢，也就是最后一节车厢里，看到了几排特殊的座位：这里的小桌板，比普通的座位大了不少，还盖上了一张黄色的布，桌子上摆放着书立，横放着数量不一的书本。车窗上印着四个红色的大字：通学座位。

这些精装修的座位勾起了我的好奇。翻了翻，桌上主要摆着适合中学生读的课外书，以及许多学生的作业本，还有很多随性的涂鸦，显然是年纪更小的学生娃留下的"作品"。

绿皮火车上，怎么会有专门给学生留的座位呢？

原来，6063不仅是村民们的生命线，也是孩子们的上学路。6063的沿线，有大大小小十几所学校，在这里上学的，很多是山区里的留守儿童，很少有家长接送的条件。许多沿线的学生会坐火车去县城上学。因为6号车厢离火车站进出口比较近，考虑到学生上下车的安全与方便，列车就在6号车厢留了60个位置，

放了些书籍，专门供学生们使用，于是就有了这些"通学座位"。

除了开辟专场，列车还安排了信息员做"孩子王"，辅导学生并负责他们的安全。通学座位附近挂着不少照片，记录着孩子们在小慢车上学习，以及信息员和孩子打成一片的身影。

坐在通学座位上，翻看着这些作业本，窗外的风景一时被我抛在了脑后。随着公路的开通和生活的改善，"跨省卖菜"已经成为过去时，在现在的车上早就看不到扛着背篓卖菜的村民，6063的上座率也从巅峰时期的90%跌到了20%，但是在"通学座位"上，6063这个数字背后的那些人和事似乎触手可及。

借用在这条线路上跑了20多年的列车长的话："小慢车虽然慢，但它陪伴着山里孩子成长，载着沿线老乡买卖山货，把日子越过越好。"再多苍白的赞誉，都比不上这句朴素的话。虽然在高铁时代，6063已经完成了使命与任务，成为"时代的眼泪"，但飞驰在中国大地上的更多新的"6063"们，依然还有更多的明天需要去创造。

随着我的"巡视"，火车一路向南，逐渐隐没进了秦岭的群山之中。

三

7月初的秦岭，草木葱茏。远眺之下，满目峰峦叠嶂、山涛汹涌，仿佛望不到尽头。不愧是绵延一千多公里的中华"龙脉"，身处其中只觉气势磅礴。

此次火车旅行的目的地是秦岭站，这里也是我从宝鸡出发后抵达的第一站。6063沿途曾设有38站，在升级改造后，缩减到十余站，从宝鸡到秦岭站，要开将近一个半小时，所以为了好好欣赏秦岭风光，我索性不坐了，站在了车厢连接处的过道上当起了"地缚灵"，准备随时拍下窗外美景。

想法很好，但是……这一路上的隧道实在太多了，每开一会儿，窗外就会一片漆黑，好不容易看见一丝光明，刚举起相机，还没来得及对焦，又"哐当"一下没入黑暗之中。

我很无奈，但火车也表示很冤枉，在秦岭的山中穿行，一路几乎没个平地，全靠凿山开路。可想而知，当初造这段铁路的难度系数有多大。

不过，这些隧道还只是"开胃菜"，前方正有一个大BOSS级别的路段等着我，那才是压箱底的大招。

这就要说到6063所在的这段路线了——在新中国铁路史上赫赫有名的宝成铁路。

前面曾提到修建陇海铁路的困难，宝成铁路与之相比，有过之而无不及。"蜀道难，难于上青天"这句话，不仅是古人的嗟叹，即便到了近现代的工业文明时期，宝成铁路需要克服的也是极难逾越的天堑。1953年，在毛泽东的指示下，铁道部确定了从宝鸡到成都的铁路修建方案，新中国第一代铁路建设者、抗美援朝回来的铁道兵，还有自全国各地来支援的技术工人、民工等十几万人，开始在秦岭深处劈山开道。1956年，新中国第一条入川的山岳铁路终于开通了。经过1958年的电气化改造，宝成铁路一跃成为我国第一条干线电气化铁路。

在那个一穷二白的年代，修建这样一条铁路，难度不亚于"上青天"：宝成铁路全线共有隧道304座，桥梁1001座，合计延展长度超过全长的六分之一；全长668.198公里，16次跨越嘉陵江；修建铁路，全程打穿了上百座大山，填平了数百道深谷，仅炸山平沟的土石方就有6000多万立方米，排列起来可以绕地球赤道一周半；在施工紧张路段，甚至动用了当时全国修建铁路一半左右的劳动力和五分之四的机械筑路力量……

宝成铁路的修筑过程，创造了很多的"第一"与"奇迹"。比如，这个"蝴蝶结"，即著名的观音山展线，就创下了我国铁路的坡度之最。

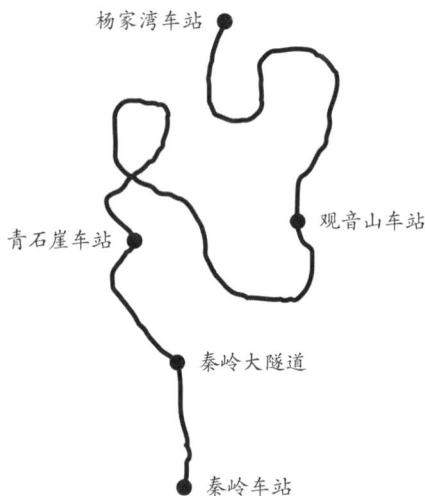

对于为什么要修"蝴蝶结"，由于涉及铁路的专业知识，我只能简单地整合一些资料：这段路在山脚修起来太困难，只能在山峰的中上部开凿隧道，让火车"爬"到山顶去。但这段只有6公里的路，上升的高度却达680米，远远超出了火车的爬升能

力。为此，工程师只能设计成反复迂回盘旋的路线，利用类似盘山公路的原理，让火车以极限的坡度急速爬升。

我记得小时候在语文课本上学过一篇课文《詹天佑》。文章讲道，詹天佑在设计京张铁路的时候，在青龙桥附近遭遇了特别大的坡度。为了让火车爬上陡坡，他设计了经典的"人"字形路线，并用双车头的办法解决动力问题。这里的"蝴蝶结"和"人"字路线的原理也差不多。

这段"盘山铁路"分为3个"U"字形路段和1个"8"字形路段，迂回上升，在6公里的直线距离里层叠了3层，盘绕了整整27公里，爬升了817米，才翻越了秦岭的高山。直到现在，这段70年前修建的观音山展线，仍然保持着全国干线铁路坡度最大的纪录。

光在平面图上看这段"蝴蝶结"，就已经叹为观止，看了上面这张图，就更加震撼了，简直就是真实版云霄飞车。脑补一下，如果火车是全透明的……想想就够刺激。

因此，当火车快到观音山展线时，我就激动地搓起手。不知道在这段"中国铁路之最"上爬坡，是怎样的感觉呢？最重要的是，在悬空的半山腰中遥望秦岭的群山，想想就无比壮观。

很快，火车再次没入了无边的黑暗之中。

在黑暗中待久了，我隐隐觉得有些不对劲，借着偶尔从车窗外倏忽而过的光亮，也只能看到靠着山体一侧的大片石块，完全没有拍照的价值。不过，我虽然有些纳闷，但也没有多想，毕竟要勇敢爬坡嘛，车子肯定会有明显的停顿或震动吧。

宝成铁路的修建，很容易让人想到"五丁开山"的传说，以及《蜀道难》里的"地崩山摧壮士死，然后天梯石栈相勾连"。在当时的技术条件下，施工队学习古人，搭起了栈道、索道和人行吊桥作为运输线路，还提出了"走路不空手"的口号，上班时也要捎带上水泥……就在一次次的"地崩山摧"下，宝成铁路把"天梯石栈相勾连"，彻底改变了"蜀道难，难于上青天"的历史，被誉为中国人破解"蜀道之难"的里程碑。

现在读到这段历史，在惊叹于技术进步的同时，也不得不承认，比起古人开凿蜀道时历经的千辛万苦，现代人也不遑多让，人类在大自然面前，能做的还很有限。

时间漫长得仿佛经过了一个世纪，火车终于驶出了隧道。我掏出手机一看地图，差点没把手机摔在地上：火车已经开过了观音山展线，马上就要到秦岭站了！

啊？没了？？就这？？？

绕了3个"U"和1个"8"，坐在火车上，我竟然没有丝毫爬坡过弯的感觉，和在平地上行驶的感受几乎没有两样。但问题的关键不在于此，虽然为了拍风景，我蹲守在过道的窗边，但是全程都盯着火车行驶方向的左边没挪过——万万没想到，左边一直对着山体，右边才是看风景的地方！

也就是说，我就这么背对着"天堑变通途"的壮美风景傻站了一程！

想到这里，我肠子都悔青了……在这里也以血泪教训提醒后来者，坐这段路的时候，一定要多左右看看，不要跟我一样……

就在后悔得把大腿拍了个半肿时，火车缓缓停靠在了站台。

四

火车停下来后，我向窗外望去，只见月台上的指示牌写着两个大字：秦岭。这儿就是秦岭站。这趟留下遗憾的火车旅行，就此结束了。

虽然人已经下了车，但我的意识还停留在错过绝世好景的悔恨懊恼之中，我感觉自己的脑子已经不属于自己了，只在月台上恍惚地拍了几张照片，直到远处一声暴喝将神游物外的我拽回了现实：

"站台上的旅客，赶紧出站！！！"

左右一看，只剩三三两两的游客还在流连忘返。先把逆流成河的悲伤抛在脑后，赶紧出站吧。

在6063逐渐转型为旅游线路后，游客肉眼可见地变多了。在秦岭站下车的就有大半的乘客，基本上都是拖家带口，来这附近旅游的。所以，当人群三三两两离去后，偌大的秦岭站口，只留下了一脸迷茫的我，在秦岭深山的风中凌乱。

嗯？我是谁？我在哪？我要到哪去？

这还要说回制订旅行计划的时候。原本的宝成线往返车次是很多的，但是随着交通设施的完善，客运车次被大幅缩减，现在每天只有两三趟车来回，而下一趟从秦岭返回宝鸡的车次发车时间是……17点35分。

看了看手表，现在是北京时间11点半。太阳当头照，岁月真静好。

所以，按照原本的计划，我应在秦岭站下车，打个车返回市中心，和我的爱车共赴午后之约，但是……我应该想到的，在这"前不着村，后不着店"的山里，哪来的出租车！

于是，我被迫在这片远离尘世的净土，消磨掉计划之外的整整六个小时……

不过，就像阿兰·德波顿在《旅行的艺术》中所言，"我们所想见到的总是在我们能见到的现实场景中变得平庸和黯淡，因为我们焦虑将来而不能专注于现在，而且我们对美的欣赏还受制于复杂的物质需求和心理需要"。现代人出门旅行，习惯了看攻略、做计划，即使是我的"北伐之路"这种小众路线，也有足够多的参考资料。这么按图索骥下来，方便是方便，但总是少了些意外和惊喜。所以，既来之则安之，就把这6个小时当作随机触发的支线任务吧。

往四周瞅了瞅，找到了张附近的导览图。嘿，原本以为这儿是荒郊野外，没想到还有些东西——在这个凤县黄牛铺镇东河桥旅游区的方圆几里内，有宝成精神纪念馆、宝成铁路主题文化广场、豆腐广场、避暑冰雪娱乐体验区、岭南公园等"景点"，不远处，还有秦岭植物园、嘉陵江源头景区——可去的地方还挺多，我瞬间就觉得下午有盼头了。

于是，我就这么开启了一场很（没）有必要的Mountain Walk。

虽然艳阳高照，但是身处山中，丝毫感受不到夏天的灼热感，只有沁人心脾的凉爽。由于山体厚、海拔高，秦岭山中的平均气温比南北两侧低不少，从城里翻滚的热浪中逃离出来，体感的温度至少低了七八度。散步在山林小道间，迎着习习凉风，望着云卷云舒，有种说不出的惬意舒适，一切糟心事都瞬间被抛在了脑后。难怪这么多人来这儿避暑消夏，置身其中，只想感叹一句——"真香"。

公元819年，大文豪韩愈因为触怒皇帝，以50多岁的高龄被贬谪到广东潮州，离京师足足有8000里之遥。走到位于长安附近、秦岭北麓的蓝田县时，他的侄孙韩湘赶来送行。韩愈在悲苦之下，写下了一首《左迁至蓝关示侄孙湘》：

一封朝奏九重天，夕贬潮州路八千。欲为圣明除弊事，肯将衰朽惜残年！云横秦岭家何在？雪拥蓝关马不前。知汝远来应有意，好收吾骨瘴江边。

虽然韩愈写这首诗时的心情"丧"到了极点，但众所周知，诗人的金句生产率往往和仕途的发达程度成反比。"云横秦岭"中的秦岭，是古时的终南山，立马蓝关，大雪寒天，云又横于群山之上，使人望不到家与长安，再联想到前路安危，自是伤感得很。四个字朴实无华却又力透纸背，伤怀境遇又不失大气磅礴，离开语境来读，也可以说是秦岭风光的最佳写照了。

除了自然风光，这儿其他可逛的地方也不少。

比如，秦岭车站旁边的秦岭火车营地，用废弃的火车车厢搭了个小卖部和小旅馆，类似于汽车旅馆，就是不知在这尴尬的位置，入住率如何。

同样位于车站旁的还有宝成精神陈列馆。由于宝成铁路在新中国铁路史上的特殊地位，2018年1月，宝成铁路入选第一批"中国工业遗产保护名录"，宝成精神也名垂史册。不过，此时陈列馆大门紧锁，游客也是寥寥，对此我只能说"习惯了"。

不远处有个豆腐广场，广场中立着豆腐创始人——淮南王刘安——的塑像。不过，刘安"发明"豆腐的地方是安徽淮南啊。我正纳闷这位豆腐鼻祖跟这儿有什么关系，却见街边的饭店纷纷挂着豆腐宴的招牌，看来"豆腐开会"是这儿的传统习俗。

走了许久，我钻进路边的一处羊肠小道，伸了个懒腰准备休息一下，可一看眼前的景象，差点没惊掉下巴。只见荒野的草木间立着一块石碑，刻着四个遒劲有力的大字——古大散关，落款"苏东坡"。

东函谷关、南武关、西大散关、北萧关，大名鼎鼎的关中，就是因为在这"四关"之中而得名。函谷关不用多说，是中原进入关中的咽喉，贡献了关中故事的大半剧情；武关也是攻取关中的战略通道，相比函谷关的"一夫当关，万夫莫开"，武关要好走得多，刘邦能抢在项羽前面入主咸阳，就是因为走了武关；萧关是中原王朝与游牧民族的分界线，匈奴、突厥、吐蕃、西夏等都在萧关留下过踪迹。

而大散关则是关中在秦岭上的"防盗门"。顾祖禹评价道："关当山川之会，扼南北之交，北不得此则无以启梁、益，南不得此则无以图关中，盖自禹迹以来，散关恒为孔道矣。"好家伙，从大禹开始，北方要南下四川，四川要北上中原，大散关就是必争之地了。

大散关发生过很多重要历史事件，比如刘邦"明修栈道，暗度陈仓"、曹操伐张鲁、诸葛亮第二次北伐。"安史之乱"后，唐玄宗逃亡四川走的也是大散关。但分量最重的，应该是南宋时期，吴玠、吴璘兄弟的抗金战事。当时，在金兵大举南侵、宋兵屡战屡败的不利局势下，吴玠在大散关附近的和尚原、饶风关、仙人关发动了"三大战役"，狠狠地重创了不可一世的金兵，保卫了南宋西线的安全，让金兵二十余年不敢从陕西南下。

说起南宋的抗金事迹，最有名的当然是岳飞、韩世忠在东线的战事，吴玠和四川显得默默无闻。其实四川反而是南宋抗击外敌战事最激烈、抵抗最顽强的地方，吴玠的抗金贡献也不亚于岳飞。而宋金两国在西线战事最密集、争夺最激烈的地方，就是我所处的大散关。更有意思的是，吴玠在大散关暴打的金兵将领，就是完颜宗弼，也就是我们熟知的金兀术。被吴玠送上首败的十余年后，他在南征时又被岳飞、韩世忠、刘锜等人轮流"伺候"。

看得出来，大散关的多事之秋，大多是南北分裂的时候。大散关的意义，也要在南北对峙的时候才能体现出来。

不过，大散关被很多人所熟知，主要是因为陆游的那句"楼船夜雪瓜洲渡，铁马秋风大散关"。说起来，在人们的印象中，陆游是个爱国情怀爆表的文人。他在大散关有过八个月的从军生涯，受到四川巡抚使王炎的赏识，被调任到南郑，作为幕僚参与抗金战事。这是他人生中唯一一次在前线实现抱负的机会。

其间，陆游向上献过"进取之策"，上阵杀过敌，也提了不少建设性的意见，可惜没有被朝廷采纳，救亡图存的宏愿只能倾泻于诗文中。而终其一生，陆游都念念不忘在大散关的短暂军旅岁月，前后写下了二十余首关于大散关的诗词。可以说大散关对于陆游的意义，一点儿也不比北伐之于丞相的意义要小。

我想，在写下"王师北定中原日，家祭无忘告乃翁"郁郁而终前，饱受着"夜阑卧听风吹雨"的凄苦，怀揣着"尚思为国戍轮台"的遗憾，在大散关的那段铁马冰河的日子，一定反复出现在陆游的梦中吧——无数个辗转反侧的深夜里，大散关城头的秋风、三秦大地的歌谣、那短短的八个月，已经化作了另一个精神的故乡，在那里，有自己"自期谈笑扫胡尘"的豪情与"良时恐作他年恨"的悲愤。

陆游是诸葛亮纯纯的迷弟，堪称宋朝的"葛粉"团长。他写下了大量崇敬缅怀丞相的诗词，最有名的莫过于《书愤》里的"出师一表真名世，千载谁堪伯仲间"。他还在《游诸葛武侯书台》中称颂"出师一表千载无，远比管乐盖有余"，直言诸葛亮脚踩管仲，拳打乐毅。不知道丞相泉下有知，会不会老脸一红。

在这一点上，陆游和"榜一大哥"杜甫仿佛一个模子里刻出来的。两人都身处动荡的乱世，都是充满爱国主义情怀的传统士大夫，都有安定天下、淑世济困的雄心壮志，也都在借丞相的事迹表达精忠报国的志向与壮志难酬的遗憾。毕竟换作任何一位爱国的文人，身处当年丞相走过的北伐之路，都很难不睹物思人，把收复中原的愿景投射在丞相的身上。

除了韩愈、陆游，苏轼也与大散关有交集。苏轼在仕途早期，于凤翔府（也就是现在的宝鸡凤翔）任职过，想必曾多次来到大散关，因而留下《题宝鸡县斯飞阁》等诗词，不过名气不大。当然，咱们的大文豪也写过不少关于丞相的诗文，就不一一列举了。

杜甫、陆游、苏轼等大批"葛粉"的出现并非偶然。在唐宋时期，特别是宋朝末年，一大批爱国的文人士子因为报国无门，转而赋诗言志，把立志于兴复汉室的诸葛亮当作知己，把丞相捧上了天，丞相的风评也是在这个时期大幅跃升，儒家圣贤的光环越来越闪耀。

不过，乱世中的粉丝们看中的并不是诸葛亮治国理政的才能，而是矢志不渝谋求复兴的信念，这恰恰契合了那个时代的需要——何时能看到"汉"家的大旗重新飘扬在北方的土地上呢？古人说"文章合为时而著，歌诗合为事而作"，讲的就是这个意思。

杜甫、韩愈、苏轼、陆游……这一路上遇到的大文豪，真是数也数不清，而且不约而同地会聚在了丞相这面精神旗帜之下。

不过，这荒郊野外的，突然出现一块"古大散关"的石碑，还带着苏轼的落款，多少有点吓人。从宝鸡到秦岭的路上，有一处名为"古大散关遗址森林公园"的景点，本来也在今天的行程中，可惜以我"11路公交"的效率，又得留下遗憾了，幸好天降石碑雪中送炭，也算能让我假装来过。

过了"古大散关"又徒步了一段距离，来到了一处偌大的广场，远远就看到了"嘉陵江源国家森林公园"的招牌。

这里是嘉陵江的源头，也是个大景点，不过一问路才知道，里面开车都能开半个小时，看着我这小短腿，只能望"源"兴叹了。

此时是下午3点多，距离回程的火车发车还有两个多小时，百无聊赖之下，我找了处阴凉的地方坐下，操控无人机拍起了

"云横秦岭"的美景。

这时，附近恰好有带着一大一小两个孩子的一家子，好奇地围了上来：

"宝宝快看，这是无人机耶！"

看着眼前满脸"我想发朋友圈"的表情，我主动表示：

"要不我把拍的照片传给你吧。"

"好啊好啊！"

一番交谈之下，得知我正在等着回程的火车，对方很慷慨地表示：

"我带你回宝鸡吧！"

"那……多不好意思啊。"

于是，我就这么乘上了热心市民的车回到了宝鸡，意外地结束了这场意外开始的徒步之旅。

五

秦岭山中的铁路是"蝴蝶结"，公路也差不多，嘉陵江源附近的路况也是如此。

山路十八弯也就算了，偏偏两车道的山路上还都是运货的大卡车，我只能一边老实地吃尾气，一边和热心的宝鸡一家人聊起本地事儿。得知我是专门坐火车来看风景的，一家人随即推荐了秦岭雪景。

说起来，我本来还打算坐回程的火车，补拍一下"观音山展线"的风景……也罢，那就定个小目标，以后冬天再来弥补一下遗憾吧。

反正路上还有大把时光，再回到正题，说说北伐的事儿吧。

第二次北伐看起来比较诡异和鸡肋，要理解丞相的行为逻辑，还得结合发生在陈仓之战前后的两件事一起看。

第一件事，是好久没动静的东吴方面，派了鄱阳太守周鲂向扬州都督曹休诈降，搞了一出"周鲂断发赚曹休"的戏码。东吴在八月份发动"石亭之战"，大破魏军不说，还把曹休这个东南战区总司令给活活气死了。

"石亭之战"造成了三个后果。最直接的，是魏国必须向东部战区增兵，加强防守，以免东吴乘胜占领江淮。我都送了这么大的助攻，你蜀汉作为盟友，总得表示表示吧？隐晦的暗线，是曹真、曹休等"曹二代"短命暴死后，司马懿慢慢成为魏国军界的"一把手"，为司马氏夺权埋下了伏笔。

更令人头大的，是孙权自信心爆棚，觉得自己又可以了，在一年后登基称帝了。

秦汉魏晋的时候，明面上还不是"皇帝轮流做，明年到我家"，凡是改朝换代的，讲究个天命所归，手续要办齐全才行。魏国是汉献帝禅让的，程序合法合规；蜀国有理论上的汉家血统，宣布献帝是被曹丕弄死的，也把自个儿的天命给续上了。孙权就比较无厘头了，一来毫无血统和手续可言，二来这辈子当

"二五仔"劣迹斑斑，所以主动巴结蜀汉，说咱们"并尊二帝"怎么样？

这事儿对魏国来说，纯粹就是跳梁小丑的行为，但对蜀汉来说，则是个很大的政治问题。因为大家是盟友，原则上"天无二日，国无二主"，但为了北伐大计，又不能谈崩。无奈之下，丞相找了个折中的办法，对外承认孙权的合法性，对内还是把"吴老二"定性为"伪政府"，算是勉强解决了这场外交危机，但内心肯定是像吃了苍蝇一样恶心。

部下、皇帝、盟友，帮不上忙不说，还个个糟心、轮流添堵，这丞相当得，实在头大。

第二件事，是公元229年春天，丞相派蜀将陈式进攻武都、阴平二郡，魏国的雍州刺史郭淮领兵阻击蜀军，丞相亲自带兵增援，把郭淮给吓跑了，二郡顺利并入了蜀汉版图，史称第三次北伐。

但从时间上来看，丞相在公元228年冬天出兵陈仓，陈式在次年的春天就奉命进军二郡，两次北伐时间挨得很近，不太可能是脑子一热，临时起意搞这么一出。

所以比较合理的解释是，在筹备第二次北伐的同时，丞相就同时做了对武都、阴平的局，自己打陈仓，顺便也给陈式打了个掩护。所以后世普遍认为，第二次和第三次北伐是早有筹谋的大棋，是一盘棋上的两个眼，在统计口径上就出现了两种说法。

不过，这时候的武都、阴平，经过曹操、曹丕和曹叡祖孙几轮接力大拆迁，早就成无人区了，本来就是没什么战略价值的鸡肋，所以郭淮看到丞相的主力来了，头也不回就跑路了，反正你可以血赚，我永远不亏。不过对于丞相来说，拿下这两郡却意义重大，北伐的侧翼安全得以保证，之后就可以心无旁骛地出兵祁山了。

此战之后，刘禅也顺水推舟，以斩杀王双和平定二郡两大功劳，下诏恢复了丞相的丞相之位。这之后，丞相才慢慢地把蜀汉的军心、民心从街亭的失利中彻底带了出来，在两年之后复出祁山之役中，取得了对魏国的军事大胜。

所以结合这一前一后两件事看，略显诡异的第二次北伐也就好解释了：出兵陈仓，主要是为了配合东吴方面演戏，为了假戏真做，就顺便在牵制魏国注意力的同时，偷偷做局武都、阴平，把军事演习搞成了"这不是演习"。可谓台上做足戏码，台下不落好处，最后也算一举两得。

从东吴的视角出发，我有了一种破解《后出师表》作者之谜的新思路。诸葛亮病逝的二十年后，他大哥诸葛瑾的儿子，也就是十分崇拜自己叔父的诸葛恪，受孙权托孤，成为权倾孙吴朝野的"一把手"。他是"鹰派"代表，一改东吴偏安自保的尿性，模仿叔父，主动向魏国发起攻击，还和姜维相约北伐。但是因为好大喜功，连年兴师动众，老百姓痛苦不堪，而且吴军没从魏国那儿占到什么便宜，所以国内反对声音很多。为此，诸葛恪写了篇孙吴版的《出师表》，名为《论征魏》，向国内舆论力陈北伐的理由，同样被《三国志》全文收录。

诸葛恪的这篇《出师表》，从立意、论点到气韵，与《后出师表》有很多神似的地方，总的来说就是不能坐以待毙，要主动出击找机会。诸葛恪在里面还说，当年我的叔父早已就说伐魏必须趁早了，你们还有什么好反对的呢？并且插了一句："近见家叔父表陈与贼争竞之计，未尝不喟然叹息也。"就差把《后出师表》贴在城门上了。

收录了《后出师表》的张俨，也是这个时期的活跃分子，他写了《述佐篇》，同样把诸葛亮的北伐事业吹上了天，完全契合了诸葛恪的政治诉求，很难不让人怀疑这三者之间有联系。所以我们在《三国志》里看不到《后出师表》，可能是因为陈寿压根儿就不知道有这篇文章，就算知道吴国有个假冒伪劣产品，八成也不会收录进书里。

如果是这样的话，那么《后出师表》就联动起了蜀、吴两国的北伐大计，如果丞相泉下有知，不知作何感想——唉，怎么时与势从来不眷顾自己呢？

实际上，从孙权背盟偷袭荆州后，吴国的事业就注定走不出江东一隅了。孙权在世时，北伐也就是走过场；诸葛恪死后的二十年多年里，吴国深陷内部权力斗争，再也没有组织过一次像样的北伐。所以丞相的北伐，从头到尾都指望不上这个盟友，不来添堵已经是阿弥陀佛了。丞相只能孤军奋战，隆中对里"跨有荆、益"的设想，至死都是个梦想。

另外还有个彩蛋。"鞠躬尽瘁，死而后已"，这浓缩了丞相一生的八个字就是出自《后出师表》，所以大概率不是他自己说的，毕竟"死而后已"听着"丧"得很，与《出师表》里那种坚定的语气差别很大，多半是后人寄托在丞相身上的情感想象。

总之，相比另外三次北伐，围绕陈仓道的第二次北伐，剧本比较水，流量也比较小，属于正餐之外的点心，对于北伐大计也影响不大，只是辛苦了劳心劳力的丞相。

我一边哀叹着丞相的不易，一边乘着车子离开秦岭的群山，回到了宝鸡市中心。

告别了热心的宝鸡人民后，我终于在傍晚时分认识了宝鸡，这个名字有点喜感但是故事性拉满的城市。

宝鸡这个名字和天水一样，得名都有些传说色彩。这儿有一座鸡峰山（陈仓山），传说秦文公在此发现了一块能发出鸡鸣之声的石头，就建了一座陈宝祠。唐朝时，其因为这个传说被命名为宝鸡，意味"陈宝鸡鸣之瑞"。宝鸡是山名和祥瑞组合出来的名字。

宝鸡处在关中盆地，和西安一东一西，历史文化遗产多到用双手双脚都数不过来。这里有国内唯一以青铜器命名的宝鸡青铜博物院，有供奉释迦牟尼舍利的法门寺，有周朝的龙兴之地岐山和周原，有秦岭的最高峰太白山，有我已打卡的大散关和关山草原，还有明天要去的那个地方……可惜睡醒后就要启程，只能今晚短暂地在市中心闲逛一番。

去哪儿呢？本着遇事不决找"老街"的原则，我很快就找到了陈仓老街……没看到让丞相吃瘪的陈仓老城，就让老街来凑一下吧。

不用多说，陈仓老街也是个热闹的夜市，除了老街必备的吃喝玩乐场所之外，这儿还有家当当书店。没错，就是当当网开的线下书店，在当当买了半辈子的书，还是第一次见到"真身"。

老街的旁边，就是宽阔的渭河，河上飞架着一座人行廊桥。站在桥上远眺，关中大地的夜景绚烂夺目，我在感受岁月静好之余，也隐隐有一丝伤感。

因为，不远处，就是北伐的尽头，丞相人生的终点，很多人心目中三国的结局——

五丈原。

星落秋原
直到北伐尽头

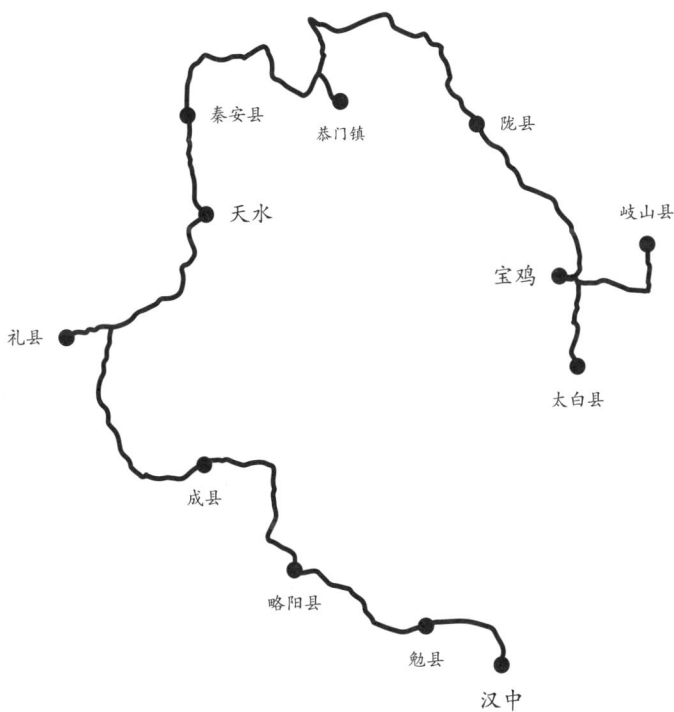

秦安县　恭门镇　陇县

天水　　　　　　岐山县

礼县　　　　　　宝鸡

太白县

成县

略阳县

勉县

汉中

七月七日，星期五，阴

行程：宝鸡—岐山县—太白县

1963年8月，在一个阴雨连绵的清晨，宝鸡市郊区的一位村民在自家坍塌的后院崖面上发现了两道隐约的亮光，于是搬来梯子爬上去查看。他用手一刨，掉下来一个锈迹斑斑、酒杯模样的青铜器。在一锄子下去能就刨出中华上下五千年的地方，这件青铜器看似没啥骨骼清奇之处。村民因为生活窘迫，转手就卖给了废品收购站，换了点粮食度过饥荒。就在快被丢进炉膛销毁的时候，宝鸡市博物馆一位识货的专家路过，咬了咬牙，花了30元的巨款买下了这只"酒杯"。

每一件"国家宝藏"，似乎都注定有一段曲折不凡的身世。一开始，以为淘到宝的专家也没有发现稀罕的地方，只当把它成西周时期的寻常青铜尊，觉得亏大发了。直到十年后，故宫的文物工作者在为"酒杯"除锈时，才发现底部有一篇12行共122字的铭文，其中有四个字，很多人应该有所耳闻：

宅兹中国

这件从废品堆里捡来的国宝，现在已经成为了宝鸡青铜博物院的镇馆之宝，得名"何尊"。3000多年前刻下的这几个字，是最早出现的"中国"一词，已经成为中华文明追根溯源的依据，也难怪何尊被奉为国宝了。

来都来了，本炎黄子孙，今天就要一睹何尊的真容……了吗？

熟悉剧情套路的道友，应该可以猜到结尾，但这次，就连我都没猜到过程。在宝鸡青铜器博物院的门口，扫完预约的二维码，就当我激动地搓着手准备入场时，在我瞪得像铜铃的眼睛前，浮现了四个令人抓狂的大字：预约已满！

嗯？恕我见识短浅，第一次见到博物馆预约满的场景……可问题是，我分明是踩着开门的点来的，门口的人不能说是稀稀拉拉，只能说是门可罗雀！

这一路，我不仅复刻了丞相北伐的线路，也完美地还原了北伐的 Debuff。

一

公元234年，厉兵秣马了三年的丞相再次出发，踏上了最后的远征。

在谢幕演出前，先来回顾一下前几次北伐吧。

公元228年春，第一次北伐，三郡响应，形势大好，因为马谡的纸上谈兵，折戟于街亭，最后前功尽弃。

公元228年冬，第二次北伐，为了配合东吴打助攻，围攻陈仓城，因为曹真的预判，再次黯然收场。

公元231年春，第三次北伐，与司马懿正面对决，在野战大破魏军，因为李严的利欲熏心，依旧无功而返。

每一次北伐，似乎都要比上一次更接近目标，但每一次，老天爷总在你看到希望的时候，扯一下你的后腿。神对手和猪队友的一点微操，就能让你功败垂成。

可能是刘备掏空了汉家最后一点天命吧，等到丞相拿到自己的剧本时，发现这时没有韩信时代的水路交通了，没有关张赵马黄的全明星阵容了，没有汉魏时期的混乱政局了，只有好整以暇的魏国朝堂，以及一个永不犯错的终极宿敌。要以一己之力去搏命苍天，实在太难了。

即便如此，依然只能前进，直到生命的尽头。

这次北伐，蜀军出动了十万大军，阵势空前庞大，摆出了压上所有家底，誓要一决雌雄的架势。为了这次倾尽全力的北伐，丞相在三年的时间里又给自己加工作量，上马了木牛流马等"科研项目"，大规模修整了蜀道，大举屯粮，再次与东吴约定共同发兵，做了十足的准备。

这次最后的远征，丞相选择了走距离最近、但难度系数最大的褒斜道——不兜圈子了，直接进军关中。

丞相为什么放弃了经营多年的陇西计划，选择在战略上直插魏国腹地呢？

最主要的原因，是"软柿子"陇西也不好捏了。自街亭之战后，魏国就全面加强了陇西地区的守备力量。丞相的一生之敌司马懿都督雍凉后，大搞基础建设，践行着"打不过你就耗死你"的原则。即便丞相在卤城取得了正面的大胜，也消灭不了魏国的有生力量，继续往陇西砸人砸钱，收益已经和投入不成正比了。

其次，是困扰蜀军多年的粮草问题得到了大幅缓解。被秦岭折磨的缺粮问题，一直在扯着北伐的后腿，经过三年的准备，丞相囤积了充足的粮草，还鼓捣出了木牛流马这种黑科技运粮工具，最后更是直接在五丈原上屯田种粮了。

还有很重要的一点，蜀军爆棚的战斗力给了丞相底气。"卤城之战"充分证明了，现在的蜀军是一支纪律过硬、能打胜仗的铁军，而经过多次实战的历练，丞相也从缺乏"将略应变"的战场新手，进化成了能打能抗的六边形战士，比起首次出山时的畏畏缩缩，现在完全不怵硬碰硬的对打。

但比起这些，可能更关键的，是丞相感知到了生命的流逝。过了知天命的岁数，加上长期超负荷的工作量，他意识到自己等不住、拖不起了。

虽然丞相有顽强的信念和意志，但人的主观能动性抹不平巨大的国力差距。根据当时的官方数据，蜀国灭亡时只有28万户，大概94万人口，10万左右的兵力。而孙吴灭亡时有52.3万户，230万人；曹魏有66万户，443万人。蜀汉的人口连魏国的四分之一都不到。以四川一地的人力物力和整个中原对抗，虽然有"蹈一州之土"打出"饮马河、洛之志"的高光时刻，但注定是一场孤独的远征。

《孙子兵法》的开篇里有这么一段话："夫未战而庙算胜者，得算多也；未战而庙算不胜者，得算少也。多算胜，少算不胜，而况于无算乎？吾以此观之，胜负见矣。"

古代的兵法，甭管讲了多少战术上的微操，但最核心的，永远是战略上的"庙算"。功夫在诗外，胜负在战前，要实现"不战而屈人之兵"的战争艺术，关键得做数据分析。敌我实力一番对比下来，是稳操胜券还是胜算渺茫，在做战争动员准备时，就知道个八九不离十了。

但数据唯一无法算清的，是人的因素，这也是三国的故事、蜀汉的故事如此好看的原因。如果都是清一色的"识时务者为俊杰"，那未免也太无聊了。

视线回到车子前。从宝鸡出发后，我沿着故道一路向东，经过陈仓区后，城市的天际线逐渐被郊区的原野取代，右边是高耸的秦岭，左边是奔腾的渭河，在关中的山河之间驰骋，莫名有种"看铁蹄铮铮，踏遍万里河山"的豪情。

读中国历史，特别是秦汉史的人，多少有点"精神关中人"的症状，一提到"关中"这个词，秦汉与隋唐的华夏荣耀仿佛触手可及。不过，对于丞相来说，关中却是场一辈子都醒不过来的梦。

开了近一个小时后，我到达了"凤鸣岐山"的岐山县。经过蔡家坡镇，途径一片工业区后——和勉县的武侯墓一样，这里也被工厂包围，道路被大车碾压得坑洼不平——一片隆起的巨大台地逐渐出现在视野中。

在唐诗里，经常会出现"原"这个字，比如"离离原上草，一岁一枯荣""向晚意不适，驱车登古原"。这些"原"，理论上应该写作"塬"，这是一种黄土高原的典型地貌，最初是黄土堆积而成的大片原野，由于河流的侵蚀切割，最终变成边缘陡峭、顶部平坦的梯形台地。

有人做过统计，关中地区被称为原的高地，有五六十处之多，比较有名的，有被赋予文学意象的白鹿原、南宋吴阶大破金兵的和尚原、西汉文景之时周亚夫屯兵的细柳原、周文化的发祥地周原，以及近在咫尺的五丈原，等等。

两千年的时光，在大自然中只能算是倏忽一闪，如今这里的地形地貌，和当年丞相屯兵时几无二致。五丈原得名，是因为原头最窄的地方只有五丈，也就是十五米。从空中来看，五丈原像一个扣在平原上的巨型果冻，横卧在褒斜道的出口。

似乎有丞相北伐足迹的地方，就会留下许多遗迹，五丈原附近就更多了：原头南端有丞相设立中军帐的"豁落城"，当地的乡镇名为"落星乡"；北原下的高店镇俗称"魏延城"；原下的田地是蜀军屯田的"诸葛田"；对面还有司马懿驻扎的"司马台"；等等。

五丈原这个地方，也受到各种艺术加工和野史传说的青睐。我们熟悉的"死诸葛吓走生仲达""星落五丈原""诸葛禳星"等等，大多都是后人编的段子，正史里压根儿没有。是真是假暂且不论，这些民间口耳相传下来的故事，也足以说明丞相在老百姓心中的地位。

我要去的，是五丈原北端的顶部，也就是最靠近渭河之处。这里是最靠近当年交战前线的地方，武侯祠所在的五丈原景区也在这儿。

五丈原的边缘都是悬崖陡坡，开车需要从西边的小路开到山脚，再来回绕好几圈的盘山公路，才能到达顶部的开阔台地。在大片的民居和农田的包围下，五丈原景区的大门就矗立在此。

花三十元钱买票进入景区，眼前是一片开阔的广场，立着整齐的黄色小木屋，显然是给商户卖特产小吃的，但都荒废已久，只有几位老人家摆的地摊，门庭冷落，散落四周。

在马伯庸的游记中，一行人在这里的停车场一下车，就碰到了训练有素的"伏兵"。只听一声炮响，人手抱着一捆香的大婶们，齐齐从路边杀出，围住行人大喊"买个香吧，买个香吧"，还把香当成赵子龙的长枪往游客胳膊窝里捅，直杀得马伯庸人仰马翻、丢盔弃甲。对坚决不买的朝圣者，大婶还不忘嚷嚷挖苦一番，搞得人肃穆忧伤的心境荡然无存。

有了前车之鉴，我早早打了"预防针"，做好了十足的心理准备，怎料不仅没有热情的大婶在埋伏我，场面还如此冷清，不禁想学曹丞相大笑三声：我料村民无谋，大婶少智，若此处设一伏兵，我必束手就缚矣！

庆幸之余，我也不禁暗叹一口气：可能不是旅游旺季吧，如此冷清萧索，多少让人有些感伤。不过也好，比起成都武侯祠的人来人往，这里够清净，完全不用担心瞻仰的心情被打扰。

检票进入景点内，入目的同样是个广场，一侧是武侯祠，另一侧则竖着一块石碑，碑顶的螭首装饰着两条缠绕的黄龙，黑色的石碑本体刻着"五丈原"三个大字，底座则是驮着石碑的龟趺，也就是"龙生九子"的第六子——兢兢业业当着"碑下龟"的倒霉蛋。

石碑是今人所立，但也经过了不少风霜雪雨的洗礼，磨损得比较严重，有种沧桑古朴的味道。

"五丈原，我终于来了。"我在心中默念。

二

以前，我就经常在地图上搜五丈原的位置，想象如果有一天来到这里，会是怎样的心情。可能任何一位三国迷，都会被笼罩在三个字之上的氛围所感染，变得伤感低落吧。

石碑的旁边，就是一处视野开阔的平台，站在这里俯瞰，关中大地尽收眼底。可惜今天阴云密布、光线不佳，只能看个大概：紧挨着五丈原山脚的，就是奔流的渭河，河的北岸是岐山县城，再往北远眺，依稀能看到向南凸出来的一片高山，那就是"岐山"本尊。

站在当年丞相运筹帷幄的位置上，我在默默感怀的同时，内心也开始翻涌：身临其境后，丞相当年兵出斜谷、屯兵五丈原的理由，一下子就清晰了起来。

关中盆地的地形，像一个右边宽、左边窄的钉子，南北宽度从30到80公里不等，相比于西安附近的开阔平原，宝鸡附近被秦岭和北部山脉所挤压，宽度陡然收窄，最后在陇县一带"扎"进了陇山之中。而斜谷正对的，恰好是整个盆地最狭窄的地方，从南到北只有不到30公里。站在五丈原的顶端，不仅周遭地形尽在掌握，西边的宝鸡和东边的西安也是春山可望。

理论上来说，蜀汉军团驻扎在五丈原，往西可以威胁陈仓和陇西，往东可以进逼长安，可以将关中盆地分割成东西两半，怎么打我说了算。

不过，面对丞相梭哈的架势，魏国方面没闲着。雍凉都督司马懿亲自坐镇，老道的雍州刺史郭淮参战，最精锐的西线部队几乎全数到位，《晋书》还非常罕见地用"天子忧之"来形容曹叡对局势的焦虑，并亲自加派了两万中央军增援，可见丞相给的压力有多大了。

不过，老谋深算又吃过苦头的司马懿此时非常淡定：我不需要打赢你，只需要把蜀军堵在五丈原就行了。所以司马懿屯兵在渭水南岸，派人三面围住五丈原，贴身紧逼，但说破天了也不和你打。

所以，相比于第三次北伐的你来我往，三国两尊大神的终极对决反而沉闷乏味得很。双方除了一开始的小规模交火外，之后打成了公元2世纪的"西线无战事"，就搁那儿耗着了。

对此，丞相准备了后手，开始在附近屯田，做好了打持久战的准备，还和魏国百姓其乐融融，打成一片——"耕者杂於渭滨居民之间，而百姓安堵，军无私焉"，在敌国领土上打出了军民鱼水情的效果——丞相的治军水平可见一斑。

强者在面对弱者时，永远有无数种解题方法。手握强魏大军，作为和丞相并驾齐驱的大神，老谋深算的司马懿选择了最稳妥的一种解法，这是绝顶高手的人生算法。但对于丞相来说，弱蜀要挑战强魏，本来就选择有限，老天爷还要派个命中克星下来，能跟谁说理去。

我哀叹着丞相的不易，来到诸葛亮庙前。

和之前去过的几座武侯祠一样，这座五丈原诸葛亮庙，主体建筑也是在清朝重修的，不过要追根溯源起来，这座庙和诸葛亮本人可能还有点关系。诸葛亮的孙子诸葛京，蜀亡后在晋朝为官，曾经在五丈原所在的郿县当过县令，为官的口碑相当好，后来又当了江州刺史。所以虽然史料没有明文记载，但身为是丞相之孙，又在这个充满传奇色彩的地方为官，诸葛京给祖父修座祠庙也是情理之中的事。

和勉县的那座武侯祠一样，这儿也留下了不少传说。话说嘉庆年间白莲教起义，一度打到了五丈原所在的岐山县。清军被打得晕头转向，眼见快不行了，忽然出现了神奇景象：只见夜色下的五丈原蹿起一排红光，彻夜不息，好似山顶开了远光灯。白莲教的人见了，以为是官兵开了什么外挂，吓得纷纷往东边逃窜，岐山县的清军由此躲过一劫。事后，惊魂未定的当地官员跑到诸葛亮庙前叩谢他老人家，同时发扬干得好不如说得好的精神，又上报了"工作简报"，编了一通诸葛亮半夜"显神""驱除贼匪"，贼匪"旋即全股就擒"的故事。

咦，这事是不是有点眼熟？隔壁勉县的那位知事马允刚也是这么干的，不过他只是争取了嘉庆的重要批示；这儿的官员把破败的诸葛亮庙整修了一番，新建了拜殿和厢房，还拨了30亩田产，供平日奉祀香火和补修庙宇之用。这件事后来被写进了嘉庆四年的《重修五丈原武侯祠记》里，这块石碑现在还在庙里。

有了这次"显神"的业绩，五丈原诸葛亮庙名声大振，之后每年春秋两场祭祀，当地官员都要来亲自主祭，看热闹的群众就更多了。年年春天都要办盛大的庙会，好不热闹。

大概80年后，诸葛亮庙又经历了一次整修扩建，就在修建完的那一年，一天深夜里，庙中突然传来"咣咣"的几声钟响，将睡梦中的乡民惊醒。大家一起赶到庙前，只见大门锁得严严实实，官府的封条也完好无损。从门缝里看去，只见里面的大钟微微晃动，钟下落满了尘土。群众们一番讨论，一致认为是丞相再次显灵，应该再给丞相修庙塑像。于是，官府和乡民一齐动手，很快完成了整修，就形成了诸葛亮庙今天的布局和规模。主持这次建修的岐山知县胡升猷还写了篇《重修五丈原武侯庙碑记》，碑记同样置于山门之外，添了几分功德留予后世。

来到庙前，只见古柏参天，绿意盎然，上方悬挂着"五丈原诸葛亮庙"的牌匾。看到这个牌匾后，原本肃穆的心情变得有点一言难尽。

首先是字体。印象中这类牌匾上的书法，一般都是古朴写意、苍劲硬朗的风格，但这几个字走的却是现代风，线条十分圆润，甚至胖嘟嘟得有些可爱，像是用付费字体打印出来的，不禁让我有点想笑。

然后是令人迷惑的排版。七个字竖写两排，是个正常人都会写成"五丈原/诸葛亮庙"吧，然而这里却是右排"五丈原诸"，左排"葛亮庙"……也不知道是哪位鬼才断的句，可能是苦大仇深的司马懿的后人？

除此之外，我总觉得哪里还有违和感，挠着头默念了几遍，"诸葛亮庙"，"诸葛亮庙"……咦，不应该是武侯祠吗？

我查了下，成都、勉县、祁山、隆中、白帝城等各地祭祀诸葛亮的场所，都叫"武侯祠"，只有五丈原这一处叫"诸葛亮庙"。这个"诸葛亮"加"庙"的组合，可能想表现出大俗即大雅的感觉，不知道是为了好懂一些，还是当地人称呼惯了，总之，这个牌匾主张一个特立独行。

算起来，这是我此行碰到的第五座，也是最后一座供奉诸葛亮的祠庙。相比于之前路过的几座，五丈原诸葛亮庙给我的直观感受就两个字——华丽。

肉眼可见的，是规模大。根据史料记载，这座诸葛亮庙……还是说武侯祠吧，在元朝时经过大规模的修建，才有了一定的格局，在明清时期又经历了多次维修。现在的祠堂，是20世纪80

年代当地政府修复扩建而成的。经过几轮的添砖加瓦，现在共有东、中、西三组院落，山门、献殿、八卦亭、正殿、钟鼓楼、棋亭等建筑鳞次栉比，加上大量的古柏和古槐，看上去庄严雄伟，气势十足。

不仅"分量"大，"料"也多。由于五丈原的名气实在太大，古往今来驻足的文人墨客摩肩接踵，留下的楹联、匾额也是数不胜数，恨不得挂满每一幢建筑。光牌匾就有"忠贯云霄""五丈秋风""天下奇才""汉室孤忠""恭行天罚""蜀汉柱石""将相师表""淡泊明志""宁静致远""智高天下""两朝开济""忠义千秋""英明千古""名垂宇宙"……容我喝口水缓一下。总之，不仅把能夸的词都用了个遍，署名还不乏乾隆、嘉庆和果亲王等皇室贵胄，这顶配的待遇，令人叹为观止。

楹联同样如此。举几个例子吧。山门是孙中山的秘书孙墨佛所提的"一诗二表三分鼎，万古千秋五丈原"，里檐下两柱有"伐曹魏名留汉简，出祁山气吞中原"。献殿的抱柱上书"三顾许驰驱，三分天下隆中对；六军彰讨伐，六出祁山纲目书"。落款米芾的上书"五丈原高，恨当年空陈二表；三分鼎峙，在先生名著千秋"。再往前，正殿门口是冯玉祥的手书："成大事以小心，一生谨慎；仰流风于遗迹，万古清高"。殿内有"短兵五丈原，长眠一卧龙"……留下对联的今人，也都是陆定一等书法大家。

除此之外，武侯祠内还有文臣武将廊、北伐陈列馆、壁画、石刻等，看得我眼花缭乱。

料是足了，但是在感叹华丽之余，每当我想沉浸在悲壮伤怀的氛围中时，却处处都有大门牌匾一般的违和感，带给我另两个字的冲击——别扭。

首先，刚进山门，就立马给了我一阵开幕雷击：只见守门的两位"门神"，一位是横刀立马，嚣张地大喊"谁敢杀我"的魏延。

魏延虽然被演义黑成了反骨仔，但在正史上是被刘备由下层军官破格提拔的，在丞相进驻汉中前，一直当着镇守汉中的北方"门神"，也是蜀汉后期为数不多的将星。起码魏延对蜀汉的忠诚度没问题，在北伐时也是屡次当先锋，挑大梁，让他给丞相守门，确实合情合理。

好了，转头看另一侧的那位门神……呃，是演义里魏延喊完"谁敢杀我"，在其背后颇为黑色幽默地回复"吾敢杀汝"，然后一刀捡了人头的马岱。

好家伙，叫两个死对头当门卫，不怕他俩半夜把家给拆了吗？反正都是冤家路窄，咋不摆个杨仪呢？

话说回来，正史里魏延的结局和演义里大差不差。丞相在五丈原病逝前，嘱咐杨仪、费祎和姜维秘不发表，有序撤退，但魏延和杨仪向来不对付，不仅不服统一指挥，还带着本部兵马去堵截南下的大部队。你闹情绪也就算了，丞相尸骨未寒就想搞内战，也太没道理了，小兵们自知理亏，纷纷散了，魏延只能带着儿子南下逃往汉中。堂堂蜀汉门神，最后被大喊"吾敢杀汝"的马岱追杀至死，下场十分凄惨。

陈寿最后用"不便背叛"给这事儿定了性，认为魏延并不是想背叛蜀国，只是将相不和闹腾出了内部矛盾，所以内部问题内部处理。只是演义给魏延做了"反骨"的设定，从不讲团结的内讧者变成了背叛革命的"二五仔"，性质一下恶劣了起来。

不过，作为胜者的杨仪也不是什么善茬，把政敌搞死就算了，还不解气，他还要踩着魏延的头恶狠狠骂一句"庸奴！复能作恶不"。有这种狷狭的偏激性格，下场也好不到哪里去，杨仪最后被废为平民并遭流放，以自杀收场。他跟魏延都落了个咎由自取的结局，正应了那句"天道好轮回，苍天饶过谁"。

魏延和杨仪都有才但难以相处，丞相在时还能拴住他们，可丞相棺材板还没盖严实，这俩立马就控制不住性格弱点，开始疯狂互咬，最后双双不得善终。生前本来就没多少人可用，得团结这么一群刺头干事业，死后还要协调门卫的个人矛盾，真是不让人省心啊。

到了正殿内，当我怀着虔诚崇敬的心情，准备拜一拜丞相的时候，一抬头，看到了个闪耀着24K土豪金光芒的孔明像……闪亮的金黄色调，加上手中的羽扇和紫色的外袍，一幅太上老君下凡巡视的模样。

唉，丞相在"鞠躬尽瘁，死而后已"的地方，却是道家仙人的画风——刚酝酿起的心情，顿时又一泻千里。

出了正殿，往东侧拐个弯，远远看见一座写有"八卦阵"的大门。带着浓厚的好奇心走近，只见大门上贴着"求救电话"，头往里面一探，一股阴森的气息蹿了出来，就差放个"汝可识的此阵"的喇叭了。

难道，这就是当年陆逊在江边遇到的八阵图？壮着胆子进去，只见一人宽的逼仄过道两旁，是两三米高的围墙，每几步就有个岔路，构成了迂回曲折的回廊，以及扑面而来的杀气。无妨，区区小阵，凭借熟读三国的理论知识，岂能难倒我？

然而，走着走着，我逐渐丧失了方位感，无头苍蝇般窜了几分钟，也没找到出口，不禁涌起了一丝慌乱：呃，从生门进入，从景门还是啥门出去来着……等等，死门在什么方位？不会有伏兵冲杀出来，将我斩于马下吧？我甚至想起了门口的求救电话，话说接电话的不会是徐庶或者黄承彦吧……

在即将困于阵中的当口，我终于见到了光明，遗憾的是，这儿不是出口——敢情绕了半天，还是从入口原路出来了。我只得宣布破阵失败，暗暗下定决心，一定要潜心研习阵法，日后与人交战，定能抵得上十万精兵……才怪。

这"八卦阵"的质量先不说，历史上的八阵图很可能只是丞相操练士兵的一套方法，跟《三国演义》里玄乎的阵法不沾边。将之放在武侯祠里，作为吸引游客的"支线"没大毛病，但总觉得冲淡了这里的主旋律。

"八卦阵"的旁边还有一座"月英殿"。这里是全国唯一一家把丞相的夫人请入其中的武侯祠。诸葛夫人黄氏在历史上没什么戏份，和"八阵图"一样，流传下来的都是民间的传说，就连黄月英这个名字也非正史所载，而是出自评书。虽然我也喜欢在三国游戏里看到月英，不过作为景点，演义和史实混淆不清，就有点喧宾夺主的意思。

东边逛完，再来逛西边。这里有丞相的衣冠冢，是1993年重修的，坟冢只有半米来高，上面长满了青草，虽然规模和勉县武侯墓没法比，但是也足够肃穆。这下总算能让人缅怀一下了。

当我已经逛得有些迷糊时，没想到前面还有更重磅的：一片宽阔的广场上，并立着两排意义不明的方柱，前方是一座六角亭，亭下围有一圈木质围栏，围栏中是一块方形的大石块。我好奇地凑上前去，看清上面的大字时，又差点给跪下了：落星石。

好家伙，这么大的事儿，竟然没有入选"中国考古大发现"，真是可惜了。石上煞有其事地介绍道，《晋阳秋》曰，"有星赤而

芒角，自东北西南流，投于亮营，三投再还，往大还小，俄而亮卒"，据传即此石。

"星落五丈原"这个桥段，不管真实性如何，经过小说和民间的演绎，已经成为诸葛亮人生结尾戏剧性最佳、宿命感最强，也最深入人心的一幕。可是，把传说当历史，还把所谓的"落星石"供起来，不知道该说是深得民心呢，还是侮辱智商呢。

我一边连连叹气摇头，一边逛到了武侯祠的最南端。这里有几间平房，是景区的纪念品商店，上挂横幅"智慧象征羽毛扇，稀世墨宝出师表"。走近一看，都是些到处都有的廉价物件，门口的桌子上还摆着一些与五丈原相关的书籍，有《五丈原览胜》《诸葛亮与中国武侯祠》《岳飞书前后出师表》等，还不错，可以当参考资料……呃，《万事问周公》？

行吧，在这里看到再离谱的东西，我的内心都毫无波澜了。

出门前，我看到山门后的一棵大树下有一块介绍牌，本着"来都来了"的原则，看看有什么说法吧。

"此槐西侧三分叉而合为一体，自然天成，喻意天下大势合久必分，分久必合，又象征刘备、关羽、张飞桃园三结义，东侧枝杆下分上交，象征诸葛亮与蜀汉江山同在……"下书：结义槐。

好嘛，你们三兄弟在我的祠堂里结义也就算了，还不忘cue我一下，给我留了根树杈"同在"一下，真是谢谢您嘞！

就这样，我灰溜溜地离开了这座华丽又别扭的武侯祠。

三

事后，我翻了翻在《万事问周公》旁边买到的资料，书上是这么描述的："近年来，五丈原在保护文物、发展旅游业的前提下，争取资金，维修古建，美化环境，增设旅游服务设施，开辟游览娱乐景区，新建了八卦迷宫游乐场，新垒诸葛亮的'衣冠冢'墓，供游人娱乐和瞻拜……"

光听这描述，就隐隐感觉到一股异味，真到现场一看，说不上有多奇葩，但也实在乏善可陈。

可以作对比的，是勉县的武侯墓。那里虽然规模不大，也没有华丽的装饰，但朴素的环境、专业的导游，加上用心的细节，都能让人静下心来，沉浸其中，默默感受丞相的人格魅力。还有来自五湖四海的三国迷们，自发地在墓前献上的花束和留言卡，更让人产生跨越时空的共鸣、共情。

相比之下，五丈原的这座武侯祠，虽然不缺古静苍幽的环境，在全国多地的武侯祠里，还占得"五丈原"这个仅此一家的文化IP，但从门口的牌匾开始，就给人一种潦草又别扭的感觉，既像啥都能塞的"缝合怪"，又是各不沾边的"四不像"。逛下来后，观感就是，这里的诸葛亮还是《三国演义》里那个完美的半仙，而没有应有的"人味儿"。

对了，在早年的游记《三国志男》中，痴迷于三国的日本友人佐久良在武侯祠的旁边遇到了个更加不伦不类的"三国城"，走的是三国加聊斋的鬼屋风格，声光电渲染恐怖气氛，把热情的国际友人吓得不轻。时过境迁，这个活在传说中的"三国城"应该是被废弃了，值得庆幸。

祠前广场上现在有块石碑，上书"心外无刀"。这是日本友人野吕雅峰先生于1993年9月为纪念诸葛亮逝世1760周年所立。"心外无刀"评价的是诸葛亮用兵之道，是日本学者对王阳明"天下无心外之物"的演绎。

总之，倒不是说五丈原武侯祠不好，而是它独占了这个无价的IP，却弄得像泯然众人矣的大路货，对于怀着朝圣心情的三国迷来说，多少有些让人扫兴和遗憾，更何况这已是我这趟旅程的尾声。景区做得好不好，真的和投入、规模无关，而是要看有没有区分度和辨识度。用不用心，游览者很容易就能感受出来。

对此，马伯庸总结得很到位：

各地武侯祠虽然大同小异，但如果有心，一样可以有自己的特色。成都武侯祠占得一个"大气庄严"；勉县武侯墓占得一个"肃穆沉郁"；勉县武侯祠占得一个"正统宏大"，木门道武侯祠占得一个"幽邃闲逸"，祁山堡上的武侯祠占得一个"杀伐焦虑"。五丈原武侯祠条件得天独厚，只要能剔除无关繁杂，重新整理细节，自然能产生属于自己的风格，发展出五丈原所特有的"悲壮伤怀"。

悲壮伤怀，唉，这里可是五丈原呀，在北伐事业的尽头……得转换一下心情，好好地说再见才行。

对于丞相来说，可能也是如此。

其实仗打到这个份上，北伐早就走进了死胡同，不仅不可能毕其功于一役，连建立北伐的前线桥头堡，或者歼灭魏国一部分有生力量，都快指望不上了。

此时让丞相还抱有一线希望的，是东边的消息。

在这次出兵前，丞相就再次联系了东吴方面，约定同时出兵夹击魏国。孙权表面答应，但是留了个心眼，从二月份拖到五月份，等到丞相兵临五丈原，魏军主力调往西线作战后，才大张旗鼓地搞了个三路伐魏，分别派陆逊和诸葛瑾从荆州进攻襄阳，孙韶和张昭之子张承从广陵直取淮阴，自己率十万大军从建业出发，又一次亲征合肥。

东吴这次三管齐下，浩浩荡荡，阵势大得吓人，效果先不说，起码动静闹腾出来了。史载魏国朝野震动，莫知所措，曹叡当机立断，发扬三代打虎的精神，一边给扬州都督满宠加油打气，说就凭孙权那水平，肯定打不下合肥的新城，一边派遣中央军南下，自己也在六月初御驾亲征。

曹操、曹丕、曹叡祖孙三代接力，打虎早打出经验了。孙权果然"不负众望"，本以为魏国主力被丞相牵制着，东线必然空虚，想趁机捡个漏，结果在合肥新城搞了个把月的军事演习，一听曹叡亲自来了，二话不说，麻溜地跑了。另外两路吴军听说老大又双叒叕跑路了，于是象征性地放了两炮，也都各回各家。

这下，曹叡和孙权是皆大欢喜，但丞相差点一口老血喷出来，本来也没对猪队友抱多大希望，他们能在东线拖住魏军就谢天谢地了，没想到溜得比国军还快，一百个楚云飞都拉不回来。乞丐版"跨有荆、益"的设想彻底破灭，现在只能指望自己了。

领导不给力，盟友靠不住，部下拖后腿，对手猛如虎，此时丞相心中，是深入骨髓的悲凉与无力。

所以，丞相可能真的是急了。《晋书·宣帝纪》记载，丞相甚至给司马懿送去了妇女的衣服，嘲笑宣王没有血性，不是个男人。这招很粗暴，段位也比较低，司马懿表面上很生气，立马上书朝廷求战，但曹叡的指导思路很明确——我这边忙着下江南呢，你那边绝不能掉链子，死命拖住就行。于是派元老辛毗带着尚方宝剑，立在军营门口，死死拦住血压飙升的司马懿，就是不让暴怒的魏军出门迎战。

不过，这明显是君臣唱的双簧，丞相看得一清二楚。

姜维说："辛毗带着尚方宝剑来，看来司马懿是真的不会和我们打了。"

丞相叹了口气："司马懿本来就不想出战，连番请战，是演给部下看的。将在外，君命有所不受，他但凡有办法赢咱们，还用得着千里请战吗？"

在曹叡和司马懿这对顶级君臣的决策下，丞相是真的没辙了，也是真的累了。到了该说再见的时候了。

在淡定收下女装的同时，司马懿问了使者这么一个问题："你家丞相最近吃饭、睡觉怎么样啊？"

使者认为没有涉及军事机密，于是说："我们丞相是大劳模，罚二十杖以上的事都会事必躬亲，吃得倒是不多。"

司马懿笑笑：就你们丞相这种工作强度，估计活不长了。

八月，入秋的风拂过五丈原，带来了即将秋收的好消息，也熄灭了蜀汉最后一缕微光。

小时候读到这里，每每都要"哭瞎眼"，随着丞相生命之线一起崩断的，是我对三国的最后一点念想。《三国演义》之后十六回的故事，我再也没有读下去过——直到现在。

但如今，站在五丈原的高台上，迎着渭水河畔的风，面对丞相的离去，我却有一种如释重负的感觉。

动画《进击的巨人》里，在惨烈的玛利亚之墙夺还战后，调查兵团的埃尔文团长奄奄一息，主角之一的阿尔敏也濒临死亡，握有药剂的利威尔兵长，在救埃尔文还是阿尔敏之间，陷入了两难。最后，他放弃了按常理常情都会作出的选择，没有继续将希望托付给埃尔文。

"这家伙不得已只能称为恶魔，如此期望着的就是我们，而且还想把好不容易脱离了地狱的他，再次召回到这个地狱里，但是已经……该让他休息了啊。"利威尔兵长如是说。

除了不想让埃尔文继续痛苦之外，身为团长，能在抗争的最前线马革裹尸还，想必也能立下一座精神的丰碑，激励后辈继续投身于未竟的事业吧。

这一集动画的标题叫《白夜》。看到这一幕时，我不由地想到了五丈原上的丞相，流星坠落的那一夜，也是个晨昏交织的白夜。

为了再抢救一下丞相，《三国演义》还加了"五丈原诸葛禳星"这场戏，毕竟有丞相在，蜀汉就还有希望。曾经看这一段时，多希望能禳星成功，对踢倒主灯的魏延恨不得食肉寝皮，但现在来看，却有些不忍。因为自打对先主作出"臣敢竭股肱之力，效忠贞之节，继之以死"的诺言起，丞相就注定要倒在北伐的路上，以这种方式离去，何尝不是最好的归宿，又何尝不是一种生命的解脱呢？

想到丞相死后将自己葬在定军山，继续守护北伐事业的遗命，我更愿意赋予悲壮伤怀的五丈原另一种意象：感到时日无多的汉家丞相，在蜀汉的天命即将沉坠谷底之际，以自己的生命为代价，重新竖起了克复中原的无形大旗，将北伐的精神延续于五丈原的土地中，燃烧在复兴汉室的前线上，揉进飒飒而来的秋风里，为继任者们立下坚毅的精神图腾。

所以这一切，会不会是丞相主动选择的结果呢？

当然，这只是我一厢情愿的想象，但对于一个背负了太多期望的人，最好的结局，就是卸下那些沉重的担子，好好休息。

"辛苦了，好好休息吧。"这也是我最想对丞相说的话。

四

离开五丈原，这趟北伐之旅，就这样结束了……吗？

在规划行程时，对于之后的行程，我曾纠结了好一会儿。最顺的方案，当然是往东去向西安。不过，为了完整体验一下"蜀道难"，我决定沿着褒斜道的方向，一路向南返回起点汉中，把这趟旅程走成一个完整的环线。

车子沿着蜿蜒的乡道，驶出宽阔的五丈原，经过传说中的落星乡、落星湾，终于开上G342。和褒谷口一样，斜谷口也修建了水库，从高处北望，关中盆地一望无际，那股夹杂着雄浑与遗憾的"王气"，逐渐消失在了视野里。

再见了，关中。不过，我还会回来的!

按照计划，大概开一个半小时，就能到达今天的目的地——太白县。我愉悦地想，边纵享路途的丝滑，边呼吸秦岭深处的空气，路上还能去秦岭的森林公园逛逛，好不快活。但事实狠狠地给我上了一课："蜀道"的名字可不是白喊的。

虽然已经修建了南北向的G85和东西向的S28，构成了"十"字形的高速网络，但是和古代一样，穿越秦岭的"蜀道"依然是独一无二的。和褒斜道走向相仿的G342，自然承担了物流大动脉的功能，在双行的两车道上，每隔几十米就能遭遇一辆满载货物的"擎天柱"，一路又都是曲折的山路，就算秋名山车神也只能束手束脚，乖乖地跟在后面。

开得慢也就算了，山里的路况又出奇的多。五六十公里的车程，我就先后遇到了一次隧道中的车祸、一次修路和N次堵车，令人无比抓狂。

行驶于现代的道路尚且如此，何况古代的行军呢? 再硬气的帝王将相，不到万不得已都不愿意"碰瓷"蜀道，确实是有原因的。

在这条不出意外只需一个半小时车程的路上被折磨了近四个

小时后，精疲力尽的我终于抵达了太白县。

太白太白，瞬间就让人想到李白。这儿，确实和李白有些关系。《蜀道难》里的"西当太白有鸟道"，说的是秦岭最高峰，海拔3771米的太白山。太白县就位于太白山的西侧，加上太白就是李白的字，简直就是注定要成为顶流的地方。

傍晚抵达太白县城，一下车，迎面而来的就是一股意外的凉爽。7月初的夏日，秦岭北麓已经烧成了火炉，这儿的夜晚，却是凉飕飕的。上网一查，原来太白县城的海拔有1500多米，夏天的平均气温只有20度上下，当地人对太白之夏的形容是"四子"——"夏天没有蚊子，睡觉要盖被子，姑娘不穿裙子，纳凉不用扇子"。于是，下车的一瞬间，堵车带来的糟心感觉顿时烟消云散——还有什么比凉爽的夏天更令人愉悦的呢？

打开地图一看，太白县在秦岭北部的腹地，虽然还没走出宝鸡市的行政区域，理论上还在北方，但气候和植被已经是南方风貌了。也就是说，我现在刚好处于中国南北方交界的过渡地带，再往南走一点点，就能到汉中的留坝县。

想到正在南北的边缘试探、徘徊，我莫名感到一阵兴奋：啊，"一桥飞架南北，天堑变通途"！我不仅在跨省，还在跨……咦，不对，再往前开，我还是在陕西！

汉中虽然在秦岭的南麓，是妥妥的南方，但摊开现在的中国地图，你会惊喜地发现，汉中属于陕西省，而不是四川省。

这就涉及一个地理上的公案了。我们知道，秦岭—淮河一线是中国的南北地理分界线，也是年降雨量800毫米等值线、1月份0度等温线、亚热带和暖温带分界线等重要的地理界线。从气候、生态、物产等自然环境，以及方言、饮食、习俗等人文面貌上来看，秦岭以南的汉中其实和四川盆地更像，属于南方风貌，与秦岭以北的陕西差别很大。

其实，整个陕西就像一个不协调的"兵马俑"，头、身和脚，分别是延安所在的陕北黄土高原、西安所在的关中盆地、汉中所在的汉中盆地。三个区域的自然环境、风土人情差别都很大，却被放在了一个省份里，违和感很强。

陕北还好说，好歹和关中都属于北方；可是陕南的汉中、安康、商洛三个市，与陕北、关中隔着茫茫秦岭，从地理上来看压根儿就是南方。事实上，由于处于长期"分居"状态，秦岭两边人民的习俗差得多了去了。

比如，同样是吃凉皮，西安人地处暖温带，种的是小麦，吃的是面皮；汉中百姓则生活在亚热带地区，种的是水稻，吃的是米皮；而在更加干燥的陕北，人们种的是谷子，饮食上又别有一番滋味。

再比如，在语言上，汉中和四川属于西南官话区，关中人讲的是中原官话，陕北人则说晋语。语言的差异，也体现在唱腔上，像关中的秦腔，就与南北的风格大不相同。

同一个省份能"精分"成这样，属实罕见。用地理学上的话说，陕西就是三种不同的文化区的无机的结合，是自然区、行政区、文化区"三不重合"的典型。

原因也很好理解，汉中作为南北双方的中间地带，就像肉夹馍中间的肥肉，对于南北双方都太重要了。但因为汉中和四川更像一个妈生的，为了防止汉中和四川连体，统治者就在政治上进行了切割，强行把汉中抢了过来，"过继"给没什么交情的陕西，让地方无法跟中央搞对抗。

中国地大物博，各地的自然和人文条件差别很大，甚至"三里不同俗，五里不同音"，怎么分地盘、切蛋糕，提高管理和控制的效率，考验着历代统治者的智慧。

对此，周振鹤教授总结了古人划分行政区域边界的两种原则。一种是用天然的山脉、河流、湖泊等作为边界的"山川形便"，比如现在山西的一连串盆地，海南岛所在的海南，广东、广西所在的岭南地区，区域基本都在一个完整的地理单元里。这样的划分比较符合我们的认知，管理起来也比较方便，因为"一方水土养一方人"，同一个"村"里面，大家的文化习俗差不多，沟通和施政成本比较低。

但这样的划界也有明显的缺点，就是这一个个的"村"，都是地理上易守难攻的"小国家"，在和平年代还好说，一旦天下不安定，当地的"村长"仗着山川险阻，就容易拥兵自重，和中央王朝对着干，造成分裂割据的局面，也就是《周易》所说的"王公设险以守其国，险之时用大矣"。历史上的四川、山西都出现过这种情况。四川就不说了，山西也是盛产"土皇帝"的地方，从古代的前赵、后赵、北汉，到近代的"阎老西"阎锡山，这些地方的离心力，往往就是权力过大加上位置太好导致的。

而且，用山川作为边界，在经济发展上也有明显的弱点。因为这些"村"的边缘地带，也就是俗称的"边区"，都是交通不便的山地、河流，相比于平原地带，发展就比较滞后。落后加上难管，久而久之，边区就容易变成"三不管"地带，不过也为人民群众的革命事业提供了广阔天地。

所以，为了减少政治上的隐患，另一类划分原则是把险要的山川放在一个省份的中间地带，而不是边界上，是为"犬牙交错"，为的就是消化掉割据者拥险自重的屏障，让"土皇帝"们相互掐架制约，还能让不同区域的经济发展实现互补，一举两得。

这就好比老王家和老张家以围墙为界，井水不犯河水。但是老王平时在村里横着走、人缘差，还把自家武装成了碉堡，快成黑恶势力了，村委会看不下去，就把老王的围墙大门拆下来，分给了隔壁老张家。这下老王家只剩光秃秃的院子，被老张时刻盯防着，掀不起风浪。

不以山川为界的划分，比如安徽的皖北和皖南，江苏的苏北和苏南，按理说应该以淮河为界分南北，但是安徽、江苏的边界都跨越了淮河，从南方延伸到了北方，在自然地理上的差异很大。再比如，位于河北省东北的承德，和西北的张家口，像两根楔子一样"钉"进了燕山和太行山。河南省明明叫河南，却有安阳、新乡、鹤壁、濮阳、焦作这五个黄河以北的地级市。这些其实都是政治博弈的结果，也有不同区域之间经济和资源互补的考虑。

在古代中国，大部分时期的行政区域划分都是以"山川形便"为主，最"犬牙交错"的时候，是元朝。因为元朝的土地过于辽阔，"行省"的权力太大，中央就完全无视了秦岭、淮河、南岭、太行山这些名山大川，任性地在地图上画了一个又一个圈，导致十一个行省伤的伤，残的残，版图变得支离破碎，也就剩四川算是个完整的地理单元。汉中和秦岭就是在这时候被划给了陕西。

这样做，安全是安全了，但是物极必反，从此几乎没有一个行省有天险可以当屏障，所以元末天下一乱，地方迅速崩溃瓦解，就和这种极端的"犬牙交错"有很大的关系。

明清两朝，调整了很多元朝不合理的划分，但也延续了一些做法，比如汉中就永久性地归了陕西，再也没还给四川。

概括一下，"山川形便"，体现的是地理学家的思维，切割出的是"自然省"，是用地理来影响政治；而"犬牙交错"，则更多蕴含着政治家的智慧，划分的是"行政省"，是用政治来重新赋予地理意义。

地理是一门很大的学问。自然界的山川湖海、一草一木，其实处处都有"人"的影子，因此也就有了自然地理、社会地理、文化地理、军事地理这些学科分支。把"死"的自然和"活"的人结合起来，看其互动，是学习地理最有趣的地方。

说回太白之夜。作为这趟旅程留宿的第四座也是最后一座县城，太白县给我的惊喜不只是凉爽，还有夜市。

夜市并不稀奇，但秦岭群山和凉爽夜市，就足以产生奇妙的化学反应了。在西北夏日澄澈湛蓝的天空下，几百米的商业街两旁，喧闹的大排档一字排开，店外坐满了谈天说地的食客，配上餐桌前的烟火，生活气息格外地浓郁。

商业街之后，还有一条小吃街。我虽然没有见到太白的本土美食，但因为天气凉快，感觉小吃摊的面筋、鱿鱼、炒饭和冰粉似乎都要比别处更香一些。

而且大概是吃"旅游饭"的缘故，太白县城街道比别的县的开阔不少，道路的规划十分合理，没有逼仄无序的感觉，城市环境也明显好上不少，完全不逊色于东部发达地区的县城，让我的好感度再次提升。

度过愉悦的太白之夜后，北伐之旅也进入了尾声。

第八日

月明寒溪

时间从此流逝

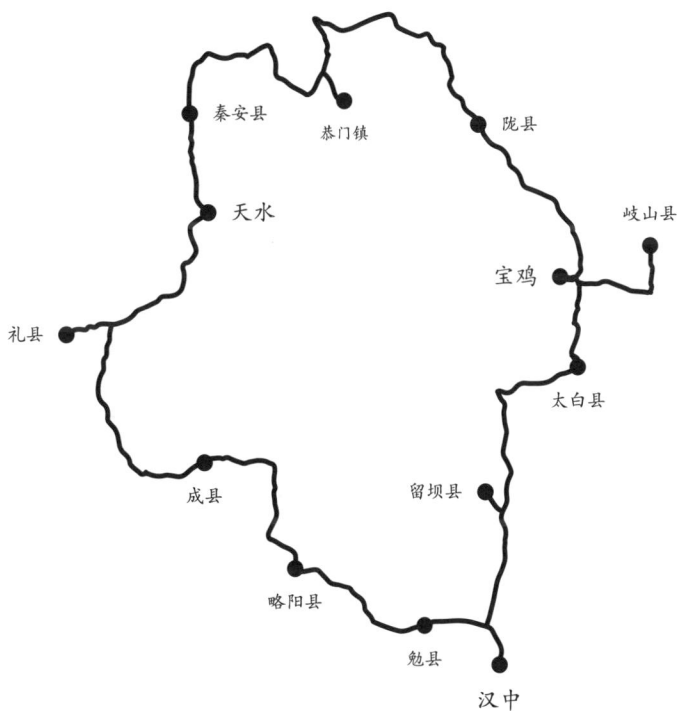

秦安县　　恭门镇　　陇县

天水　　　　　　岐山县

　　　　　　宝鸡

礼县

　　　　　　　太白县

成县　　　留坝县

略阳县

勉县

汉中

七月八日，星期六，阴

行程：太白县—留坝县—汉中

沐浴着太白县的晨光，我终于迎来了北伐之旅的最后一天。

今天的行程很简单，从太白县沿着褒斜道一路南下，回到出发地汉中。其实，按照美好的设想，这趟旅程应该结束在"剑阁峥嵘而崔嵬"的叹息中，奈何打工人的假期有限，凑不出这区区一天，只能戛然而止。

不过这样也好，起码不用再次被 bad ending 暴击。

如果说五丈原是蜀汉失败的"诺曼底"，那么剑阁这个"保卫柏林"的最后一道防线，反而要比诺曼底无趣得多。

说来讽刺，虽然剑阁是"一夫当关，万夫莫开"的雄关，但是偏安四川的政权灭亡时，这里的天险似乎总是宕机——东汉刘秀灭公孙述、东晋桓温灭成汉、刘宋刘裕灭谯蜀、北宋赵匡胤灭后蜀、明初朱元璋灭大夏，大多是一路平推。

"天下未乱蜀先乱，天下已治蜀未治。"割据蜀地的政权，似乎都摆脱不了内耗的宿命，在外敌的神兵天降前，大多已经亡在了自己人手上。

蜀汉也是如此。丞相病逝后，他花了十二年重建的国家江河日下，只撑了三十年不到，就被历史的洪流送走了。偷渡阴平、二士争功、三英授首……这幕蜀汉历史的最终章，以及史上最传奇的入川之战，站在上帝视角回看，其实在五丈原的秋风中，结局就早已注定。

只不过，这些对于丞相来说，都是不足为道的"后日谈"罢了。

第八天，从太白县出发，我也将驶向属于此行的终点了。

一

来看看"诸曼底"之后，蜀汉发生了哪些事吧。

丞相病逝的同年（公元234年），杨仪和魏延互撕，马岱斩杀魏延；蒋琬继承遗志，任尚书令"总统国事"，迅速安定了国内局势。

两年后（公元236年），蒋琬迁大将军，录尚书令，全面主政蜀汉，开启了"后诸葛亮时代"。

三年后（公元237年），辽东公孙渊反魏，自称燕王，曹叡遣司马懿讨伐。

四年后（公元238年），蜀汉改元"延熙"。以公孙渊反叛为契机，蒋琬效仿丞相，离开成都屯兵汉中并开府，摆出了"汉贼不两立"的进攻架势，但没来得及出兵，司马懿就平定了辽东叛乱。

五年后（公元239年），魏明帝曹叡病逝；蒋琬加为大司马。在汉中，蒋琬提出了一个新的伐魏方略，循着当年刘封、孟达沿着汉水东下的足迹，再次袭取魏国的"东三郡"，但因为众人反对而搁置。

九年后（公元243年），蒋琬从汉中回到涪城（今四川绵阳）驻扎；费祎就任大将军。

十年后（公元244年），魏军在曹爽、夏侯玄的带领下大举进攻汉中，王平、费祎救汉中，魏军退。

十二年后（公元246年），蒋琬病逝，葬于涪城，费祎正式接班。

十四年后（公元248年），费祎再次屯兵汉中；姜维出兵陇西，和郭淮、夏侯霸大战于洮西。

十五年后（公元249年），最具爆炸性的"天下有变"终于出现了——司马懿发动"高平陵事变"，干掉了曹爽，开启了司马氏的篡国之路，夏侯渊之子夏侯霸投降蜀汉，埋下了魏国大规模内乱的种子；姜维相继进攻雍州、西平，均"不克而还"。

十七年后（公元251年），王凌在寿春叛乱，遭泄密而自杀，"淮南一叛"落幕；费祎北屯汉寿（也就是葭萌）并开府。

十九年后（公元253年），费祎被魏国降将郭脩刺杀，葬于汉寿；姜维呼应东吴诸葛恪伐魏，围攻南安，依然"不克而还"。

二十年后（公元254年），司马师废曹芳为齐王，立曹髦为帝；姜维加都中外诸军事，出兵陇西。

二十一年后（公元255年），毌丘俭、文钦在淮南起兵讨伐司马师，"淮南二叛"爆发；姜维、夏侯霸出狄道，大破而还。

二十二年后（公元256年），姜维任大将军，被邓艾大破于段谷，"星散流离，死者甚众"。

二十三年后（公元257年），诸葛诞在淮南讨伐司马昭，"淮南三叛"爆发；姜维最后一次大举北伐，出兵关中，次年退还成都；同时，谯周写下了著名的《仇国论》。

二十四年后（公元258年），蜀汉改元"景耀"。姜维返回成都。

二十六年后（公元260年），又一颗"天下有变"的炸弹被引爆。曹髦被司马昭当街弑杀，天下震动，司马氏在政治上遇到了前所未有的合法性危机，直接促成了司马昭的伐蜀之战。

二十八年后（公元262年），姜维最后一次出征，因为黄皓弄权，失败后避祸沓中，不敢再回成都。

二十九年后（公元263年），魏国开启灭蜀之战，钟会率大军与姜维相持剑阁，邓艾偷渡阴平，诸葛瞻战死绵竹，魏军兵临成都，刘禅出降，蜀汉灭亡。

……

在梳理"后诸葛亮时代"的时间表时，我时常会陷入恍惚：二十九年，对于一个人来说，是那么漫长，久得足以"青丝变白发"；但对于一个政权来说，却是那么短暂，短得还没望见高楼，就"眼见他楼塌了"。

如果要从这些大事件中，筛选出几个最重要的时间点，大概有这么几幕。

第一幕，是蒋琬从汉中还屯涪城，标志着蜀汉完成了由攻转守的国策大调整。

从丞相逝世到蒋琬搬家的这九年里，蜀汉以休养生息为主。虽然蒋琬和丞相一样，在成都待了没两年就北驻汉中，摆出了一副"丞相的遗志由我来继承"的政治姿态，但从公孙渊叛乱到曹叡病逝，蜀汉都没有正式出兵，大家也看出来了，你只是做做样子，懂的都懂。

所以，蒋琬从北伐的"精神象征"汉中回到后方的涪城后，伴随着军政高层的大调整，蜀汉的国策彻底转攻为守，不再大举北伐，而以守好家门为主。每次只让姜维小打小闹，恶心一下魏国，提振一下士气。

从"汉贼不两立，王业不偏安"，到"保国治民，敬守社稷"，蜀汉你变了，终于变成自己讨厌的样子了……吗？

一句话，形势比人强。丞相的连年征战，虽然打出了小国的精气神，但也难免被诟病为"穷兵黩武"，屡战屡败、国力疲敝之下，换思路是必然的。所以作为丞相遗志的继承者，复兴汉室依然是蒋琬、费祎高举的政治大旗，只是在军事上不再搞"六出祁山"式的大动作，改为了"刮彩票"。

所以，虽然精力旺盛、到处蹦跶的热血青年姜维成天嚷嚷要打回去，但蒋琬、费祎就是只给待遇，死不放权，每次只给几千人搞搞"军事演习"，摆明了让你上牌桌，但就不给你梭哈的机会。《汉晋春秋》还记载了费祎阴阳姜维的段子：精神小伙哟，咱们的能力跟丞相没法比，连丞相都不能北定中原，何况我们呢！所以还是少折腾吧。

随着国策的变化，继承者的姿态也发生了变化。蒋琬、费祎两任操盘者，都身体力行践行了丞相的做法，把家安在了外地，虽然没有驻扎在汉中，却也坚决不在成都享清福，以申明"不放弃、不抛弃"的政治立场——不愧是丞相培养的接班人，这个分寸，拿捏得稳稳的。

虽然继承了丞相的精神遗产，也稳住了基本盘，但在蒋琬、费祎主政的近二十年里，整个蜀汉还是不可避免地走了下坡路。最明显的，是压不住愈演愈烈的社会矛盾了，这点在用赦上体现得最为直观——丞相主政期间，只用了一次大赦；但丞相逝世到蜀汉灭亡期间，却大赦了整整十二次，平均两年多就要开门放出一波"妖魔鬼怪"。这是什么概念？整个社会不仅犯罪率在节节攀升，犯罪成本也在不断降低，这背后，是益州土著们的邪魅一笑：我们只服诸葛丞相，你算个球！

没办法，有丞相这个主心骨在，整个蜀汉还能团结一致向前看。这面大旗一倒，蜀汉的残局没人有威望接得住，不仅国家实力在打折扣，那份"士兵突击"的精气神，也随着五丈原的秋风逐渐消散了。

士兵们，还记得当年飘扬在北方的"汉"字大旗吗？

第二幕，是费祎遭遇刺杀，姜维执掌军权，大张旗鼓的北伐又成了蜀汉的"年货"。

费祎作为丞相钦定的"三代目"接班人，不出意外的话，会继续忠实践行丞相嘱托，平稳地接掌政权——结果，就出意外了。

对于这桩凶杀案，《三国志·费祎传》的记载是："十六年岁首大会，魏降人郭循（脩）在坐。祎欢饮沈醉，为循手刃所害，谥曰敬侯。"

根据《魏氏春秋》的记载，这个魏国降将郭脩，是战败被姜维俘虏后投诚并被封为左将军，爬到了蜀汉的军界中高层的。但他居然是诈降，后来预谋刺杀刘禅不成，于是把目标瞄准了"一把手"费祎。

除了这段野史外，关于这个郭脩是什么来头，是怎么在大庭广众之下手刃朝廷大员的，史书中并无痕迹。费祎的遇刺，成为蜀汉历史的一段谜案。但如果真像《魏氏春秋》所说的这样，结合他是被姜维俘虏的这一事实，很难不让人往阴谋论的方向联想。

费祎死后，憋屈了二十年的姜维终于是"打破玉笼飞彩凤，顿开铁锁走蛟龙"——自由了！

姜维这个人，在后世各种创作的加成下，被描绘成了一位真正继承丞相遗志、矢志不渝北伐的理想主义者，在民间一直人气爆表。但是，从他的表现，特别是蜀汉生死存亡时的应对来看，很难说有能力复刻丞相的风采。他是一个非常复杂的人，骨子里对建功立业充满渴望。他在费祎死后受封大将军、都督中外诸军事，成为了军界的"一把手"，得以毫无顾忌地施展自己的抱负。

从公元253年到公元257年，北伐从小打小闹变成了热闹的"年货"。姜维连续五年大举出兵，战绩是两次大胜、一次大败。虽然积极北伐，但国内支持姜维的不多，像廖化、张翼等老将，都旗帜鲜明地表示反对。连年征战，虽然使姜维在军事上有所建树，但在政治上却更加孤立，还被贴上了反面典型的标签，搞的他不得不引咎自贬，以平众怒。

相比于丞相有个稳定的大后方，姜维北伐时的局面就糟心得多了。一方面，姜维的政治手腕差得太多；另一方面，此时的蜀汉，在二十多年的承平后，骨气已经被销蚀殆尽，朝堂上对于姜维的看法代表了蜀汉末期对北伐的普遍态度：可别折腾了，咱们躺平吧。

这时候，就需要文化人来"补刀"了。

第三幕，是谯周发表了著名的《仇国论》，从内部舆论上"阉割"了蜀汉政权的合法性。

所谓"国之将亡，必有妖孽"，其实更多的时候，"妖孽"只是挡口水的替死鬼，一个人心散掉的国家，早就在人们的心中灭亡了。

就在姜维不停地向外开火时，《三国志》作者陈寿的师父谯周代表蜀汉知识界，也向内猛烈开火，写下了大名鼎鼎的《仇国论》一文。

《仇国论》讲了什么呢？文中虚构了"因余"（蜀汉）和"肇建"（魏国）两个国家，借两人之口进行了辩论。力挺因余的人认为，刘邦以弱胜强，在鸿沟议和后穷追猛打才开创两汉大业，现在肇建之国有病，得趁乱灭了它。这代表了支持北伐者的观点。

而肇建的粉丝则反驳道，现在局势不比秦末，肇建根基很深，咱们打不过，不能指望以小博大，穷兵黩武就是自找死路，应该审时度势、养民恤众，什么不用船就想渡河的行为，都是违背常理的。

简而言之，谯周借两人辩论想说的是，蜀汉这个"剩下来的国家"，在魏国这个"新建立的国家"面前不值一提，北伐就是逆天而动，可别折腾了吧。

讲得有道理吗？似乎很符合"天下大势，浩浩荡荡，顺之者昌，逆之者亡"的人类常识，这也代表了当时蜀汉朝堂很多人的观点。

可问题是，你蜀汉是靠"匡扶汉室"的口号融资上市的，北伐就是投资者还买你账的基础。《仇国论》不仅长他人志气，灭自己威风，还抹杀了丞相为北伐构建的理论基础——蜀汉明明手握正统天命，是要理直气壮地替天行道的，现在反而成了名不正言不顺的土匪，还要低声下气地等着"伪军"来"招安"——这相当于在意识形态上挥刀"自宫"，彻底瓦解了蜀汉的政权合法性。

一篇政论文，真的能消灭一个国家吗？当然，不能把亡国的锅甩给个别被猪油蒙了心的知识分子；但就像改革开放后的《实践是检验真理的唯一标准》掀起的大讨论一样，在表面平静、下面涌动的水塘里，只要有人率先投下一颗深水炸弹，说出大家想说但不敢说的话，就能把粼粼微波搅动成滔天巨浪，彻底改变舆论的走向，甚至影响国家的命运。

是啊，都几十年过去了，北伐还有意义吗？丞相都干不成的事轮得着我们吗？我们这个国家还有未来吗？

如果说在丞相的带领下，蜀汉在"汉贼不两立"的意志上众志成城，在蒋琬、费祎的时代，人们逐渐对"人心思汉"产生疑惑的话，那么到了亡国的前夜，在"吾辈何以为战"的问题上，这个国家已经彻底迷失了。

《仇国论》的故事放在今天，也很值得玩味。堡垒往往是从内部瓦解的，武器也往往是在脑子里先卸下的，在一个国家的危急时刻，最容易垮的不是国防，而是人心。

因为精神"带路党"的节奏和黄皓等宦官给刘禅吹的耳边风，姜维家都不敢回，而是带着蜀军主力，远远地在沓中屯田避祸。这样从内到外都是败絮的国家，明显已经没戏了，邓艾、钟会的灭蜀大战，更像是顺手补了个刀，送走蜀汉是那么自然，那么从容。

玩过"真·三国无双"系列的人可能记得，成都之战作为游戏的最终战，被赋予了为天下一统殉葬的悲壮意味，如掀起高潮一般，给蜀国群英们安排了谢幕的光荣舞台。玩的时候，看着熟悉的人物一个个灰飞烟灭，配上荡气回肠的BGM，真叫人泪目。

可实际上，哪有什么悲壮和令人泪目的谢幕演出，只有一地鸡毛。成都城里的人只有一个想法——完蛋就完蛋吧，可算是完蛋了。

这可太讽刺了，当年刘璋败亡的时候，蜀地人民还义愤填膺、同仇敌忾，誓与成都共存亡，要不是马超劝降、刘璋心软，鹿死谁手还不一定呢。结果五十年后，城还是这个城，而人已经开门欢迎敌军入城了。在一片扣头谢恩的气氛中，只有刘禅之子、北地王刘谌留下了"哭祖庙—王死孝"的孤独背影，算是没有辜负"昭烈"之名。

站在后人的视角上，很难说丞相的继任者们做错了什么，反而丞相主政的十二年，像是在逆天改命，强行给历史按下了暂停键。丞相死后，蜀汉停滞了十二年的时间，才开始真正地流逝。

不知当时一百零三岁的皇叔、八十三岁的丞相泉下有知，会作何感想。

二

从太白县出发之前，在走国道还是走高速的问题上，我犹豫了很久。毕竟在昨天见识了G342的路况后，肉体和精神的创伤还没有完全恢复，但是想了想，还是那句"来都来了"，不完整体验一下被曹操吐槽为"天狱"的硬核路线，怪可惜的。

事实证明，风景还是那个怡人的风景，行驶在秦岭的苍翠群山之中，心情好得想高唱《一路向北》。

但是，路况也还是那个让人挠头的路况。还没开出多久，眼前又是熟悉的大卡车和一串串的"贪吃蛇"。还好天够蓝，水够绿，空气够清新，心态上也够稳定。大卡车的司机们，估计早就习惯了这样的日常堵车，纷纷下车抽烟、解手、做广播体操。

也是，毕竟自己选的路，含着泪也要走完……想来，一千八百年前，除了丞相是在这里走着过来、躺着回去的，数以万计的魏军也是行进在这条路上，浩浩荡荡迈向成都。

在捅死曹髦、执掌魏国后，司马昭随即发动了灭蜀之战，为此倾尽了全国之力，组建了三路大军同时进军。其中十二万主力由钟会统率，从关中沿着褒斜道、傥骆道和子午道三管齐下，直取汉中；三万西路军由邓艾统率，从狄道（今甘肃临洮）南下，主要任务是牵制姜维在沓中的蜀军；三万中路军在诸葛绪的带领下，从革命老景点祁山出发，南下占住武都、阴平，掩护钟会主力进军，并辅助邓艾阻击姜维。

在司马昭的作战计划中，邓艾和诸葛绪打助攻，主要任务是堵住姜维，钟会用大体量压死汉中，三路人马各干各的，最后在剑阁汇合，共同剑指成都。

蜀汉已经内耗成这样，这仗其实没有太大悬念，本来背靠剑阁这个天险，多少还能挣扎一下，结果作为偏师的邓艾想截胡争头功，玩了出大的，走近乎"死地"的阴平小道绕过了剑阁。六十好几的老头了，还带头裹着毛毯滚下山坡，三万人死伤大半，最终只剩一万多"叫花子"一头扎进了成都平原，出其不意地抵达江油城下。守将马邈投降，蜀中门户洞开……

不是,就邓艾这群"丐帮弟子",跟讨饭的没两样,又没带攻城器械,只能徒手拆城墙,你咋一枪不放就投降了呢?

还是那句话,堡垒往往是从内部被人攻破的,缴械往往是在脑子里先完成的。在《仇国论》实现精神上的"阉割"后,这种末世时刻,家里满地都是"二五仔",看见人家神兵天降,就赶紧"箪食壶浆以迎王师"了。

蜀汉的最后时刻,丞相之子诸葛瞻带着全村最后的希望,在绵竹迎来和邓艾的终局之战。诸葛瞻光荣战死,蜀军防线全线崩溃。随后,邓艾一路势如破竹,刘禅在蜀中半仙谯周的劝说下投降,成都"和平解放"。

估计谁都知道蜀国这回要凉凉,但没想到凉得这么快。对于邓艾这种门阀时代前夕最后的寒门子弟,搏一搏,单车也是能变摩托的,只是这凭空起的高楼的保质期,竟然比他亲手葬送的蜀汉还要短命。

在接连被"褒斜邓艾"截胡后,我终于还是忍无可忍了,被迫妥协,开上了高速。临近中午,我终于到了今天的第一个目的地,也是此行最后一个县城——留坝县。

作为匆匆过客,留坝县城里没有太多吸引我的去处。一条标配的老街,两边都是一些寻常的店铺。临近中午,气温不比昨夜的太白凉爽,老街显得萎靡不振。

不过,留坝倒是有个不小的IP。传说"汉初三杰"之一的张良在功成身退后,晚年随赤松子云游四海,曾在附近的紫柏山辟谷修仙，当地因此有留侯祠，也叫张良庙。留坝的"留"也是因此而来。

一路逛了这么多武侯祠，突然来个留侯祠，不禁让我虎躯一震。张良修仙这件事，《史记》是有明确记载的。不过修仙只是这位"谋圣"功成身退，晚年远离朝堂的借口，至于有没有修、在哪修，司马迁没写，所以自然成为民间脑补的重要题材。济南、张家界等地方都流传着张良修仙的传说并设有景点。留坝县的这处张良庙，除了蹭了张良的流量外，还和三国有很大的关系。

张良因为这段官方记载的修仙经历，常常被后世道教信众奉为祖师爷之一。东汉时入蜀传教的张道陵，就自称张良的八世孙，在汲取巴蜀巫术的基础上，结合道家的《太平经》，创立了"鬼道"，在巴蜀地区有很深的群众基础。他的孙子就是张鲁，是三国时期的本地"教主"，因为给百姓治病时收五斗米的医疗费，所以他所主持的教派被称为"五斗米道"。

张鲁割据汉中期间，施行过政教合一的奇葩统治，底下不设置官吏，而是以教中的祭酒管理各地，手下都是"鬼卒、鬼兵、鬼吏"，颇有中世纪欧洲宗教组织的样子。而这处张良庙，大概率是张鲁修建的天师堂，是为了传教搞的祭坛。张良有深厚的群众基础，张鲁很自然地就蹭了他的流量，后来，这里慢慢成为了道教全真派的圣地。

既是修仙鼻祖，又是自家祖宗，还在汉中这个大汉的龙兴之地，张鲁修个张良庙，就显得十分合理。至于张良有没有在这儿辟谷过，那就是民间传说的领域了。不过，带着好奇，我还是前往这个传说中的张良庙探了探究竟。

来到庙前，还没进山门，首先看到的，是一座看着有些年岁的牌楼，上书"汉张留侯祠"，落款是1834年。左边有一块"紫柏山汉张留侯辟谷处"石碑；左右是一副楹联——"博浪一声震天地，圯桥三进升云霞"，分别对应博浪沙刺杀秦始皇和圯桥求教黄石公的故事。

这两个段子，是张良遇到刘邦前的主要剧情。特别是黄石公传授《太公兵法》的故事，虽然玄乎得离谱，但我小时候读到时，深信不疑——这大概就是《史记》的魅力吧。

而且，司马迁在《史记·留侯世家》的结尾，又把镜头拉回张良最初得到福报的这件事上：在遇到黄石公十三年后，有一次张良陪刘邦回到济北，果然在古城山下看到了那块黄石，于是带了回来供奉起来，等到张良死后，这块黄石也陪着一起下葬，之后也同享人们的祭祀。

最后，太史公留下了一段有趣的评论："学者多言无鬼神，然言有物。至如留侯所见老父予书，亦可怪矣。高祖离困者数矣，而留侯常有功力焉，岂可谓非天乎？"

虽然我是不相信鬼神的，但张良和黄石公的故事，简直跟真的一样。刘邦能数次脱困，张良有很大的功劳，让人不禁相信

"天意"这种事，这似乎不是人的智慧和努力所能解释的。

不得不说，司马迁真是所有段子手的祖宗，这样余韵悠长的结尾，让人忍不住拍案叫绝，对故事的真假性反而不在意了。

比起张良波澜壮阔的人生，张良庙可看的就不多了。整座庙都是新修的明清建筑风格，和张良有关的内容主要是些"英雄神仙""名高青简""功成身退""机乎其神"之类的牌匾。此外，有一个传说中张良修仙的"洞天"，以及一个介绍生平事迹的展厅。整座庙规模不小，但可看的不多，基本就是个大型道观。

不过，张良虽然有"谋圣"的江湖一哥地位，但大概是生平比较玄乎的缘故，相比于萧何和韩信，留存下来的遗迹少之又少。现在，连张良的故里在哪儿都没法确定，各地的墓地都是连衣冠冢都算不上的假墓地；像样的祠庙也很少，跟武侯祠的数量没法比。所以这儿的张良庙，虽然跟张良八竿子才能打得着，好歹也算是从矮个子里拔出的高个儿了。

逛了个把小时后，方才下午三点。再往前开就是汉中，可现在回去的话时间太早，旅程结束得也未免有些草率。就在我纠结之际，脑海中灵光一闪，想到再往前，还有一个去处。

一个更加司马迁式的，"玄幻"却又更令人回味无穷的地方。

三

沿着国道，再向南开了个把小时，我在一条岔路旁停下了车。这里是留坝县下面的马道镇，离汉中只有不到五十公里的路程，古时设有马道驿，是褒斜道上的交通要道和商旅来往之地。

乍一看，这是一处再寻常不过的村庄。左手边是一条小溪，溪水浅浅流淌，溪边石块密布，溪上还有一条铁索桥；右手边则是一座普通的木质八角亭，从磨损程度来看，有些岁月了。亭子下面，从左到右，立着三块大小不一、十分斑驳的石碑。

走近一看，碑都是古碑。右边这块是1743年褒城县知县万世漠初立，1855年当地士人重立的；中间的则是1805年马道驿丞黄绶所立；左边这块最大，但都是密密麻麻的蝇头小楷，内容难以辨认……。

中间的碑最小，只有"寒溪夜涨"四个字，有些没头没脑：寒溪是什么溪？夜里又涨出了啥名堂？

再看右边这块，个头介于两者之间，看到这里，我才恍然大悟："汉相国萧何追韩信至此"。

　　楚汉争霸的前夕，韩信随刘邦来到汉中后，得到了萧何的赏识，被屡次推荐给刘邦，但刘邦没把这钻裤裆的猛男当回事，加上自己心情不好，一直没有重用他。郁郁不得志之下，韩信就和其他将领一起跑路了。萧何听说之后，二话没说，没来得及跟领导汇报抬腿就追。

　　下面的人赶紧跟刘邦打小报告，说萧何也跑路了。刘邦那个气啊，别人也就算了，你这浓眉大眼的沛县老兄弟怎么也叛变革命了？没过多久，听说萧何又回来了，刘邦跟独守空闺的小媳妇似的，又开心又生气，张嘴就骂：

　　"你这厮，跑什么？"

　　"我没跑路啊，我是追跑路的去了。"

　　"追谁去了？"

"韩信。"

刚刚平复心情的刘邦差点又一口老血喷出来,梅开二度张嘴"复骂":

"他娘的,之前高级将领跑了一箩筐,你一个都不追,一个小小的韩信,你追个啥?"

萧何收敛表情,一字一句说道:"那些烂大街的R卡,池子里一抽一大把,但韩信这种绝版SSR,是国士无双。您老要是想在汉中养老,那韩信跑了也就跑了;如果想去争天下,那除了韩信没人能干得了。怎么对待韩信,完全取决于您的志向。"

之后的故事,在汉中篇也说过了,刘邦直接把韩信从仓库管理员提拔成了三军总司令。这位"无双国士"为刘邦献上了著名的"汉中对",并操盘了"明修栈道,暗度陈仓",从此掀起了楚汉争霸的激荡风云。

"萧何月下追韩信",这个反复出现在后世戏曲和课本上的故事,因为极大的转折性、极强的画面感,成为楚汉争霸最脍炙人口的故事之一。不过,萧何在哪里追到的韩信,史书没有记载,所以汉中附近就有了一些传说和遗迹。

留坝县此处,就是其中之一。石碑对面的这条小溪名叫马道河,是褒水的支流,古名寒溪,清朝嘉庆年间的《汉中府志》记载:"昔韩信亡汉至此,水涨不能渡,萧何故追及之。"

想到萧何、张良、韩信,这组史上最强的创业"黄金搭档",我一下午都拜谒了,实在激动。

不过，据当地学者考据，这处追及地可信度并不高，因为韩信是江苏淮阴人，他要跑回故乡，按照正常的打开方式，应当往西南穿越大巴山，进入四川后沿着长江顺流而下，经过荆楚地区回到江东。这是最省时省力也最安全的办法。如果经过留坝往北跑，就得走褒斜道进入关中，再往东横穿中原腹地，不仅要绕远路，还要玩一出楚汉版的《潜龙谍影》，穿越大片危险系数极高的敌占区，实在不符合常理。

根据宋代地理书《舆地纪胜》记载，萧何追韩信之处，是在汉中南边的米仓山，一处后世称作截贤岭的地方。当地还有淮阴公庙，有石刻云"汉相国萧何邀淮阴公韩信至此山"。

不过，也不排除韩信是想傲娇一下，摆个欲拒还迎的姿态，边走边回头。

总之，留坝这地方的遗址，蹭流量的成分比较大，不过这并不妨碍后人的想象。萧何月下追韩信这事儿，《史记》只有"何闻信亡，不及以闻，自追之"这短短的十一个字。我们现在看到故事，更是后人用戏曲、杂剧等艺术加工后，二次生产出来的"同人文"。

所以，与其考据遗址的真假，还不如想象这样的场景：

夜幕下，一轮孤月挂在皎皎的天空，在郊外旷野，独自牵着马儿的韩信，望着眼前暴涨的溪水，疲惫地在溪边坐下，深深地长叹了一口气："我韩信空负经纬之才，却落得个天下之大却无处安身的境地，如今项王不容我，汉王又不用我，今后到底该何去何从？"

此时，一阵清脆的马蹄声自远处而来，韩信警觉地站了起来，看清来人后，心里咯噔了一下："这不是萧丞相吗？他怎么独自一人来了？"

气喘吁吁的萧何看到韩信，同样疲惫的脸上，掩盖不住的是眉梢间的喜色。他翻身下马，急忙上前紧紧握住韩信的手，平复完了激动的情绪后，终于挤出一句："可算是追上你了……"

萧何用什么挽留住了韩信，我们不得而知。可以肯定的是，长谈之后，在月光下的寒溪，两双手紧紧相握，为两汉四百年的时光，定格下最温柔的序章。

古人不见今时月，今月曾经照古人。四百年后，那束穿越寒溪山涧，照向成都平原的月光，还能如是夜这般温柔吗？

大汉的第一位丞相和最后一位丞相，跨越四百年的时光，在一条不知名的小溪边，在我心中缓缓重叠了。

丞相啊丞相，是时候说再见了。

四

旅程临近尾声，来好好说说我心目中的丞相吧。

这本游记的书名，叫作《寻找北伐路上的诸葛亮》，从汉中、勉县、祁山、天水一路到街亭、秦岭、五丈原、寒溪，我沿着"六出祁山"的足迹，基本走遍了丞相北伐留给后世的大小景点。既然叫"寻找"，那么走完北伐之旅后，我"找"到丞相了吗？

首先，无论找与不找，他就在那里。一千八百年来，作为统治者眼中"忠武"的人臣极致，作为儒家知识分子完美的人格模板，作为老百姓眼中"智慧"的化身，诸葛亮得到了太多应得的赞誉，甚至过度的神化，让"诸葛亮"远远超越了肉身凡胎，升华为一种代表集体意志的文化符号。

而我想找的，并不是活在文化记忆里的诸葛亮。相比于作为"神"的诸葛孔明，我想在旅途中寻找的，是一个作为"人"的诸葛丞相。

那么，丞相是怎样的一个人呢？

我认为，评价一个历史人物，不能脱离他所处的时代语境，拿"关公战秦琼"；或者站在今人的视角，用现代人的观念去苛责古人的行事，这样就很容易得出荒谬的结论。一个好办法，是拿和他同时代的人物作参照，在同样的处境、同样的矛盾、同样的选择中，来观察一个人的底色。

恰好，三国最不缺的，就是各色鲜活的人物。所以，我想请出那些和丞相同时代的主公、朋友、对手们，试着说说"我"心中的诸葛亮，是一个怎样的人。

首先要请出的，是和丞相同为大汉丞相的死对头……曹丞相。来看看同样作为政治家，他们面对"天命"的不同抉择。

诸葛丞相和曹丞相，都是政权的核心发动机，但相比于丞相这个职务，政治家才是他们真正的身份。而要谈这两位三国时代最顶尖的政治家，首先就要问，什么是政治家？

德国思想家马克斯·韦伯在《政治作为一种志业》的演讲中，界定了政治家最重要的三个素质，分别是判断力、责任感和热情。判断力，就是要能区分敌人和自己人，团结一切可以团结的力量去打击对手，"把自己的人搞得多多的，把敌人搞得少少的"；责任感，就是要有能给小弟兜底的大哥范儿，能制定清晰的政治目标，为集体发展谋求最优解；热情，就是要有坚定的价值追求，面对任何困难，都有"虽千万人吾往矣"的意志力。当然，还得有副好身体。

我的理解是，能笼住各色人等的人心共同完成一个目标，就是出色的政治素质的体现。

诸葛亮和曹操，作为同时代的政治双子星，在判断力、责任感和热情上都是杠杠的，技能点的差别不大。他们最大的不同，在于时代赋予的政治课题上——如何对待汉室的天命。两种政治立场，决定了两种人生轨迹。

曹丞相，在这件事上比较明确，经历了从匡扶汉室，到掌控汉室的过程。甭管当年的热血青年曹操后来如何丢掉初心、忘记使命，干了多少欺负孤儿寡母的流氓缺德事，没篡汉还被人骂了一千多年，站在上帝视角来看，曹操的历史使命，就是把残破的汉室，过户到曹家房本上。

因为天下是曹家打下来的，打江山的过程本质上就是重新"分蛋糕"的过程。旧的利益集团是接不住新的盘口的，禅让是旧王朝向新势力平稳过渡天命最和平的解决办法，不出意外的话，中国历史将由曹家开启新篇章。只不过，曹氏王朝被司马家族粗暴地打断了。

而诸葛丞相所面对的，我们在前面也说过多次了。蜀汉的定位是"刘秀"式的汉室继任者，虽然丞相这辈子和曹操素未谋面，但他一生都扛着"匡扶汉室"的反曹大旗，因为他接过的是"危急存亡之秋"的盘子，自带着绝对的政治正确，无论他的内心对汉室有多少认同度，都没得选。

这杆大旗给刘备续了命，也是丞相这辈子最沉重的砝码。丞相本质上是个接盘者，手上可支配的政治筹码并不多，不像曹操那样的操盘者，天下是自个儿真刀真枪打来下的，两者面对的是完全不同的开局难度。而且，在董卓一脚踢翻大汉摇摇欲坠的招牌后，汉室本质上已经是个空壳公司；在曹丕借壳上市之后，大汉这张丞相的底牌也濒临退市。市场终究会用脚投票的，毕竟小孩子才讲对错，成年人只看利弊。

大文豪苏轼写过一篇《诸葛亮论》，他认为刘备与曹操相比，兵不多，地不广，战不能，唯一的优势就在于忠信，而诸葛亮协助刘备赶走刘璋拿下益州，已经透支了政治信用，之后东征伐吴，失败也在情理之中。苏轼还写道，诸葛亮在信义丧失的情况下，又不能抓住机会离间曹丕、曹植兄弟以除掉二人，所以蜀汉内外交困、屡战屡败就成了理所当然之事。

概而言之，同样作为政治家，曹丞相是可以制定规则的人，而诸葛丞相却是只能遵守规则的人。

再来看田余庆先生对丞相的评价，"历史只给了诸葛亮一个小国寡民的舞台"，似乎能品出不同的味道。这个舞台，不仅小在"小国寡民"的体量，更小在"意识形态"的局限。以丞相的大才，在刘邦时代当个萧何绰绰有余，但憋着大汉最后的一口气，在既定的游戏规则里，处处都是摸得到的天花板。

当然，我们完全可以认为，兴复汉室就是丞相最初的梦想。但不知道他在精疲力竭的时候，会不会有冒出这种想法——"什么狗屁汉室，都滚一边去吧。"毕竟，在《三国志曹操传》这款游戏中，光荣株式会社就曾虚构过黑化的丞相。但是，老天爷给你压上了最沉重的砝码，自然能检验得出你的成色。在这种高难度的开局下，丞相展现出了顶尖政治家的卓越品质，十二年里高举旗帜不动摇，团结人心干大事，带着镣铐跳出了冠绝古今的一舞。

古往今来很多人赞美诸葛亮，都看重一个"忠"字，但他的"忠"不是狭隘的。因为诸葛亮不仅忠于刘备，忠于蜀汉，他更忠于自己，忠于事业，忠于理想——兴复汉室的理想驱动着他一次又一次与命运抗争。也正是在这样一位纯粹的理想主义者身上，那种西西弗斯般悲壮的宿命感，才能够穿透时空，至今让我们与之深深共情。

在金庸的《神雕侠侣》中，杨过在襄阳寓居时，看到郭靖与黄蓉镇守襄阳十余年，心中有疑惑，与郭靖发生了这么一段对话：

> 杨过问道："郭伯伯，你说襄阳守得住吗？"郭靖沉吟良久，手指西方郁郁苍苍的丘陵树木，说道："襄阳古往今来最了不起的人物，自然是诸葛亮。此去以西二十里的隆中，便是他当年耕田隐居的地方。诸葛亮治国安民的才略，我们粗人也懂不了。他曾说只知道'鞠躬尽瘁，死而后已'，至于最后成功失败，他也看不透了。我与你郭伯母谈论襄阳守得住、守不住，谈到后来，也总只是'鞠躬尽瘁，死而后已'这八个字。"

与罗贯中笔下"失败的英雄"们一样，郭靖、萧峰、陈近南等金庸笔下的"侠"，同样充满着古典主义、理想主义、浪漫主义的美感。他们对于一件事能不能做成，心里并没有把握，但无论如何，总是将性命置之度外，为了心中的"正道"燃烧自己，以"侠之大者，为国为民"的情怀照亮前路。

马克斯·韦伯在《政治作为一种志业》的结尾写道，"一个人得确信，即使这个世界在他看来愚钝不堪，根本不值得他为之献身，他仍能无怨无悔；尽管面对这样的局面，他仍能够说：

'等着瞧吧！' 只有做到了这一步，才能说他听到了政治的'召唤'"。这就是政治家。没有命运的垂青，没有主角光环的加成，依然燃尽自己的生命之光，来回应政治的"召唤"，这用来形容丞相，再合适不过。

从古至今，世界上有很多官僚，很多政客，但只有极少数的政治家。我眼中的丞相，首先是一位忠于信念的人。

接着要请出的，是共同留下"君臣鱼水情"的CP佳话，与丞相共事十六年的主公兼长辈——刘备刘皇叔。他俩的共同点，是他们都出自汉末的寒门阶层。

如果翻开这对君臣早年间的履历，我们会发现不少共同点：两人都是家道中落的"官二代"，都早早没了父亲，在年轻的时候就经历了社会的大动乱，漂泊四方，体会了巨大的生存压力，目睹和亲历社会底层的苦难，并立下了远大的志向……

刘备虽然被《三国演义》塑造成了"汉左将军宜城亭侯领豫州牧皇叔"这种报个名字就能把人吓个半死的顶级流量大V，但无论从富还是贵的角度来看，刘备在汉末的一票子创业者里，起点都是最低的。家族本就是凉了几百年的没落贵族，自家在宗族里又是父亲早亡、不受待见的孤儿寡母，自己又沦为靠织席贩履讨生活的个体工商户，若不是赶上了黄巾之乱这趟创业的末班车，这辈子哪哪都跟出人头地没啥关系。

诸葛亮其实也差不了多少。对于诸葛亮的家世，《三国志》

记载了三点：第一，他是山东琅琊人，汉司隶校尉诸葛丰的后代；第二，父亲诸葛珪在汉末任太山郡丞，是个年薪只有六百石的小官；第三，父亲早亡后，他跟着从父诸葛玄先投奔袁术，后到荆州刘表治下生活。

根据方诗铭先生的研究，从西汉的诸葛丰到东汉末年的诸葛亮、诸葛瑾、诸葛诞三兄弟，琅琊诸葛氏两百年间没有出过啥有头有脸的人物，只是个名不见经传的"单家"。三兄弟之所以从老家山东跑出来，大概率是因为大孝子曹操在徐州搞报复性屠城。此时，"琅琊诸葛"跟豪门还不沾边，得要等到东晋之后才会成为一个显赫宗族。

东汉末年门第间的阶层固化，虽然还没有到东晋那种令人绝望的"门阀"阶段，但是对于"我爸不是李刚"的普通人来说，出人头地的机会即便不是完全没有，也是十分渺茫。

因此，就像大量贵族在秦末被消灭一样，天下大乱，群雄割据，动摇了士族社会的游戏规则，也给了刘备和诸葛亮这样的寒门子弟依靠双手去改变命运、跨越阶层的机会。

北方难民诸葛亮逃难到荆州"躬耕于南阳"后，开始"苟全性命于乱世，不求闻达于诸侯"。而在全国各地"流窜作案"多年，被曹操撵着跑到荆州的刘备，此时最大的苦恼是没有运筹帷幄的谋士。为啥这么久都没个智力上80的文官呢？因为他们抱团跟大老板合伙去了。

在三国时代的士族社会中，主公与臣子往往是双向奔赴，不仅是老板在选员工，员工也在选老板。比如曹操手下文官的主体，是荀彧为首的颍川士族集团；孙权那边，则是张昭、周瑜代言的江东大族。他们不像打工的员工，更像入股的合伙人，他们的背后，是士族集团庞大的阶级认同与入股加成。

所以，像荀彧这些顶级士族，以及他们代表的阶级票仓，是不可能投给刘备这样的"泥腿子"的。刘备一路上招募文官谋士，大多是捡捡士族的边角料，人才质量堪忧也就可想而知了。被刘备当作宝的徐庶，同样来自没名没姓的寒门。要找个不仅运筹帷幄，还出身士家的经纬之才，难度可想而知。

毛汉光先生在《中国中古社会史论》中，对蜀汉统治阶层的社会成分做过统计，结果显示从刘备称帝到黄皓当权的这段时间（公元220年—245年），《三国志》里蜀汉有名有姓的人里，出身下层的"寒素"官吏占到了2/3。他们大多都是刘备在荆州混的时候带进四川的，基本没啥高门大姓、地方豪族的成分。

因此，刘备与诸葛亮的相遇，与其说是命运垂青的一见钟情，不如说是时代指引的必然结合。一个是出身低微的"卖履舍儿"，一个是"躬耕南阳"的落魄书生，在世家大族主导的政治环境中，两人都是被隔绝在上层社会之外，不为主流话语重视的边缘人。冥冥之中，这对君臣的因缘际会，既是如鱼得水，也是在抱团取暖，两人都给了对方一个彼此认同、彼此成就的舞台。

作为门阀时代前夜的寒门子弟，这对君臣在创业之路上的种种做法，也多少透露出贫困户的无奈。

入主益州之后，刘备对待益州的土著，总体上是比较心狠手辣的。刚进成都后，部队就开始了第一轮的劫掠和封赏，直到刘备去世，益州人一直处在压制和盘剥之下，本土豪族不仅在官场里靠边站，在经济上也被严苛管制。比如发行大面额的"虚拟货币"直百五铢，重建盐铁专卖制度，汲取了大量民间财富给国家输血打仗，严重破坏了原本富甲天下的巴蜀经济。

虽然刘备在汉末军阀里，已经最像个人了，但其在益州的所作所为，也实在跟仁义不搭边，这是军人集团的性质使然，也是暴发户心态所致。刘备死前曾对刘禅叹息道："汝父德薄，勿效之。"他可能真的觉得对不起很多人，临死前能掏心窝子说出这样的话，终归还是一个宽厚的人。这份乱世中少有的"人味儿"，也传承到了他的接班人身上。

到了丞相主政的时代，启用了大量益州人士，调和新旧关系，比如各郡太守有四分之三都是益州土著，成都所在的蜀郡，连着三任太守都是丞相举荐的本地人；在经济政策上，则采取"息民"政策，在集权的前提下大大复苏了巴蜀的经济。

田余庆先生认为，孙吴政权存在一个"江东化"的过程。依我所见，蜀汉也有一个"益州化"的过程。在丞相执政期间，"蜀人治蜀"的趋势越来越明显，在把投票权还给益州士族的过程中，丞相展现出了那个时代少有的宽容和大度。最明显的是，无论朋友、下属、政敌，还是对手，都念丞相的好。

被定性为"乱群"的廖立，在丞相过世后哭着说这辈子没希望了；被丞相流放的李严听到丞相去世的消息后激愤而亡，因为没了丞相，自己便复出无望了；蜀国臣僚杨戏，在丞相去世后就写了篇《赞诸葛丞相》，无比怀念这位已故的老领导；"卖国贼"谯周早年在丞相手下极其安分，丞相死后立马跑到汉中吊丧……

还有一个人，曾被丞相"毒打"过，却毫不妨碍他变成丞相的"自来水"，他就是《三国志》的作者陈寿。首次北伐时，陈寿的父亲在马谡手下当参谋。北伐失败后，他被处以髡刑，也就是剃光头发，脖子上戴着铁枷锁干五年的苦力。按理来说，陈寿一家是直接的"受害者"，但陈寿却抛开私人恩怨，在《三国志·诸葛亮传》的最后，即便说"臣寿诚惶诚恐，顿首顿首，死罪死罪"，也要塞一大段赞许丞相的"私货"。

对外如此，对内就更不用说了。《诫子书》的"非淡泊无以明志，非宁静无以致远"，几千年来都是家教的金句。丞相嗣子诸葛乔和士兵一起劳作后染病而死，儿子诸葛瞻和孙子诸葛尚战死在绵竹，人格魅力带来的好家风，在子孙后代身上传承着。

无法想象，如果没有蜀汉的这群"泥腿子"们，三国的故事会变得多么平庸乏味。而他们的故事之所以让人感触良多，不是因为一位英雄的力挽狂澜，而是一种"企业文化"的精神传承。

无论对待人还是事，丞相都是一个有温度的人。

下一位，是丞相的同事，威震华夏的关羽，两人不仅生前同朝为官，生后也同样位列"封神榜"，作为"神仙同事"继续为中华文明发光发热。

如果要评选一个后世深入人心的三国人物TOP3榜单，那么入选的大概率是曹操、诸葛亮、关羽。这三个人既是君、文、武的代表，也是三国前、中、后期的扛把子，不过他们虽然都是三国文化的顶流，后世待遇却大不相同。曹操唱着白脸拉仇恨，诸葛亮和关羽则被奉为神祇，分别成为"智"的化身与"武"的极致代表，在庙堂和民间拥有无数拥趸，最终成为华人信仰的一部分。

关二爷就不用说了，有华人的地方，就有二爷的身影，除了全球化服务之外，二爷的业务范围也十分广泛，从掌管抗倭护国的战神本行，到负责治水降雨的水神工作、负责招财进宝的财神事务，再到驱邪治病、庇佑考试科举、承担佛教护法、维护司法、协助夫妻求子……二爷在民俗文化中无处不在，一定程度上成为民间信仰，在中国人的精神文化版图中牢牢占据着C位。

与之相比，丞相虽然在民间一直被奉为智慧的化身，但业务量跟二爷不是一个数量级的，这直观地体现在武侯祠和关帝庙的数量对比上。根据网上不太靠谱的数据，现在全国约有三十万座关帝庙，1600座孔庙，那么武侯祠呢？只有二十多座。没办法，二爷实在太能打了。

这里还有个有趣的统计，明清时期，有二十二个行业把二爷当祖师爷，但是供奉丞相的只有茶业、糕点业、烟业和厨师少数几个行业——咱也不知道厨子为什么要拜丞相，不过拜唐国强老师所赐，技工行业现在倒是可以考虑一下。

虽然后世时流量降维了，但在当时，丞相的咖位明显是更高的。二爷败走麦城之后，蜀汉只加谥了"壮缪"，官方没有立祠，毕竟丢失国土是重罪，在原则问题上不能含糊。但丞相死后，刘禅第一时间就给了"忠武"的谥号，在大家的一致强烈要求下，还下诏修建了官方的祠堂，也就是武侯祠。

一般来说，功臣去世后的顶配待遇，就是"配享太庙"，国家单独给臣子立祠祭祀，在整个中国古代也是凤毛麟角。而在官方给待遇的同时，在巴蜀和荆楚的民间，对丞相和二爷的祭祀已经开始了。

前面说过，在丞相和二爷的封神之路上，唐玄宗时设立的"武庙"是关键。武庙与祭祀文宣王孔子的文庙对应，形成了中国古代"文"和"武"两个系统的礼仪祭祀体系。关羽也是在这时候有了正式编制。

武庙体系随后延续了六百余年，直到被朱元璋废止。有人被踢，有人上岸，但二爷始终是热门股，而且因为出色的业务能力，很快就脱颖而出，历代获封号，抬头越来越长。到了清朝，关羽的位阶从"王"升为"帝君""大帝"，武庙甚至过户了，房本从姜子牙到了二爷手上。从此，二爷独占了中华民族的"武"魂，武成王庙也被关帝庙取代，在全国遍地开花。

对于清朝时二爷的恐怖流量，赵翼是这么形容的："今且南极岭表，北极塞垣，凡妇女儿童，无有不震其威灵者，香火之盛，将与天地同不朽。"

相比之下，丞相的官方神仙编制就逊色多了。到了明清时期，"武无第二"，无人打得过二爷；"文无第一"，汉朝之后的文庙已经被孔老夫子垄断了——要和圣人竞争上岗，难度也比较大。所以在祭祀体系里，丞相这个亦文亦武、不文不武的处境，确实比较尴尬，智慧的化身名垂宇宙，但武侯祠数量却屈指可数，也在情理之中了。

在民间有"正式编制"的神祇，肯定都契合了老百姓的一些需求。老百姓为啥要拜你呢？无非是你道德水准高，办事能力强。丞相和二爷能够登上神坛，归根结底，是因为在"办实事"上有硬实力背书。

说白了，中国古代最不缺的就是忠臣孝子，老百姓心里跟明镜似的，无论你官老爷说得多么牛，就算道德水准再高，没有过硬的业务能力，干不出点有名堂的事业，老百姓是不会认账的，更不可能把你当神仙供着。

二爷的"武圣"名号背后，是"威震华夏"的战绩；丞相在中国老百姓心中的地位，也是一点一滴积累的。丞相在世的时候，到处兴建基础设施，发展民生项目，老百姓吃得上饭，生活有保障。丞相死后，各地就自发请求立庙祭祀，百姓逢年过节就会在路边祭祀丞相。八十多年后，跟随桓温入蜀的孙盛，依然能从蜀中长老听到诸如"葛相在时，亦不觉异；自葛相殂后，不见其比"的评价。直到蜀亡后的一个半世纪，东晋的毛修之仍在念叨"昔在蜀中，闻长老言"……

历史不仅是写在书上的，也是活在老百姓心中的。无论放在哪个时代，当我们读到这些故事的时候，依然会为他们欣喜，替他们伤心，拿他们当榜样，为他们传威名。现在香火鼎盛的武侯祠和关帝庙，依旧是兢兢业业办实事的典范留下的历史痕迹。

因此，作为"二流神仙"的丞相，在我眼中还是一个干实事的人。

五

长大后，当我完成了脑海中的"去演义化"，再来看三国的那些人和事，发现他们更好懂了，也更难懂了。好懂的是，这个世界没那么简单，不存在三个锦囊妙计的神仙操作，所以要去除笼罩在丞相身上的神话色彩，并不是什么难事；但难的是，这个世界的复杂程度也呈几何倍数地增加了，要理解形形色色的人组成的时代，以及他们面对信息的排列组合时，所作出的不同人生算法，要比读有形之书困难得多。

也许，在这趟北伐之旅中，我所追寻的，并不在于"真实"的诸葛亮是什么样子的，而是不同的时代，需要的其实是不同的"诸葛亮"。

魏晋南北朝时期，在陈寿《三国志》的基础上，随着裴松之、习凿齿、孙盛等史学家的丰富完善，诸葛亮的形象从尊魏的政治正确中剥离出来，开始作为正统逐渐"转正"，并焕发着那个时代的名士风度。

唐宋时期，随着民族危机的加深，在"乱世思诸葛"的社会思潮与杜甫、陆游等一大批文人的歌颂推崇下，诸葛亮变成了维护华夏正统、国家统一的代言人，以及带有浓厚爱国色彩的儒家圣贤与仁人志士，并逐渐被神化为呼风唤雨、用兵如神的"半仙"。

到了明清时期，随着社会风向的变化和小说艺术的成熟，在《三国志平话》《三国演义》等话本、小说的盛行下，以及毛纶、毛宗冈父子的"魔改"中，诸葛亮的历史色彩越来越淡，取而代之的是那个堪称"六边形战士"的文学形象。

到了民国和新中国，诸葛亮的形象在民间依旧保持着强大的生命力。而在改革开放之后，在《三国演义》电视剧和各种游戏、动漫、网络文化的加持下，80、90、00后眼中的诸葛亮，也与那个"羽扇纶巾"的传统形象有了很大的不同。

我是典型的被三国题材游戏启蒙的"网瘾少年"，小时候但凡沾点"三国"的游戏，都逃不过我的把玩。在这些游戏里，诸葛亮除了是《三国志》《三国群英传》里的智力担当，就是《真·三国无双》里拿羽扇"割草"的大魔法师，要么就是《卧龙与凤雏》和《反三国志》里的大男主，以及《三国志曹操传》里给人整出阴影的黑化孔明……它们塑造了我在《三国演义》基础上对诸葛亮的二次认识。

不过，随着互联网文化的兴起和"娱乐至死"的大行其道，现在的年轻人更熟悉的是《三国杀》和《王者荣耀》里的诸葛亮，以及B站上"我从未见过如此厚颜无耻之人"和"敌羞吾去脱他衣"之类被玩坏了的鬼畜诸葛亮。在这些娱乐工业魔改出的二次元脸谱上，已经鲜有古典主义的神彩。

一千八百年来，之所以有那么多版本的"诸葛亮"，是因为一代人都有一代人的"哈姆雷特"。那么现在的我们，又需要怎样的诸葛亮呢？

说起来，北伐这一路上，我印象最深的，不是武侯祠里万人敬仰的塑像，也不是帝王将相留下的诗词楹联，更不是景区里穿凿附会的景观，而是在勉县的武侯墓前，摆在丞相墓前的几束花，以及写满祝福的那几张小卡片。

导游小姐姐跟我说，虽然武侯墓规模不大，但无论寒来暑往，总有人千里迢迢来到这里，在墓前恭恭敬敬地献上一束花。每逢清明时节，"葛粉"们献的花都能塞满整个坟亭，当地甚至还有花店开辟了远程买花、写贺卡、送花的一条龙服务。久而久之，墓前的花束就成了武侯墓的另一道景观，春去秋来，从未间断。

在武侯墓的那个清晨，是我离丞相最近的一次。因为在这一刻，曾经活在各种正史、演义、游戏里的那个诸葛亮都不复存在了，在我眼前的，不再是被重重滤镜包装出来的神，只是一位我再熟悉、再亲切不过的老朋友，一个活生生的、有血有肉的人。

三国的世界是宏大的，也是具体的，"天下大势分久必合，合久必分"，几千年王朝更迭、兴衰成败背后，写的终究还是人的悲欢离合。无论是曹操的奸诈、刘备的仁德、关羽的忠义、诸葛亮的智慧、司马懿的腹黑、吕布的反复……纵使相隔千年，总有些东西能够穿透时空，直抵人心的幽微之处。就像毛阿敏在《三国演义》电视剧片尾曲《历史的天空》中所唱："暗淡了刀光剑影，远去了鼓角争鸣，眼前飞扬着一个个，鲜活的面容。"

所以，一路走来，我眼中的丞相，依然只是一个不甚清晰的剪影。而在这一鳞半爪中，我看到的，是一位忠于信念的人，一位有温度的人，也是一位干实事的人。用一句话评价，就是一位既被高估又被低估的人——一位被过分高估的凡人，一位被严重低估的伟人。

是的，无论找与不找，他就在那里。

六

在"汉相国萧何追韩信至此"和"寒溪夜涨"的石碑前站了一会儿，我突然涌起了一股放飞自我的冲动。

转头朝向传说中的寒溪，我丢掉手表，丢外套，丢掉背包，再丢唠叨……然后从溪边的高台一跃而下，大刺刺地脱掉鞋袜，坐在寒溪边，一脚扎进了冰凉的溪水中。

清澈的溪流从脚面淌过，秦岭的风温柔地拂面，远处国道上汽车的奔驰声逐渐隐没，头顶亘古不变的天空依然灿烂。伴着脚底的凉意与内心的放空，我感到一股前所未有的松弛感。

踏上旅途前，我曾想过，应该用怎样的场景为这趟北伐之旅画上句号。此时此刻，我有了答案。

楚汉与三国，两汉的头和尾，这两段中国最好看、最深入人心的历史，浓缩重叠在了这里，一条平平无奇的小溪边。

然而，这时候却没有丞相，没有北伐，没有萧何月下追韩信，没有出师未捷身先死。我所拥有的，是一段只属于我的，独一无二的历史。

最后的最后，用一首词来做个结尾吧。

我们都知道《三国演义》开篇的这首词：

> 滚滚长江东逝水，浪花淘尽英雄。是非成败转头空。青山依旧在，几度夕阳红。白发渔樵江渚上，惯看秋月春风。一壶浊酒喜相逢。古今多少事，都付笑谈中。

这首《临江仙》，出自明代杨慎的《廿一史弹词》，是"说秦汉"这章的开篇词。但就像人们能猜到开头，但猜不到结尾一样，比起妇孺皆知的开头，这章的结尾，却鲜有人知：

> 前人创业非容易，后代无贤总是空。回首汉陵和楚庙，一般潇洒月明中。
> 落日西飞滚滚，大江东去滔滔。夜来今日又明朝，蓦

地青春过了。千古风流人物，一时多少英豪。龙争虎斗漫劬劳，落得一场谈笑。

月明之中，谈笑之间，就在这里结束吧。

北伐之旅，终了。

后 记
这个世界需要更多的英雄

按照国际惯例，这本书的最后得有个后记，不过在常规的感谢环节之前，先来讲讲一个普通三国迷的故事吧。

上世纪九十年代初，我出生在一个小城市的职工家庭，小时候父母工作忙，我常常一个人在家。在家中的书柜里，有一本江苏儿童文学社1994年出版的《三国演义》连环画，22元的定价在那时算是价格不菲，因此也比书摊上一般的"小人书"高大上许多：全书三十多回，一页三四格的全彩图画，复古的传统写实画风，几行简单的配文，就构成了我对这个世界最初的印象。

那个年代，市面上的绘本远远没有现在丰富，不知不觉中，这本连环画就成为了年幼的我重读率最高的书。如今，这本残破不堪的连环画依然摆在我的书架上。如果人生是一部连环画的话，那么在温暖的阳光照拂的窗边，一个人坐在地上静静翻看

《三国演义》的场景，一定会在我人生的序章中。

上了小学后，连环画逐渐满足不了我求知若渴的欲望，于是在10岁时，某天放学回家，我妈把一套陕西人民出版社的《三国演义》递给了我。64元上下厚厚两册，古朴的黄色封面，精装版的大开本，一下子就把初出茅庐的小学生镇住了。至今我还记得接过两本"圣经"时的庄严场景，仿佛人生的大门一下子就被打开了。

有了原著后，我算是出了"三国人生"新手村，正式上了道。大概是看三国看出了名，父母想操练操练我。他们联系老师给我来了场"演习"。小学一次午休的时候，老师点名让我到讲台上去给同学们讲三国故事。第一次上台面对那么多同学，紧张是难免的，我只能"被迫营业"——硬着头皮，拿着书上台，一边脑补"烈火张天照云海"的场景，一边磕磕巴巴地念着"但见三江面上，火逐风飞，一派通红，漫天彻地"这种不把小学生当人的句子。台上的"复读机"念都念不利索，下面的同学自然也是昏昏欲睡。我出山后的首战，就这么社恐地以大败而逃告终。

初中的时候，我那没什么用的"三国百事通"称号依然名震江湖。正当我摸着大腿长叹一声"大丈夫生居天地间，岂能郁郁久居人下"时，一次期末考试前，学校语文组大概是想搞点创新，提前几个月就放出了作文题目，主题："论三国人物"——好家伙，这泼天的富贵一下子让我成为"校园风云人物"。一下课，我就被同学们抱着大腿求带飞，颇有"五陵年少争缠头""春风得意马蹄疾"的富少派头。只可惜天降的人生巅峰没持续多久，我就被一则取消作文题目的通知打回了原型，学生时代为数不多的高光时刻，就这样草草落下了帷幕。

人在中学的这段时候，往往心思最单纯，也最容易破防，是人称"中二病"的高发期。毫无意外，三国就成了那时我"病入膏肓"的病灶所在，留下了许多成长中的幸福与烦恼。就讲讲我印象比较深的几件事吧。

第一件事，是追更央视的《三国演义》电视剧。

在没有手机的古早年代，在打发无聊这件事上，人类远没有现在这么多发明。除了小说和游戏之外，我最期待的就是在电视机前坐等1994年央视版《三国演义》的开播。即使没有满屏的弹幕和解说，也能想象那是无数三国迷的一大盛事。片头诸侯讨董的大旗一挥，杨洪基老师的一嗓子"滚滚长江东逝水"一飙，配上关羽怒睁的丹凤眼和张飞"啊啊啊啊啊"的鬼畜表情，氛围瞬间就拉满了，情绪登时到位。

"老三国"里有许多经典的名场面，除了让人泪目的秋风五丈原以及"我从未见过如此厚颜无耻之人"这类的鬼畜镜头外，最让我激动的，莫过于第三十集"舌战群儒"的开头。怀抱阿斗、身骑白马的赵云出现在镜头里，只见长枪一振、一点寒芒，二人一骑冲进人群开无双，配上"子龙子龙世无双"的专属BGM，每次都让我按捺不住激动的心、颤抖的手、湿润的眼，想跳起来大喝一声：我乃常山赵子龙也！

因为住在楼房里，所以童年时期的我并没有体验过搬着小板凳，和一群小伙伴围着院子里的电视追剧的热闹。不过，得益于已将小说倒背如流，"报台词"成为我这个原著书迷看剧时的乐趣之一。往往上一句的字幕刚出来，下一句台词就会自动在我脑海里闪现——不过幸好不是"团建"，不然曹操在华容道的笑声未落，"单笑周瑜无谋、诸葛亮少智"就从我嘴里滑出，来回冲杀那么几个回合，八成我就会被愤怒的群众叉出去吧。

现在想想，鲍国安的曹操、陆树铭的关羽、唐国强的诸葛亮，说是"神还原"都差点意思，那简直就是昨天刚在史书里杀青，今天就来片场报道的本尊，至今都是我心目中无法超越的神。后来在B站上重刷了"老三国"，配上"群魔乱舞"的弹幕一起享用，笑得根本停不下来，也算是弥补了儿时一个人看剧的遗憾。

第二件事，是沉迷于各种三国的"二创"。

我读书那会儿，"熊孩子"们的书包还不大，作业还不多，放学之后除了和小伙伴撒疯之外，画小人画就成了我在家"学习"时的必修课：从一沓A4白纸里抽出一张，用铅笔在纸上画一个圆圈，下面添一个僵硬的"火"字，就组装出了一个标准的"火柴人"。再配上长枪、战马、披风等一身亮瞎眼的氪金装备，就进化成了威风凛凛的大将——几个boss横刀立马于阵前，后面跟着乌泱泱等着被"割草"的小兵，再加上野战、水战、攻城战等场景，一场大制作的"××之战"就诞生了。

日复一日，放学后的"作业"做得久了，抽屉里的"作品"就垒了厚厚一沓。有时画得上了头，睡觉时满脑子还都是"斩于马下"和"一阵掩杀"的场景，激动起来就在被窝里手舞足蹈，嘴里嘟囔着"三姓家奴休走"，没少惊动隔壁的父母前来镇压。

另一份重要的"二创"事业，则是写小说。大概每个中二少年都有一个小说家的梦，而我，就是要成为"三国王"的男人。

如今，翻开那本泛黄的笔记本，《三国志无尽的征程之霸王的大陆：凯旋》赫然映入眼帘，以现在的视角来看，这也是一本领先时代几千年的作品：在这场发生在8054年的"英雄集结"剧本中，魏蜀吴的"世界大战"只是开胃菜，它最大的卖点，是极具创新性地增加了"冲锋坦克""烈铁骑兵""辅助激光兵"等战斗元素和"铁钳断割阵"之类的上流兵法，还有完整的设定说明与流程解说，再配以精致的手绘地图和插画，称得上是中国硬核科幻历史题材文学的开山之作……啊呸，编不下去了。

可惜，第一部"中原血战"还没写完，这本恢弘巨制就在"汜水关大战，魏军大败，损失一亿又三十二万人"的结尾中遗憾断更，只留下了我碎了一地的作家梦。现在姗姗来迟的这本书，大概就是曾经那位"三国王"的精神续作。

第三件事，就是伴随我整个青少年时期的三国游戏了。

小时候，我家是早早买了电脑，走在时代前列的家庭，而随着改革的春风吹进家门的，还有被许多家长视为"万恶之源"的游戏。此后，为了在"非法"时间段摸一会儿鼠标，我和父母开始了长达十余年的"网瘾战争"。"猫捉老鼠"般的斗智斗勇，贡献了不知多少侦察与反侦察的名场面。

在玩物丧志的那些年里，网瘾少年们会心一笑的事儿，我基本都干过：趁父母不在家偷玩电脑，然后呼呼地猛摇扇子给显示器降温；自行组装电源线；跟同学去阁楼上的黑网吧；从网站和杂志上手抄攻略；去所谓的"软件店"偷买游戏和点卡……在时代的大浪中，你的童年、我的童年好像都一样。

而我沉迷于游戏的时候，恰好也是国产单机游戏的一段黄金期，各种三国题材的游戏可谓百花齐放：《三国群英传》《傲世三国》《三国群侠传》《三国立志传》《三国霸业》《三国演义》《赵云传》《富甲天下》《幻想三国志》，再加上日本的《三国志》《真·三国无双》《三国志英杰传》《三国志曹操传》……凡是带着"三国"俩字的游戏，几乎都被我如饥似渴地玩了个遍，各种省吃俭用买的游戏杂志和攻略堆满了书房。

比起现在的3A大作和各种换皮手游，那时的单机游戏虽不丰富，但胜在基本不重样，一张盗版光碟就是一扇新世界的大门，几乎能让我乐不思蜀地玩一整个假期。屏幕里的各种排兵布阵、对垒厮杀、江山如画、英雄豪杰，大大满足了我对三国世界的无穷想象，也让我享受着游戏带来的最纯粹的快乐。在很长一段时间里，我的"人生理想"都是成为放学路上街角香烟店的那位大叔，可以天天玩游戏还能躺着把钱赚了——什么科学家、宇航员……统统不想。男孩子的梦想，就是这么务实。

那么，"游戏人生"的代价是什么呢？当然是学习上的吊车尾。但总的来说，即便成绩不堪入目，家里对我依然抱着容忍的态度，能睁一只眼就闭一只眼，没有赶尽杀绝。为此，父母之间也爆发了不少源于我的矛盾与争吵。现在想起这段满是酸甜苦辣的青春岁月，除了三国的陪伴，最需要感谢的是父母的宽容。

2006年，赵本山、宋丹丹和崔永元的《说事儿》在春晚舞台上成为经典，意大利在德国世界杯上战至点球大战夺冠，冥王星被国际天文联合会从太阳系行星家族中除名。而在我的世界里，中考结束后的知了声声叫着放纵的夏天，林俊杰的《曹操》和Tank的《三国恋》在MP3里单曲循环，《魔兽世界》轰轰烈烈开启了网瘾少年下半场的故事，《今古传奇·武侠版》中的刀光剑影同样令人流连忘返。精神文化产品丰富了，而三国，那个陪伴了我多年的死党兼发小，却开始渐行渐远。

高中之后，关于三国为数不多的记忆点，除了吴宇森的《赤壁》、高希希的新《三国》、"真假曹操墓"的口水仗，以及光荣株式会社时不时新出的《三国志》和《真·三国无双》，就是一套中华书局竖排繁体版的《三国志》，我硬着头皮读了几页，才发现和曾认识的三国并不一样。

如今，回想那段纵横驰骋在"三国宇宙"中的年少岁月，那些充满古典色彩的"超级英雄"的故事，不仅充盈了我的精神生活，也塑造了我对"英雄"形象的认知，更涂画了这个世界在我眼中的原初色彩——经典文学作品对人生的启蒙意义，莫过于此。

虽然不看三国好多年，但多年以后，重新拾起那些熟悉的人和事，在"DNA动了"的那一刻，我才恍然发现：虽然时间带走了很多东西，但在三国的世界里，曹操还是那个黑白分明的奸雄，关羽还是那个忠义无双的武神，诸葛亮还是那个鞠躬尽瘁的丞相，自己也永远都是曾经那个少年，没有一丝丝改变。

也正是在离别与重逢中，一个尘封已久的念头再次被唤醒：以属于自己的方式，来写写我心目中的三国时代。写小说吧，我天生缺乏想象力，写虚构作品不是长处所在；写通俗史吧，三国已经被翻来覆去讲烂了，以鄙人的修为也写不出什么新花样。想来想去，用旅行来串联历史，对我来说是最讨巧，也是最适合的方式。

大方向定了，去哪呢？三国那么多人和事，第一时间在脑海中浮现的，就是五丈原的秋风下，诸葛丞相归天的场景。在我心中，三国时代有很多起点、很多高潮、很多转折，但只有一个结局——五丈原。

于是，在这个念头的驱使下，就有了这趟旅程，有了这篇北伐之旅的游记。不过我最初的计划，只是想写一组短篇，但大概是抑制不住积攒多年的洪荒之力，越写越上头，才有了现在的这本书。对我来说，这次旅行和写作不仅是充实的圆梦之旅，也是一场人生的再修行。

正如我在前言中所说，我不是科班出身的"学院派"，更不是专业的历史学者，所以谈不上什么学术的创新或写作的技艺，写下这些文字，纯粹是一次"用爱发电"的意外尝试，只是在各种机缘巧合之下，才促成了这第一本书的出版。但对于大多数写作者来说，第一本书充其量只是一次探索和尝试，也许在写第二本、第三本的时候，才会摸索出属于自己的写作风格，并形成独一无二的文字场域。到那时候，一位作者也才能真正进化为一名作家。而现在的我，距离这个目标还差得还很远。

不过，也正像《黑神话：悟空》的制作人冯骥在接受采访时说的那样：踏上取经之路，比到达灵山更重要。

回顾这一番取经之路，我要感谢贝页图书的编辑们、阿晨，所有为这本书付出心血的老师们，感谢你们给了这些文字与读者正式见面的机会；感谢我的父母，为我创造了一个无忧无虑的童年，一直陪伴和指引我的成长，并无条件地包容我的任性；感谢付付，这本书的诞生见证了我们的爱情，与她的相遇给我带来了众多好运，这本书的出版就是其中之一；感谢大表哥，那个所有男生都必然拥有的启蒙老师，和他一起抢鼠标玩三国游戏的日子，留下了许多单纯快乐的时光；感谢我在旅途中遇见的所有人、所有事，为我共同创造了这段旅程与这份回忆；感谢"心血来潮"地写下这些文字的自己，即使没有活出别人曾经期望的样子，但始终没有放弃做自己，也挺好的。

最后要感谢的，是一句话。

我读高中时，有两个人曾经带火一波全民的历史热。一位是易中天，《品三国》把百家讲坛讲成了神仙打架的神坛；另一位是当年明月，横空出世的《明朝那些事儿》颠覆了所有人对于历史的刻板印象。当时的我也是踩着书店进新书的节奏，一本不落地追更到了大结局，印象更深的，是全书的结尾处，当年明月从桌边日历上抄录的一句非常"出戏"的话："成功只有一个——按照自己的方式，去度过人生。"

当时的我，对这个收尾并不太理解，写完洋洋洒洒几百万字，黯淡了刀光剑影、远去了鼓角铮鸣的你，最后却用了一句和历史毫不相干的鸡汤，想告诉大家什么呢？

如今，在武侯墓前、祁山城下、街亭山顶、五丈原上，我似乎在逐渐走近当年的那轮明月："我注六经"的同时，六经也在注我。就像《黑神话：悟空》的结局里，追随着齐天大圣背影的"天命人"，在历经全新的九九八十一难，重走完属于自己的"取经"之路后，最终直面六根中唯缺一"意"的大圣残躯时，才悟到那未竟的意念已经实现了传承，而千辛万苦追寻的那个"英雄"，原来就是自己。

敢问路在何方？路在脚下。也许，成为齐天大圣，比找到齐天大圣更重要。

是的，这个世界需要更多的英雄。

参考文献

（一）古籍

陈寿撰，裴松之注.2011.《三国志》.北京：中华书局.

房玄龄等.1996.《晋书》.北京：中华书局.

顾祖禹.2019.《读史方舆纪要》.北京：中华书局.

司马光.2011.《资治通鉴》.北京：中华书局.

司马迁.2014.《史记》.北京：中华书局.

诸葛亮.2014.《诸葛亮集》.北京：中华书局.

（二）专著

渤海小吏.2023.《三国争霸》.北京：中国大百科全书出版社.

成长.2023.《重返：三国现场》.北京：台海出版社.

成长.2022.《乱世来鸿》.北京：现代出版社.

大意觉迷.2022.《地图上的三国》.北京：北京理工大学出版社.

方北辰.2020.《诸葛亮传》.成都：天地出版社.

方诗铭.2021.《曹操·袁绍·黄巾（增订本）》.上海：上海辞书出版社.

郭建龙.2019.《中央帝国的军事密码》.厦门.鹭江出版社.

韩茂莉.2015.《中国历史地理十五讲》.北京：北京大学出版社.

桓大司马.2018.《宿命三国》.北京：九州出版社.

李不白.2020.《透过地理看历史：三国篇》.上海：中华地图学社.

李华.2023.《归葬：三至六世纪士族个体安顿与家国想象》.上海：东方出版中心.

李开元.2015.《秦崩：从秦始皇到刘邦》.北京：生活·读书·新知三联书店.

李开元.2015.《楚亡：从项羽到韩信》.北京：生活·读书·新知三联书店.

李硕.2018.《南北战争三百年：中国4—6世纪的军事与政权》.上海：上海人民出版社.

刘路.2022.《诸葛亮和他的时代》.北京：东方出版社.

吕思勉.2015.《三国史话》.北京：民主与建设出版社.

马伯庸.2015.《文化不苦旅：重走诸葛亮北伐之路》.成都：四川人民出版社.

马植杰.2004.《三国史》.北京：人民出版社.

邙山野人.2022.《畅快淋漓三国史》.北京：新世界出版社.

饶胜文.2002.《布局天下：中国古代军事地理大势》.北京：解放军出版社.

饶胜文.2023.《大汉帝国在巴蜀：蜀汉天命的振扬与沉坠》.北京：北京联合出版公司.

史念海.1991.《河山集·四集》.西安：陕西师范大学出版社.

宋杰.2022.《中国古代战争的地理枢纽》.北京：北京科学技术出版社.

宋杰.2020.《三国兵争要地与攻守战略研究》.北京：中华书局.

宋杰.2022.《三国军事地理与攻防战略》.北京：中华书局.

台湾三军大学编著.2013.《中国历代战争史》.北京：中信出版社.

田余庆.2011.《秦汉魏晋史探微》.北京：中华书局.

王明珂.2018.《游牧者的抉择：面对汉帝国的北亚游牧部族》.上海：上海人民出版社.

温骏轩.2023.《地缘看三国》.北京：中信出版社.

谢伟杰.2023.《东汉的崩溃：西北边陲与帝国之缘边》.刘子钧译.东方出版中心.

阎步克.2017.《波峰与波谷：秦汉魏晋南北朝的政治文明》.北京：北京大学出版社.

阎海军.2023.《翻越陇坂：从东西互动到天下中国》.桂林：广西师

范大学出版社.

袁灿兴.2023.《疫病年代：东汉至魏晋时期的瘟疫、战争与社会》.长沙：岳麓书社.

张明扬.2020.《纸上谈兵：中国古代战争史札记》.太原：山西人民出版社.

周振鹤.2022.《中国历史政治地理讲义》.上海：上海人民出版社.

［日］佐久良刚.2012.《三国志男——一个日本宅男的三国遗址之旅》.王俊译.上海：上海社会科学院出版社.

（三）论文

安剑华.2016（6）.《全国现存武侯祠初步对比研究》.《中华文化遗产》.

安建军.2003（2）.《论杜甫陇右诗的羁旅意象》.《青海师范大学学报（哲学社会科学版）》.

郭清华.2008，29（9），《论定军山在三国历史文化中的地位和影响》.《襄樊学院学报》.戴晓云，刘杰.2023（4）.《从宗教祭祀到民俗文化：诸葛亮信仰的文化变迁》.《艺术探索》.

邓名瑛.2014（4）.《魏晋时期的薄葬礼俗》.《伦理学研究》.

董文雅.2015.《论诸葛亮形象的演变》.渤海大学硕士学位论文.

雷小虎.2013,33（4）.《故道在川陕军事交通中的战略价值》.《西北工业大学学报（社会科学版）》.

李殿元.2007（3）.《从"兴复汉室"到夺取凉州——诸葛亮"北伐"新论》.《成都大学学报（社科版）》.

梁福义.1988（1）.《五丈原诸葛亮庙溯源》.《宝鸡师范学报（哲学社会科学版）》.

刘大印.2012.《从〈三国志〉到〈三国演义〉诸葛亮形象流变研究》.山东师范大学硕士学位论文.

刘京臣.2017（5）.《中原何所处，梦落散关东——陆放翁与大散关书写》.《社会科学战线》.刘满.1983（3）.《由秦陇通道和祁山之战的形势探讨街亭的地理位置》.《兰州大学学报（社会科学版）.

刘森垚.2014（2）.《论历代的诸葛亮崇祀——以官方崇祀为中心》.《成都大学学报（社科版）》.刘森垚，刘艳伟.2013，34（4）.《关羽与诸葛亮崇拜现象之比较》.《湖北文理学院学报》.卢华语.1991（2）.《蜀国兵力与诸葛亮北伐用兵考》,《北京师范学院学报（社会科学版）》.鲁建平.2014,14（4）.《祁山道、卤城：陇蜀互动之交通要道与战略支点》.《宜宾学院学报》.

马凤岗，汤慧敏.2005,27（5）.《论刘备与诸葛亮君臣遇合》.《临沂师范学院学报》.

聂大受.2006（2）.《杜甫陇右诗及其陇右地域文化背景》.《杜甫研究学刊》.

史继东.2017，35（1）.留坝张良庙与张良之关系考论.《陕西理工学院学报（社会科学版）》.

童力群.2009（1）.《移民方为大问题——论诸葛亮北伐事业中最大的战略失误》.《成都大学学报（社科版）》.

童力群.2007（3）.《论祁山堡对蜀军的牵制作用》.《成都大学学报（社科版）.

王瑰.2013（10）.《"中原正统"与"刘氏正统"——蜀汉为正统进行的北伐和北伐对正统观的影响》.《史学月刊》.

王文杰.1996（3）.《街亭位置考辨》.《甘肃社会科学》.

魏立安.2015（5）.《诸葛亮第二次北伐失利探微》.《历史教学问题》.

徐日辉.1983（3）.《街亭考》.《兰州大学学报（社会科学版）》.

徐珊.2014.《诸葛亮形象神化研究.陕西理工学院硕士学位论文.

晏波.2009（1）.《诸葛亮"六出祁山"诸问题新探》.《成都大学学报（社科版）》.

张可跃.2011（4）.《陕西省勉县定军山——武侯墓祠风景区景观资源调查与评价.《陕西农业科学》.

张思.2018,37（3）.《论魏晋时期的薄葬之风》.《绵阳师范学院学报》.

张维慎.2020（2）.《论三国时期诸葛亮北伐的目的、行走道路与粮草供给》.《地域文化研究》.

张应二.2006.《诸葛亮军事活动研究》.吉林大学博士学位论文.

图书在版编目 (CIP) 数据

寻找北伐路上的诸葛亮 / 霜月落著. -- 上海 : 文汇出版社, 2025. 5. -- ISBN 978-7-5496-4472-8

Ⅰ. I267.4

中国国家版本馆CIP数据核字第2025N0G312号

寻找北伐路上的诸葛亮

作　　者 / 霜月落
责任编辑 / 戴　铮
装帧设计 / 王梦珂
出版发行 / **文匯**出版社
　　　　　上海市威海路 755 号
　　　　　（邮政编码：200041）
经　　销 / 全国新华书店
印刷装订 / 上海中唱印刷有限公司
版　　次 / 2025 年 5 月第 1 版
印　　次 / 2025 年 6 月第 2 次印刷
开　　本 / 889 毫米 × 1194 毫米　1/32
字　　数 / 224 千字
印　　张 / 11
书　　号 / ISBN 978-7-5496-4472-8
定　　价 / 58.00 元